소설 광개토호태왕

2

대국을 향하여

소설 광개토호태왕 2 대국을 향하여

초　판 1쇄 발행 2005년 9월　5일
개정판 1쇄 발행 2023년 3월 27일

지 은 이　정호일
펴 낸 이　정연호
편 집 인　정연호
디 자 인　이가민

펴 낸 곳　도서출판 우리겨레
주　　소　서울시 은평구 통일로 71길 2-1 대조빌딩 5층 507호
문의전화　02.356.8417
F A X　02.356.8410
출판등록　2002년 12월 3일 제 2020-000037호
전자우편　urikor@hanmail.net
블 로 그　http://blog.naver.com/j5s5h5
인스타그램　instagram.com.urikor0927
페이스북　facebook.com/urigyeorye

Copyright ⓒ 정호일 2023

ISBN 978-89-89888-32-1 04810
ISBN 978-89-89888-30-7 (세트)

소설 광개토호태왕

2

대국을 향하여

정호일 지음

도서
출판 우리겨레

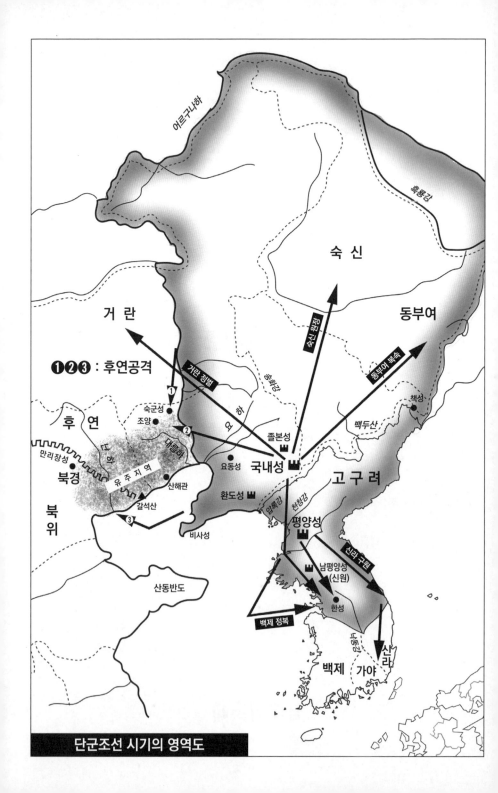

어르구나하

흑룡강

숙신

거란

동부여

❶❷❸ : 후연공격

숙신 원정

동부여 복속

책성

후연

숙군성

조양

대릉하

난하

졸본성

송화강

요하

백두산

만리장성

유주 지역

국내성

북경

요동성

산해관

고구려

북위

갈석산

환도성

압록강

천청강

평양성

비사성

신라 구원

남평양성
(신원)

백제 정복

한성

산동반도

낙동강

신라

백제

가야

단군조선 시기의 영역도

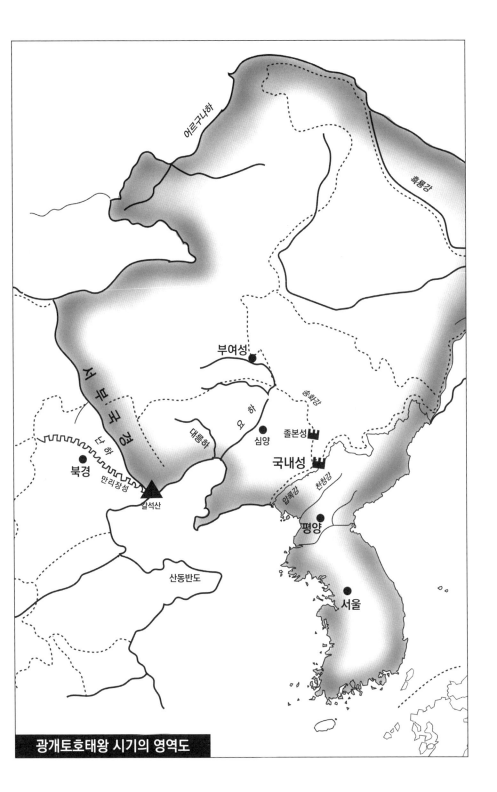

광개토호태왕 시기의 영역도

차례

1장
영락 연호

26

깨치고 일어서라 단군의 자손이여

하늘 아버지 한인(환인)의 뒤 이어
한웅(환웅)이 신시개천하시고
단군이 천하의 도 세워 깃발 꽂았네.
한반도 만주 대륙 단군의 깃발 아래 하나로 모여드니
만물 풍성하고 천하태평 이루었네.

그러나 단군조선의 계승자 나타나지 않으니

거수국 난무하고 단군족 흩어지니

천하의 도마저 무너지고 세상마다 아귀다툼 벌어졌네.

이 백성 저 백성 피 흘리며 떠돌다가

희망의 밧줄 단군조선의 계승자 목메어 찾았네.

이에 고구려 청년장수 의기 드높은 소리 하늘에 가 닿았고

천손의 아들이 7인의 결의로 화답하며 그 중심에 섰네.

하늘의 눈과 예지로 빛난 단군조선의 영광

고구려 단군족 역사에 아로새겨질지니

담덕의 그 이름, 단군족과 함께 영원히 빛나리라.

혈맹의식을 거행하는 분위기 속에서 다기가 격정에 겨워 즉흥적으로 읊은 시였다. 겉으로는 차분해 보였지만, 내면 깊숙한 곳에서는 뜨거운 심장이 꿈틀거리고 있었던 모양이다.

"대단하오, 대단해! 심금을 울리는구먼. 시성이 따로 없어. 그런 재주가 있었으면 진작 밝힐 일이지."

모두들 힘찬 박수로 화답하며 한마디씩 하는 가운데 분위기는 더욱 고조되어 갔다. 바로 이때 흥을 깨며 뛰어오는 연락병의 다급한 음성이 들렸다.

"급보이옵니다."

급보라는 말에 담덕 일행의 시선이 그쪽으로 일제히 쏠렸다.

무슨 긴박한 상황이 전개되고 있음을 직감케 했다.

혈맹의식이 진행되는 와중에, 벌써 혜성에게 무엇을 은밀히 보고하고 떠난 자가 벌써 다섯이 넘었다. 무장한 군사들이 두우 국상의 거처로 속속 모여들고 있다는 첩보였다.

이미 혜성은 결의식을 맺기 전에 국상의 동태를 예의 주시하라고 수하들에게 지시했을 뿐만 아니라, 청년장수들에게도 만일의 사태에 즉각 출동할 수 있도록 경계 태세를 늦추지 말 것을 요구해 놓은 상태였다.

"너무 과민한 게 아니오? 아무리 그래도 그렇지. 그런…… 그리 어리석은 짓을…….”

창기가 어이없어했고, 수라바도 이에 동조했다.

"나도 그리 생각하오. 우리들이 한데 모여 있는 데다 진 장군까지 올라와 있는데…….”

"두우는 바로 그 상식의 허를 찔러 공격할지도 모르는 일이오. 그러니 조심해야 한다는 것이지요.”

"아무리 허를 찌른다 해도 어디 우리가 당할 사람들이오. 혹시 우리가 서로 뿔뿔이 흩어졌을 때라면 몰라도…….”

여전히 창기와 수라바가 인정하려 들지 않았다.

"꼭 그리 볼 일은 아니지요. 현 조정을 보면 두우 국상이 점점 더 고립되고 있소. 쥐도 궁지에 몰리면 고양이를 문다고 했습니다. 게다가 우리가 이렇게 한곳에 모여 있으니, 그들 입장으로 보면 이보다 더 좋은 기회가 어디 있겠소?"

"하긴 두우 그놈이 무슨 짓을 할지 어찌 알겠소? 대비해서 나쁠 것이야 없을 터이니……."

반신반의하면서도 그들은 혜성의 말을 따르기로 했다. 그런데 몇 번에 걸친 정탐병들의 보고는 상황이 그의 예견대로 돌아가고 있음을 확인해주고 있었다.

청년장수들은 각기 수하를 불러 미리 준비시켜 놓은 군사들의 출동 태세를 다시 점검하게 했다. 명을 하달받은 병사들은 조용히 국동대혈을 떠나갔다. 그리고 그들은 여전히 아무 일 없다는 듯 계속 의식을 거행했다. 새 출발을 다짐하는 결의의 의식을 방해받고 싶지 않은 것이다. 하지만 다른 급보가 도착하면서 의식을 마쳐야만 했다.

"그들이 끝내 도발을 감행했단 말이냐?"

혜성이 침착한 어조로 물으며 다시 말을 이었다.

"저들의 이동 경로는 확인됐느냐?"

"두 진영으로 나뉘어 한 부대는 이리로 오고, 다른 한 부대는 황성으로 향하고 있사옵니다."

"정말 두우가 모반을 꾀하려고 군사까지 동원했단 말이냐?"

모두루가 믿을 수 없다는 듯 끼어들었다.

"그런 것으로 확인되옵니다."

"모반을 꾀하다니, 두우 이놈이 제명에 죽지 못해 환장했구나!"

"두우는 어디에 있느냐?"

"그의 거처에 사령부를 두고 지휘하고 있사옵니다."

"수고했다."

정탐병이 떠난 후 혜성이 담덕을 쳐다보자, 그저 신뢰가 담긴 눈길로 고개를 끄덕였다. 모든 것을 일임할 테니 알아서 처리하라는 뜻이었다.

잠시 후 혜성이 조용히 입을 열었다.

"동지 여러분! 오늘 우리는 구국을 위한 마음 하나로 태자 저하를 지도자로 받들고 혈맹의식을 맺었습니다. 여기에 우리 청춘의 꿈과 포부가 다 담겨 있습니다. 앞으로의 고구려대제국의 건설을 위하여 언제나, 오늘 우리가 맺은 이 서약을 잊어서는 아니 될 것입니다. 자, 오늘의 결의를 힘차게 외쳐 봅시다. 태자 저하 만세! 단군 자손 만세! 고구려대제국 만세!"

혜성의 선창에 청년장수들의 우렁찬 함성이 이어졌다. 그 소리는 쉬이 끝나지 않고, 국동대혈을 넘어 멀리 퍼져 가다가 메아리가 되어 다시 그곳으로 모여들었다. 담덕을 구심으로 새 지평을 열려는 드높은 열정을 옹글게 드러낸 것이었다.

혜성이 다시 입을 열었다.

"여러분도 상황을 대략 아시겠지만, 지금 우리 앞에는 우리의 꿈을 실현하느냐, 못 하느냐 하는 일차 관문이 기다리고 있습니다. 두우가 끝내 반란을 도모해 국성이 일촉즉발의 위기에 처해 있기 때문입니다."

"두우 이놈이 끝까지 우리 앞을……."

모두루가 적의를 표출했다. 거기에는 그들의 길을 사사건건 훼방 놓은 데 대한 반감이 사무쳐 있었다.

"오늘의 이 난국을 슬기롭게 극복하여 도약의 발판으로 삼아야 합니다. 그러자면 속전속결로 사태를 수습하고, 필요 없는 살생이 벌어지게 해서는 안 됩니다. 이 점을 유념해 주시기 바랍니다."

사사로운 복수심에 의해 발생할 사태를 미리 경계하는 혜성의 말이었다. 오늘이 아니라 내일을 내다보는 당부였다.

"옳으신 말씀입니다. 당연히 그래야지요."

위기는 또 다른 기회라는 배짱의 동의였다. 한낱 간신배를 제거하는 것이 그들의 목표가 될 수는 없었다. 조국의 미래를 걸머지고 나가려는 자긍심의 표현이었다.

"반드시 두우의 역모를 단죄하여 정의가 살아 있고, 고구려의 기상이 살아 있음을 만천하에 드러냅시다. 그럼 각자의 위치로 돌아가 두우의 역모를 분쇄합시다."

"자! 갑시다."

이들의 모습은 추호의 흔들림도 없이 당당했다. 미리 상황을 예측하고 대비한 측면도 있지만, 이런 일쯤에는 당황하지 않을 정도의 담력을 갖춘 영웅호걸들이었다.

이들이 국동대혈을 빠져나오려고 할 때, 오골승이 담덕에게 소식을 전해 왔다.

"태자 저하를 뵙자고 청하는 자가 있사옵니다."

청년장수들이 어찌 처리할 것인지 처분을 기다리며 담덕을 쳐다보았다.

"데려와 보시오."

담덕의 말에 한 사내가 그 앞에 나서며 예를 갖췄다. 제법 기운이 세고 몸놀림이 날쌔 보였다. 그런데도 얼마나 바삐 뛰어왔는지 숨을 헐떡거렸다.

"태자 저하! 소인은 장협 대인의 명을 받고 왔사옵니다."

"장협 대인이……."

"그러하옵니다. 대인께서는 두우 국상의 반역 음모를 적발하고, 이 사태를 시급히 태자 저하께 아뢰라고 소인을 보냈사옵니다."

"그래……. 그럼 알고 있는 바를 소상히 말해 보거라."

"지금 두우 국상은 두 부대로 나뉘어, 한 부대는 이곳을 덮치려고 국동대혈로 몰려오고 있으며, 다른 한 부대는 황성을 장악하려고 그쪽으로 출동하고 있사옵니다."

장협이 보낸 수하의 보고도 그들이 파악한 첩보와 일치했다. 그래서 그에 대해서는 더 묻지 않고, 장협이 어찌 대응하고 있는지 물었다.

"장협 대인은 지금 어디에 계시느냐?"

"대인께서는 두우의 역모를 막기 위해 직접 군사를 이끌고 급히 황궁으로 향하고 있사옵니다."

"충신이로군. 나라의 안위와 만백성의 평안을 위한 대인의 충심을 잊지 않겠다는 내 뜻을 장협 대인께 꼭 전하도록 하라."

장협이 국상을 반대하여 나선 것은 힘의 균형을 완전히 바꿔

놓은 것이었다.

　장협의 수하가 물러나자, 그들도 경호 군사들과 함께 곧장 그곳을 빠져나왔다. 국동대혈 안에 켜져 있는 불빛이 희미하게 새어 나올 뿐 사위는 조용했다.

　바로 그때 수십 개의 암기가 담덕과 혜성을 향해 십중적으로 쏟아짐과 동시에 수십의 검은 물체가 비호처럼 달려들었다. 두우의 자객단인 흑무 일행이었다.

　"쨍! 째쟁! 짱! 쨍!"

　청년장수들은 순식간에 담덕을 호위하며, 날아오는 암기를 창검으로 쳐냄과 동시에 검은 물체를 베어 나갔다. 지극히 높은 무예로 단련된 장수들이 아니면 해내기 어려운 기민한 동작들이었다.

　"웬 놈들이냐?"

　검은 무리는 아무런 대답도 없이 재차 공격을 시도했다.

　"이놈들이……."

　모두루의 분노한 음성이 공기를 갈랐다. 그와 동시에 청년장수들의 칼이 춤을 추었다. 외딴 비명과 함께 주위는 이내 잠잠했다. 순식간에 벌어진 일이었다.

　"태자 저하! 무사하시옵니까?"

　"나는 괜찮소만, 다른 분들은 어떻소?"

　"괜찮사옵니다."

　모두들 소리 높여 대답했다. 그러나 혜성의 어깨에서는 피가 스며 나오고 있었다. 집중적인 공격에 칼이 스치고 지나가면서

입은 상처였다. 다행히 큰 부상은 아니었다.

"여기까지 자객을 보낼 줄이야!"

"지체하고 있을 때가 아닙니다. 어서 내려갑시다."

급히 산에서 내려온 그들은 서로를 바라보았다. 각자의 얼굴에는 결연한 빛이 서려 있었다. 이번 일을 계기로 두우 역도를 처단하고 나라를 바로잡겠다는 확고한 의지였다.

"역적 두우를 기필코 응징해 주기 바라오."

"내 몫까지 부탁하오."

모두루와 창기가 두우의 사저를 공략할 부살바에게 부탁한 말이었다.

청년장수들은 그간의 이해관계를 고려해, 이번엔 특별히 부살바가 두우를 맡도록 의견 일치를 보았다. 그간의 사감을 깨끗이 정리하라는 배려이기도 했다.

"내 두우를 꼭 체포해 오겠소이다."

모두들 두우를 자기 손으로 처단하고 싶었음에도 자신에게 양보한 동료들에게, 부살바는 굳이 고마운 마음을 감추지는 않았다.

담덕과 청년장수들은 각기 말을 달렸다. 이제 더 이상 지체할 시간이 없었다. 장협이 황궁을 방어하기 위해 나섰다고는 하나, 이런 상황에서는 그 말을 온전히 믿을 수 없었다. 오직 믿을 수 있는 건 자신들뿐이란 것을 모두들 잘 알고 있었다.

담덕과 다기는 황궁을 향해 달렸고, 모두루는 국동대혈로 오는 헌칠의 군대를 역포위하기 위해 전열을 바로잡았다. 혜성은 수라바, 창기와 함께 장협의 군대와 합류하여, 황성으로 향하는 문태의 군대를 상대하기 위해 말에 채찍을 가했다. 부살바는 곧바로 두우의 직속 부대가 웅거하고 있는 그의 사저를 공략하기 위해 말머리를 돌렸다.

부살바는 두우의 사서 부근으로 곧장 말을 달렸다. 미리 그곳에 진지를 구축하도록 명령을 내려둔 상태였다. 진지 근처에 이르자 앞에서 경계의 목소리가 들려왔다.

"누구냐?"

"부살바 장수이시다."

부살바를 따르는 수하가 외쳤다.

"오셨사옵니까?"

"준비는 다 되었느냐?"

"모두들 명령만을 기다리고 있사옵니다."

부살바는 도열해 있는 군사들 앞으로 곧장 나아갔다.

"두우의 움직임은……."

"직속부대가 남아 삼엄한 경계망을 펴고 있으며 전령들이 수시로 드나들고 있사옵니다."

부살바는 마치 하나의 성城과도 같은 두우의 집을 지긋이 바라보았다. 간간이 새어 나온 불빛이 견고한 담장을 비추고 있었다. 황성에 버금갈 정도로 요새답게 지어진 저택은 가히 반역 도배, 두우의 권력을 가늠케 했다.

두우의 무력 또한 만만찮아 보였다. 지금까지 그가 조정을 좌지우지할 수 있었던 배경에는 군사력이 뒷받침되어 있었다. 절대로 만만히 봐서는 안 되지만 어떻게든 저곳을, 그것도 두우의 군사가 되돌아오기 전에 점령해야 했다. 이번 기회에 두우를 제거하지 못하면 두고두고 우환거리가 되지 않을 수 없었다.

부살바는 비장한 각오를 했다. 자신이 여기서 죽더라도 반드시 두우만큼은 베고 말리라고 각오를 다졌다. 그는 부관 우지를 불렀다. 우지는 맡겨진 책무를 충실히 이행하는 믿음직한 수하였다.

"이번 전투의 승패는 부관에게 달려 있소. 그대는 군사를 이끌고 즉시 서문 쪽으로 가 은밀히 대기토록 하시오. 이쪽에서 공격이 전개되면 그쪽 방비가 허술해질 것이오. 그 틈을 타 결단코 그곳을 뚫고 집 안쪽을 휘저어 놓아야 할 것이오."

"꼭 그리하겠사옵니다."

명을 하달받은 우지 부관이 일단의 군사를 대동하고 은밀히 사라지자 부살바가 병사들을 향해 나섰다.

"병사들이여! 오늘 우리는 고구려대제국을 세우느냐, 그렇지 못하느냐의 갈림길에 서 있다. 이는 두우가 국권을 찬탈하기 위해 반역을 도모했기 때문이다. 두우는 나라의 안위는 안중에도 없이 오직 사리사욕만 채워 왔다. 알다시피 우리 고구려는 사면이 적으로 둘러싸여 있는 관계로, 외적들이 사방에서 호시탐탐 기회를 엿보고 있는데, 국상이란 자가 이에는 대비하지 않고 권력욕에 눈이 멀어 있으니, 백성은 도탄에 빠져 신음하게 되었고, 나라는 위기에 빠지게 되었다. 그야말로 피눈물 나는 고통을 겪지 않는 사람이 없게 된 것이다. 이런데도 두우는 이를 반성하기는커녕 국권을 찬탈하고 역모를 꾸미기에 이르렀다. 도탄에 빠진 백성의 아픔을 구하기 위해 두우를 응징하자! 반역 도배 두우를 징계하여 만백성의 평안과 나라의 안위를 이룩하자!"

부살바의 힘찬 연설에 병사들이 일제히 함성으로 응답하였다. 그 소리는 산을 뒤엎고도 남을 정도였다. 그동안 훈련으로 단련된 군사들의 사기는 하늘을 찌를 듯 충천하였다.

"자! 고구려를 구할 자, 나를 따르라!"

부살바가 칼을 뽑아 곧추세우며 말을 달려나가자, 병사들이 거센 함성을 지르며 그 뒤를 따랐다. 그 함성은 어둠의 물결을 타고 날아가 두우의 사저로 거세게 부딪쳐갔다. 피할 수 없는 한판 대결의 신호탄이었다.

27

"아니, 이게 무슨 소린가?"

요란스러운 함성에 두우가 깜짝 놀라 물었다.

"부살바가 군사를 대동하고 공격해 오고 있사옵니다."

바리가 사색이 되어 두우에게 긴급하게 보고했다.

"뭐라고?"

전혀 예상치 못한 상황이었다. 믿을 수 없다는 듯 두우의 목소리가 커졌다.

두우는 흑무를 보내고 나서 계속 소식을 기다리고 있었다. 전부는 아니어도 몇 놈만이라도 살상할 수 있다고 믿었다. 그러나 부살바가 진격해 온 것으로 보아 그것이 실패했음을 짐작할 수 있었다.

"헌칠과 문태 장군의 소식은 어찌 되었는가?"

다급하게 두우가 다시 물었다.

"계획대로 진격하고 있다는 것만……."

"계획대로 진격하고 있다고? 그렇다면 부살바가 어떻게 여기를 벌써……."

"지금까지의 보고로는……."

바리가 말을 맺지 못했다.

"으ㅡ으ㅡ음!"

두우가 신음 소리를 내뱉었다. 불길한 예감이 뇌리를 스치고 지나갔다. 이미 일이 어긋나고 있었다.

"국상 대인! 즉각 대응하여 저들을 막아야……. 헌칠 장군과 문태 장군에게 소식을 보내고, 그분들이 돌아올 때까지만이라도……."

"그리하게."

두우가 고개를 끄덕였다. 이미 일을 벌일 때부터 모든 것을 각오한 터, 마지막까지 밀고 나가야 했다.

"최소한의 군사를 제외하고 모두 나가 전투대형을 갖추라!"

비장한 각오로 뱉어낸 두우의 명령이었다.

"알겠사옵니다. 군사들은 즉시 출전해 전투대형을 갖춰라! 횃불을 밝혀라!"

전투 명령에 군사들이 속속 집을 빠져나와 대형을 갖추었다. 두우도 바리와 뇌도 등 수하를 내동하고 육중한 철문 옆에 우뚝 솟은 문루로 나섰다.

집 밖으로 쏟아져 나온 두우 군사와 부살바의 군사들이 일정한 거리를 두고 멈춰 섰다. 대치한 군사들이 서로를 노려보았다. 승자와 패자의 운명이 갈라질 순간이었다.

부살바가 두우를 향해 외쳤다.

"나는 부살바다. 역도 두우는 듣거라! 국상으로서 마땅히 나라와 조정에 충실해야 하거늘, 네 어찌 역모를 꾀할 수 있단 말이냐? 네 죄를 네가 알렷다. 지금이라도 항복하여 잘못을 빈다면 목숨만은 살려 주겠다. 어서 무기를 버리고 항복하라."

"이마에 피도 안 마른 애송이가 함부로 말을 잘도 지껄이는구나. 입은 삐뚤어져 있어도 말은 똑바로 하라 했다. 역모를 꾀한 것은 내가 아니라 바로 너희들이다. 너희들이 국상인 나를 제거하려고, 태자를 부추겨 국동대혈에서 음모를 꾀한 것이 그 명백한 증거이거늘, 어찌 나를 기만하고 하늘을 기망하려 드는 것이냐? 조정에 문제가 있거든, 국상인 나에게 보고하고 처리해야 하거늘, 너희들은 지휘체계를 무시하고 함부로 날뛰었다. 내 이를 바로잡고자 일어선 것이니라. 적반하장도 유분수지, 정녕 아직도 너희들의 죄를 모른다고 할 것이냐?"

"무엄하기 짝이 없구나! 나라의 주인은 백성이고, 대왕 폐하께서 이를 받들어 다스리고 계시거늘, 국상이면 대왕 폐하를 보필하여 국정을 잘 이끌어야 할 것이다. 그런데 너는 국상의 지위를 이용하여, 대왕 폐하를 능멸하고 백성을 쥐어짜 사리사욕을 채우려고만 하였다. 백배사죄해도 용서가 안 되거늘, 아직도 죄를 깨닫지 못하고 안하무인이구나. 내 그 죄를 준엄하게 물어 하늘의 뜻이 살아 있음을 보여주리라!"

"죄를 묻는다고? 하룻강아지 범 무서운 줄 모른다고 하더니……. 여봐라. 저놈을 혼내줄 자 없느냐?"

두우가 성난 소리로 말하며 휘하 장수들을 둘러보자 그 옆에 있던 뇌도가 앞으로 나섰다.

"소장에게 맡겨 주십시오."

"그래. 어서 저놈의 주둥아리를 다시는 놀리지 못하게 하라."

"알겠사옵니다."

뇌도가 문루에서 내려가 병사들 사이를 뚫고 말을 달려 부살바 앞으로 나섰다. 그리고는 긴 칼을 호기 있게 휘두르며 목소리를 높였다.

"부살바 네 이놈! 당장 나서라! 네놈의 명성을 들은 지 오래다만, 과연 그 소문만큼 대단한지 상대해 주마. 그러나 나와 겨룬 이상, 오늘이 바로 네 제삿날이 될 것이다. 자, 어서 나와라."

살검으로 악명 높은 뇌도의 출현에 부살바의 진영은 일순 잠잠

했다.

"소장이 나서겠사옵니다."

진성 부관이었다. 자신의 지휘관을 뇌도와 같은 하류 잡배의 칼잡이와 칼을 섞게 할 수는 없었다. 엄연히 죽고 살리는 칼 가름에도 도가 있는 법이었다.

"좋소. 그렇게 하시오."

진성이 바람을 일으키며 뇌도를 향해 말을 달려 나갔다.

"두우의 개 주제에 말이 많구나. 너 같은 시정잡배는 내가 상대해 주마."

양 진영의 군사들이 지켜보는 속에 진성과 뇌도가 한데 엉겨 붙었다. 그들은 상대를 단칼에 제압하려는 살수만을 펼쳤다. 그런데도 싸움은 쉬이 끝나지 않았다. 아무리 시정잡배라 해도 실전에서 닳고 닳은 뇌도의 무예를 쉽게 얕잡아 볼 수만은 없었다.

그도 그럴 것이, 뇌도는 회오리검법을 사용하는 자로서 그에게 당한 고수가 한둘이 아니었다. 그의 무술은 내로라하는 고수의 반열 중에서도 상위에 끼어 있었다. 그리고 진성은 부살바의 부관으로서 군사 훈련을 책임진 장수였다. 그는 무술 수련의 정식 절차를 다 밟은 사람으로서, 기초수련에서 고도의 응용 무술에 이르기까지 통달해 있었다. 부살바는 그를 믿고 군사훈련을 맡겨 왔을 정도였다. 이런 그들이었으니 승부가 쉽게 결정될 리 없었다.

막상막하의 싸움이 한참 동안 진행되었다. 양편의 군사들은 숨을 죽이며 이들의 싸움을 지켜보았다. 이 싸움의 승패가 군사들의 사기를 가름할 것이었다.

어느새 뇌도의 검이 회오리를 거세게 불러일으키고 있었다. 다른 검법으로는 안 되겠다고 생각했는지, 뇌도가 자기 무술의 정수인 회오리검법을 사용하고 있었다. 팽팽한 평행선을 그은 두 사람의 싸움은 점차 뇌도의 우세로 기울어지기 시작했다. 역시 뇌도의 회오리검법은 대단했다.

부살바는 진성이 다칠 수도 있다고 판단했다. 시간을 지체하고 있을 여유도 없었다. 그랬다간 군사들의 사기가 떨어지는 불상사를 가져올 수 있었다. 기선을 잡고 그 여세를 몰아 한시바삐 두우를 진압해야 했다.

"네 이놈, 뇌도. 내 칼을 받아라."

부살바가 나서자 모든 군사들의 시선이 그에게 집중되었다.

부살바가 다가서자 진성은 뒤로 물러났고, 뇌도는 부살바를 노려보았다. 뇌도의 손은 조심스럽게 떨려오기 시작했다.

뇌도가 먼저 부살바를 향해 공격을 시도했다. 그러나 부살바는 피하지 않고 뇌도의 검을 막아냈다.

부살바의 검에 맞부딪친 뇌도는 몸을 휘청거렸다. 그는 부살바의 검에 실린 엄청난 기세에 깜짝 놀랐다. 평범하게 휘두른 칼이 저 정도라면 부살바의 검법에 대적할 수 있는 것은 그가 진기라고 여기는 회오리검법밖에 없었다. 그것도 꼭 이긴다고 장담할 수 없었다. 진성과는 비교가 안 되었다.

뇌도는 자신의 비기인 회오리검법을 전개하기 시작했다. 부살바는 뇌도가 조금 전에 진성에게 시전한 검법을 사용하리라는 것을 눈치채고는, 곧바로 틈을 주지 않고 그를 향해 찔러 갔다. 뇌도는 회오리검법으로 부살바의 검을 막으려 했다. 그러나 부살바의 검은 더욱 빨라지고 거세졌다.

뇌도는 부살바를 상대하기가 빅차다는 것을 본능적으로 깨달았다. 우선 여기를 벗어나는 것이 상책이었다. 그는 뒤로 물러나 피하는 척하면서 곧바로 꽁무니를 빼고 달아났다.

부살바는 도망가는 뇌도를 쫓지 않고 군사들을 향해 명령했다.

"자! 공격하라!"

호령이 떨어짐과 동시에 군사들이 힘찬 함성을 지르며 두우의 군사를 향해 진격했다. 기세를 앞세운 군사들의 공격은 바윗덩어리를 내려치는 폭포수의 급물살과 같았다. 빗발치는 화살을 방패로 막으며 거세게 몰아쳤다.

두우의 군사들도 만만치 않았다. 그들의 방어도 결사적이었다. 일진일퇴를 거듭하였다. 과연 두우가 고구려의 정예군이라 자랑할 만했다. 평양성에서 고도로 훈련된 군사를 맞이해 흔들리지 않고 사수해 내는 그 힘이, 바로 지금까지 두우가 국정을 좌지우지해 온 힘이었다. 일진일퇴의 싸움이 피를 튀기며 이어졌다.

하지만 시간이 흐를수록 서서히 두우 쪽 군사들의 틈이 벌어지기 시작했다. 다시 한번 거센 급류의 물결이 두우의 정예군을 향해 밀어닥쳤다. 그러나 이번에도 역시 강력하게 반격해 왔다. 다시 예봉이 꺾이며 공격이 무디어지기 시작했다. 그때 두우의 군사 뒤쪽이 혼란스러워졌다.

부살바는 드디어 우지 부관이 두우의 사택으로 침입해 안쪽을 강타하기 시작했음을 알아차렸다. 즉시 공격하지 않으면 우지가 이끈 군사가 몰살당할 수 있었다. 부살바는 뒤로 물러나는 군사를 향해 외쳤다.

"자! 나를 따르라."

부살바가 앞으로 나서자, 뒤로 주춤주춤하던 병사들이 일제히 뒤돌아서서 두우의 군사를 향해 나섰다. 그 기세는 지금까지와는 사뭇 달랐다. 지휘관이 몸을 사리지 않고 나서니, 병사들도 그 지휘관을 따라 공세에 적극 가담한 것이다. 그것은 새로운 급물살이었다. 그러자 그토록 꿈쩍도 하지 않던 두우 군사들의 방벽이 허물어지기 시작했다.

부살바의 군사들은 진용이 흐트러진 두우의 군사들을 가차 없이 공략했고, 급기야 두우의 철옹성이 열렸다. 이에 군사들은 두우의 사택 안으로 몰려 들어갔다.

"두우를 체포하라."

부살바의 명령에 군사들은 두우를 향해 화력을 집중하였다.

"국상 대인을 보호하라!"

두우의 참모인 바리가 황급히 외치자 두우의 군사들이 그를 보호하기 위해 막아 나섰다.

"국상 대인! 어서 자리를 피하셔야 합니다. 다음을 기약하시옵소서."

"으—으—음."

두우가 자기도 모르게 신음 소리를 내뱉었다. 국동대혈과 황성을 공격하러 간 헌칠과 문태 장군이 돌아올 동안 이곳을 방비하고 있어야 다시 힘을 모아 반격을 노릴 수 있었다.

'원통하게도 내가 서런 피라미한테 당하다니.'

두우는 부살바 군사들에게 유린당하고 있는 자신의 군대를 바라보며 속수무책으로 지켜볼 수밖에 없었다.

"국상 대인, 시간이 없사옵니다. 어서 소신을 따르시옵소서. 뇌도 장군, 어서 국상 대인을 모시고 활로를 뚫으시오."

뇌도는 두우를 호위하며 곧바로 후문으로 말을 달렸다. 뒤에서는 벌써 부살바의 군사들이 두우가 도망치는 것을 알고 뒤쫓아왔다.

어둠 속에서 병기 부딪치는 소리와 말발굽 소리가 대지를 뒤흔들었다. 쫓고 쫓기는 자가 뒤엉켰다. 그런 속에 두우의 군사들은 이미 승부가 끝났음을 알고 더 이상 싸울 의지를 잃었다. 그중 몇몇 군사만이 두우의 뒤를 따랐다.

두우 일행은 후문을 빠져나와 어둠 속을 향해 앞만 보고 달렸다. 빨리 이곳을 벗어나야 살아남을 수 있었다. 어둠만이 유일한 보호막이었다. 어둠 속에서도 부살바의 군사들은 포기하지 않고 그들을 뒤쫓았다. 점점 그 거리는 가까워졌다.

"뇌도 장군, 저들의 추격을 저지하면서 다른 데로 따돌려 주시오."

바리가 뇌도를 향해 다급하게 외친 말이었다.

"알겠소이다. 국상 대인! 꼭 몸을 보전하셔서 다음을 기약하시옵소서. 그럼……."

뇌도가 말을 돌려 쫓아오는 군사들을 향해 달렸다. 그 짧은 시간 동안 그의 머리는 복잡하게 돌아갔다. 두우의 안전을 위해 목숨을 걸고 저지할 것인가, 아니면 다른 쪽으로 유인하는 척하면서 도망칠 것인가. 그가 부랑자 생활을 청산하고 안락한 삶을 살게 된 건 다 두우 덕분이었다. 두우에 대한 의리를 지키고 싶었다. 그러나 그것은 실낱같은 희망 사항일 뿐 현실은 그렇지 못했다. 죽을지도 모르는 형세 앞에서 목숨까지 내던질 용기가 나지 않았다.

'유인하는 척하면서 살아남아야 한다.'

그러고 보니 두우와 떨어져 가는 것이 차라리 더 안전할 듯싶었다.

"뇌도가 여기 있다. 자, 어서 내 칼을 받아라."

"두우의 개를 잡아라."

부살바의 군사들이 뇌도를 향해 몰려들었다. 뇌도는 그들이 오기도 전에 벌써 두우와 다른 방향으로 도주하기 시작했다.

"한편은 뇌도를 쫓고, 다른 한편은 계속 두우를 쫓아라."

부살바의 지시에 일부 군사가 뇌도를 향해 달렸고, 나머지 군사는 여전히 두우의 뒤를 추격했다. 부살바는 군사들을 재촉하며 더욱 빨리 말을 몰았다.

요란한 9월의 밤하늘을 가르며 부살바는 선두에서 달렸다.

'두우를 놓쳐서는 안 된다. 화근을 뽑아내지 않으면 두고두고

골칫거리가 될 수 있다. 꼭 체포해야 한다.'

그는 달리는 말에 더욱 채찍을 가했다. 이번 기회를 놓친다는 것은 천재일우의 기회를 놓치는 격이었다. 부살바는 필사적으로 온 힘을 쏟아내 마침내 두우의 후미를 치고 들어갔다. 두우 군사들이 그를 가로막아 나섰다.

"두우는 내 칼을 받아라."

두우의 군사들이 부살바를 막으려고 나서자, 어느새 뒤따른 군사들이 다가와 그들 일행을 포위하였다. 이를 본 두우는 포위망을 벗어나기가 불가능함을 알고 뒤돌아섰다.

"지난날 역모를 꾸몄을 때, 너를 살려두었던 것이 후회스럽구나. 그때 너를 제거했다면 이런 수모는 겪지 않았을 터인데……. 자, 내 칼을 받아라."

두우가 칼을 빼 들고 부살바를 향해 다가왔다. 그러자 부살바의 군사들이 막아서려 하였다.

"물러나라."

부살바가 군사들을 향해 명령하며 두우 앞에 나섰다. 아무리 미워도 한때 일국의 국상을 지낸 인물이었다. 일개 군사들의 도검에 맡길 수는 없었다. 적장에 대한 최소한의 예의를 차리고 싶었고, 우선 숫적 우위를 점하고 있는 그 자신이 먼저 정정당당해지고 싶었다.

"좋다. 이-얏!"

두우가 먼저 공격해 들어왔다. 두 사람의 칼이 부딪치자 쇳소리가 크게 나며 불꽃이 튀겼다. 두우의 칼솜씨 또한 대단했다. 비록 나이가 들었을지라도 한때 고구려군을 호령한 장군이었다. 그런 그답게 칼솜씨 또한 날쌔고 예리하기 그지없었다. 그러나 나이가 너무 많아 부살바의 젊은 패기에는 미치지 못했다. 몇 합을 부딪침과 동시에 두우는 칼을 떨구고 말았다. 두우가 패하자 그의 부하들도 칼을 놓고 항복했다.

"네 죄를 네가 알렸다."

"패장이 무슨 할 말이 있겠느냐? 어서 내 목을 베라."

두우가 고개를 떨구었다.

"너의 죄는 국상으로서 본문을 망각하고 사리사욕에 눈이 멀어 온갖 악행을 저질러 온 것이다. 감히 대왕 폐하를 능멸하고 백성을 수탈한 것도 모자라 국권 찬탈까지 노렸으니, 네 어찌 살기를 바라느냐?"

"다른 누구도 아닌 친구의 제자에게 죽는 것이 원통할 따름이다."

두우가 사부를 거론하자 부살바는 울컥 화가 치밀었다.

"너의 그 더러운 입으로 나의 사부를 함부로 거론하지 마라. 나의 사부는 너 같은 자를 한때 친구로 두었던 것을 한없이 후회했다. 그래서 항상 백성과 충심을 가슴에 새기고 사사로움을 경계하라 가르치셨다. 사부님이 여기에 계셨다고 할지라도 똑같은 말씀을 하셨을 것이다. 아직도 할 말이 남아 있느냐?"

"원통할 뿐이다. 어서 베어라."

두우는 눈을 감은 채 여전히 죽이라고만 되뇌었다. 옳고 그름이라는 것은 힘에 달려 있는데, 전쟁에 졌으니 무슨 할 말이 있겠느냐는 태도였다. 패장이지만 지금껏 조정을 좌지우지해 왔던 자존심을 지키려는 마지막 발악 같았다.

"어찌 이리도 뻔뻔할 수가 있단 말이냐? 어리석은……. 바리이놈, 너 또한 네 죄를 알겠느냐?"

부살바가 이제는 바리를 보며 호령했다.

"살려 주시옵소서."

바리가 기어오며 부살바의 한쪽 다리를 부여잡고 애걸했다.

"아니 이놈이, 어느 안전이라고……. 가만히 꿇어앉아 있지 못할까."

부살바의 수하가 바리를 걷어차며 호통쳤다.

"죽을죄를 지었사옵니다. 살려 주시옵소서. 지금까지의 모든 일은 두우가 시켜서 한 일이옵니다. 두우가 강박하기에 어쩔 수 없이 했을 뿐이옵니다. 한 번만 살려 주시옵소서."

"바리 네놈이……."

두우가 두 눈을 부릅뜨고 바리를 노려보았다. 이를 본 부살바가 자리를 박차고 일어났다.

"여봐라! 이들을 모두 포박하여 압송토록 하라!"

이들의 소인배 같은 짓거리를 더 이상 보고 싶지 않았다.

나라의 근심거리를 처리했다는 시원한 생각보다는, 이들의 추악한 몰골에 역겨움이 일었다. 그래도 한 나라를 호령했던 사람으로서 마지막 죽는 순간에는 사내답게 죽기를 바랐거늘, 뉘우칠

줄도 모르고 어떻게든 책임을 모면해 목숨을 연명하려는 저런 자들에 의해 국정이 농락당해 왔다니, 화가 난다기보다는 구역질이 더 먼저 나올 것만 같았다.

28

고국양왕 8년(391년) 4월, 겨울의 한파가 언제 있었냐는 듯 국성의 하늘은 평화로웠다. 먼지로 찌든 대지를 한 차례의 소낙비가 깨끗이 휩쓸고 지나간 형국 같았다. 공기는 맑았고 입김 또한 순했다. 새싹은 따사로운 햇살을 받고 축축해진 대지를 뚫고 올라와 연한 초록으로 들판을 수놓고 있었다.

생긋한 봄의 기운처럼 장협의 얼굴은 활짝 피어올랐다. 생동하는 힘이 꿈틀거렸다. 어떤 일이라도 다 뜻대로 이룰 수 있다는 자신감이 넘쳤다. 순풍에 돛단 듯이 흘러가는 앞으로의 인생 항로를 생각하면 가슴도 벅차올랐다. 이것은 두우가 그에게 차려준 밥상이었다.

'두우야! 네놈이 결국 내 잿밥이 되리라고 꿈엔들 생각했겠느냐? 하-하-하!'

장협은 만인이 우러러보는 국상의 지위에 올랐다.

두우의 역모는 청년장수들과 장협, 돌벼 등의 연합세력에 의해 격파되었다. 모반 행위가 사전에 발각되어 분쇄된 것이다. 두우를 비롯한 그의 수족들은 준엄한 국법에 의해 처형되었다. 뇌도와 헌칠은 어디론가 도망쳐 흔적을 찾을 수 없었다. 하지만 그들은 이제 죄를 지은 도망자의 신세에 지나지 않았다.

두우의 반역 음모가 실패하게 된 것은 그들의 동신이 사전에 간파당했기 때문이다.

장협은 두우가 담덕을 상대로 군사적 모험을 감행할 것이라고 예견하고 있었다. 군사적 반란을 꾀하지 않고서는 권력을 유지할 수 없는 두우의 처지를 잘 알고 있었다. 그의 힘은 강력한 군사력에 기반을 두었는데, 청년장수들의 군사 역량이 급격히 강화되면서 그를 위협해 온 것이다. 권좌를 지탱하기 위해선 싫든 좋든 승부를 걸어야 했다. 이것이 두 세력 간에 펼쳐질 필연적 운명이었다.

장협은 이런 정세를 주시하며 때를 기다렸다. 두우가 하루빨리 움직여 주길 고대하고 있었다. 두우는 그가 조정 무대에 화려하게 등극하는 발판이 되어 주어야 했다. 마침내 두우는 거사를 단행했고, 그것은 무참하게 짓밟혔다. 그가 나서지 않아도 두우는 격파당할 수밖에 없는 운명이었다. 그는 이 절호의 기회를 놓치지 않기 위해 단호히 나섰다.

두우 일당이 제거된 후 조정은 일신되었다. 장협은 두우의 반역 모의를 알아채고, 이를 제압한 공로가 인정되어 국상에 임명되었다. 또 황궁의 진입을 막는 데 공헌한 돌벼의 첫째 아들 바기는 국성의 수비대장으로 진급했다. 청년장수들도 표창을 받고 국소대형의 관등 등을 수여받았다. 그중에서 장협 세력의 권력 진출은 실로 눈부신 것이었다.

장협은 국상에 임명된 후 조정 일에 매우 적극적이었다. 조정 대사가 그의 손을 거치면서 국정이 점차 그의 손아귀에 장악되어 갔다. 당분간 그의 항로는 순탄한 듯 보였다.

그런 가운데에서도 장협은 긴장의 끈을 놓지 않았다. 호조건을 이용해 자기 기반을 튼튼히 다져야 한다고 생각했다. 지금의 영광에 들떠 안주하고 있다가는, 그 자신의 운명도 어찌 될지 알 수 없었다. 두우도 온 세상이 다 자기 천하라고 여겼지만, 자기 기반을 확고하게 다지지 못한 관계로, 황실만큼 거대해 보였던 권세는 한순간의 헛된 영화로 끝나 버렸다. 지난날 두우와 황실 사이에서, 딸 주홍이 태자비로 간택될 수 있었음에도 힘 한번 못 쓰고, 퇴짜 맞으며 물러서야 했던 날들은 생각하기조차 싫었다.

그는 이제 힘을 가졌다. 그만큼 넓어진 활동 반경을 무대로 최대한 바쁘게 몸을 놀렸다. 최고 권력자로서 자기 기반을 튼튼히 다지는 것, 쓰러지지 않으려면 남을 쓰러뜨려야 한다는 것을 그는 누구보다 잘 알았다.

장협은 세력 기반을 넓히기 위해 우선 달삼에게 접근하고자 했다. 오늘 만나자고 기별한 것은 그 일환이었다. 그러나 그를 찾기 전에 홍덕을 봐야 했다. 무엇보다 자기 쪽 진영부터 잘 꾸려야 했다. 홍덕이 그 마음을 읽기라도 한 듯 집무실로 들어왔다. 홍덕은 그의 심복이었다.

"흥덕이옵니다."

"어서 자리에 앉게나."

흥덕에 대한 그의 믿음은 대단했다. 오늘이 있기까지 그의 공은 지대했다. 흥덕은 누구보다 그의 의도를 잘 알고, 먼저 그 대책을 마련하고 해결해 왔다.

흥덕의 얼굴도 상기되어 있었다. 장협이 국상에 오른 이후로 그 또한 원기 왕성했다. 세상을 자기 뜻대로 만들어 보겠다는 마음으로 세상사를 대하니 힘이 절로 솟구쳤다.

"태학 생도들의 일은 어찌 진행되고 있는가?"

단도직입적으로 묻는 장협의 말이었다.

"아직은 크게…… 국성의 분위기가 있는지라……."

평상시 그답지 않게 흥덕이 말을 더듬거렸다.

국성은 분위기가 쇄신되어 가면서, 특히 두 세력이 조정의 중요 세력으로 급부상하고 있었다. 하나는 청년장수들을 중심으로 하는 세력이었고, 다른 하나는 장협을 중심으로 하는 세력이었다. 그런 탓에 국성은 이중 권력이 형성되고 있었고, 그들 사이는 또 다른 갈등의 조짐을 보이기 시작했다.

장협은 이런 형세를 경계했다. 아직은 청년장수들과 대결 국면으로 치닫게 할 수는 없었다. 그들과 대적할 만큼 군사적 역량이 충분치 않았다. 시간이 필요했다. 대립되는 형국을 피하면서 하루빨리 세력 기반을 넓혀야 했다.

"허-허! 국성의 분위기를 돌리기 위해 태학에 심혈을 기울이라고 했건만, 분위기 탓을 하면 어쩌겠다는 것인가?"

흥덕마저 일을 말끔히 처리하지 못하는 것에 대한 실망이자 답답함의 표현이었다. 권력의 주도권을 틀어쥐자면 태학부터 손에 넣어야 하는데, 그 일을 처리하지 못하고 핑계를 대는 것에 대한 질책이었다.

"너무 염려하지는 마시옵소서. 생도들이 점차 주위에 모여들고 있사옵니다."

장협의 일그러진 모습을 보고 흥덕은 얼른 말을 바꿨다. 그런데도 장협은 시름에 잠긴 듯 아무런 반응을 보이지 않았다. 흥덕이 말을 이었다.

"생도들이 모여들면서 태학의 분위기도 바뀌고 있사옵니다. 대인께서 사심 없는 충신이라는 소문도 퍼지고 있사옵고……. 그리고 모여들고 있는 생도 중에 유망한 청년이 몇 명 있어 눈여겨보고 있사옵니다."

"눈여겨볼 만한 청년이라니?"

그제야 장협이 눈을 뜨며 관심을 표명했다. 흥덕이 일정한 성과를 내고 있다는 것에 귀가 번쩍 뜨인 것이다.

"석재와 양기라는 청년들입니다. 석재는 기백이 높고 양기는 친화력이 좋아 둘 다 전도가 유망하옵니다. 이들은 모두 대인에 대한 존경심이 높사옵니다. 이들 외에도 생도들이 계속 모이고 있사온데, 이들을 중심으로 일을 처리해 나갈까 하옵니다."

"아니, 그럼 그렇다고 처음부터 그리 말할 것이지. 이 사람도 참나……."

태학이 어떤 곳인가? 걸출한 인재들이 모여 있는 데다가, 여기서 닦은 실력을 기반으로 해서, 장차 나랏일을 맡아 처리할 젊은 이들이 대거 집합해 있는 곳이었다. 이곳만 장악한다면 두려울 게 없었다. 그래서 장협은 흥덕에게 태학을 확고히 장악하라는 막중한 임무를 내려준 것이다.

장협은 조금 전에 못마땅해했던 모습을 얼버무리며 흡족해했다. 그러면서 다시 말을 이었다.

"자네도 잘 알고 있겠지만, 일을 진행할 때는 여러 방면으로 손을 뻗치는 것보다는 중심을 잡아서 진행해야 할 것이네. 그것은 뭐…… 잘 알아 처리할 것이고……. 아! 그리고 석재와 양기라는 청년, 나한테 한번 데려오게나."

미안한 마음에 장협은 굳이 하지 않아도 되는 말까지 덧붙였다. 여기에는 그 정도의 인재들이라면 자신이 직접 챙겨두는 것이 좋겠다는 생각이 들기도 했고, 다른 한편으론 그들의 그릇 됨됨이를 직접 확인하려는 요량도 담겨 있었다.

장협의 기쁜 안색을 보고 흥덕이 조심스럽게 입을 열었다.

"알겠사옵니다. 그런데……."

"개의치 말고 말해 보게."

"다른 문제가 아니고……. 실은 태자의 측근들 문제이옵니다."

흥덕은 청년장수들의 세력이 무서웠다. 그들이 뭉쳐 있다면 태학에서 아무리 기반을 닦으려고 한들 허사였다. 그들의 권위 때문에 태학에서의 작업이 순조롭게 되지 못하고 있고, 설사 소기의 성과가 나온다 해도, 그들의 힘에 대적하기는 역부족이었다. 그러나 우선 필요한 것은 태학에서의 그의 단단한 위치 확보였다.

"청년장수들이 태자와 가깝게 밀착된 상태로 있는 한 그들과 대적하기는 여러모로 벅찰 것이옵니다. 그러니 어떻게 해서든지 그들의 밀월관계를 깨뜨려야만 합니다."

청년장수들에 관한 얘기에 장협의 눈살이 절로 찌푸려졌다. 이것이 골치였다. 그들의 결속은 난공불락의 요새 같았다. 그 성새를 어떻게 깨뜨릴 수 있을까 궁리해 봐도 뾰족한 방도가 나오지 않았다. 단지 이이제이以夷制夷 방식으로 새롭게 자라나는 젊은이들을 모아 상대해야 한다는 것만 맴돌 뿐이었다. 그러자면 또 상당한 시간이 필요했다.

"묘책이 있는가?"

"묘안은 아니지만, 단합을 깨뜨리자면 그들을 철저히 감시하면서 갈라지도록 만들어야 할 것이옵니다."

"아니 한두 사람도 아니고……. 더욱이 그런다고 그들이 그렇게 쉽게 반목하겠는가?"

"다는 못하더라도 그중의 핵심 인물만 그리 만든다면……."

"핵심 인물이라……."

홍덕의 말을 되뇌는 장협의 뇌리에는 벌써 혜성이 떠올랐다.

그는 이미 혜성을 심복으로 만들기 위해 큰 공을 들였으나 도무지 꿈쩍도 하지 않았다. 자기 앞길을 열어주었는데도 통 속내도 보이지 않을뿐더러 도대체 심중도 읽기 어려웠다. 그런 그를 감시한다는 것은 꼭 쥐가 고양이 목에 방울 달겠다는 격 같았다.

"꼭 성공한다고 단언할 수는 없지만, 청년장수들의 핵심 인물인 혜성의 약점을 파고들어, 대인의 감시망 아래 둔다면 승산은 있을 듯하옵니다."

"약점이라니……. 또 감시망 아래 둔다는 것은 무슨 소리인가?"

"그는 출신이 미천합니다. 이를 이용해……."

"출신이 미천하다니? 내가 등용한 사람인데……. 그런데 어떻게?"

"그렇긴 하옵니다만 지금의 상황에선 그것 이외엔……. 대인께서도 아시겠지만, 태자 저하는 태학의 중요성을 누구보다도 잘 알고 있을 것이옵니다. 그런데다 태자의 기풍으로 보건대, 태학을 분명 혜성에게 맡기고자 할 것입니다. 그리된다면 태학에서의 작업도 수포로 돌아가고……."

"혜성을 공격하여 지금 태자와 아예 대놓고 싸우자는 것인가?"

장협의 목소리가 커졌다. 홍덕이 혜성을 왜 집요하게 물고 늘어지는지 그 의도를 생각하지 않을 수 없었다. 혜성을 밀어내고 태학 자리를 차지하려는 속셈이라고 의심하지 않을 수 없었다. 벌써부터 자리를 탐한다면 믿을 수가 없는 일이었다.

"그게 아니옵니다. 제 말을 오해하지 마시고……. 제 말은, 그가 태학을 못 맡게 함으로써 청년장수들과 태자 관계가 금이 가게 만들고, 또 나중에 중외대부에 천거한다면 기세에서도 우위에 서고, 그렇게 된다면 또 대인께서 혜성을 직접 손아래 두고 다스릴 수도 있을 것 같아 드리는 말씀이옵니다."

장협은 재빨리 머리를 굴렸다. 믿어야 할 것인가 말아야 할 것인가? 그러나 다른 각도로 생각해보니 흥덕의 말에도 일리가 있었다. 앞으로의 싸움은 분명 청년장수들과 힘겨루기가 될 것은 자명한데, 그들을 제압하려면 태학 생도들을 휘어잡아야 하고, 이를 위해서는 흥덕이 태학을 맡는 것이 타당했다. 더욱이 태자가 혜성을 중용할 게 분명한 이상, 그가 힘을 쓸 수 없는 곳으로 보내는 것이 더 맞아 보였다.

"알겠네."

장협이 결단을 내리듯 선선히 대답했다.

"그러면 그리 알고 준비해 나가겠사옵니다."

"내 다시 한번 분명히 말하겠네만, 태학 생도들의 일은 어떤 경우라도 늦추지 말고 박차를 가하게. 내 뜻을 알겠는가?"

"여부가 있겠사옵니까? 심려 놓으시옵소서."

이때 밖에서 고하는 소리가 들려왔다.

"떠날 차비가 다 되었사옵니다."

달삼을 만나러 갈 준비를 다 마친 수하가 보고한 말이었다.

"알았느니라. 내 그럼, 그리 믿고 먼저 일어나겠네."

장협이 자리를 털고 일어났다. 세력을 확장시키자니 분주할 수밖에 없었다. 내부의 힘도 강화하고 상대편의 힘도 약화시켜야 했다. 또 주변 세력을 우호적으로 만드는 것도 간과할 수 없었다. 오로지 힘만이 정의고 진리였다. 이런 점에서 달삼을 끌어들이는 것은 매우 중대한 문제였다.

지금 비중 있는 여러 세력 중에서 달삼은 사각지대에 놓여 홀로 붕 뜬 상태였다. 돌벼는 사논 관계가 형성되어 돈독하기에, 달삼만 끌어들인다면 조정의 세력 판도를 장악할 수 있을 것이었다.

달삼은 두우와 함께했지만 담덕의 힘을 알고 미리 두우와 멀리했다. 두우가 역모를 꾸미는 데도 모르는 척 동참하지 않았다. 그런 관계로 다행히 자리는 보전할 수 있었다. 하지만 옛 전력 때문에 안절부절못하고 눈치만 살피고 있을 것이었다. 이때를 놓치지 않고 공략한다면 얼마든지 우군으로 포섭할 수 있을 거라는 복안이었다.

장협의 집무실 앞에는 무장한 군사들이 절도 있는 모습으로 경계를 섰다. 매번 집무실을 드나들 때마다 이들의 모습을 보며 장협은 권력의 참맛을 실감했다. 명예직이나 다름없는 태학의 수장이었을 때를 생각하니 격세지감이 따로 없었다.

이때 장협이 집무실을 나서는 모습을 멀리서 보고 바기가 수하들과 함께 다가왔다. 그는 국성의 주변을 시찰하고 오는 중이었다. 그는 국성의 수비를 총괄하는 중책을 맡고 있었다.

그가 국성 수비대장에 임명된 것은 장협의 강력한 지원 덕택이었다. 장협은 동생 바우가 장협의 딸인 주홍과 혼례를 치렀기 때문에 그에게는 사돈 어르신이었다.

바기는 두우가 역모를 꾸밀 때 이를 막기 위해 장협과 함께 군사를 동원하였다. 그 공적이 인정되어 국성의 수비대장으로 승진되었다. 공으로만 따진다면 청년장수들이 더 컸지만, 그런데도 바기가 그 자리에 임명된 된 것은 알게 모르게 장협의 강력한 천거가 뒷받침되었기 때문이다. 그것을 모르지 않는 바기는 장협에게 감사하는 마음을 가졌다.

"국상 어르신이 아니십니까?"

"오오, 바기 장군이구려. 어디 갔다 오시는가?"

"시찰하고 오는 중이옵니다만, 어디 출타하시려는……."

"내 좀 다녀올 때가 있어서……. 계속 수고하시구려."

바기 일행을 뒤로하고 장협은 수레에 올랐다. 앞에는 말을 탄 기병이 향도했고, 뒤에는 보병이 뒤따랐다. 많은 수를 대동하지는 않았지만, 국상의 위세를 한껏 뽐내는 행차였다.

그가 탄 수레가 지나가자 백성들은 정중하게 몸을 낮췄다. 백성들도 두우 일당을 제거하고 조정을 일신시킨 장협의 공을 칭송하였다. 그런데다 궁핍한 시기에 누구보다 먼저 곳간을 열어 양곡을 내놓은 일은 백성들의 기억에 아직껏 선명하게 남아 있었다.

장협은 청년장수들에 대한 대책이 마땅치 않았기 때문에 한편으로 마음이 불편했지만, 이런 백성들의 모습을 보니 기분이 우쭐해졌다. 사실 청년장수들에 대한 대책을 빼고는 모든 것이 순조롭게 해결되고 있었다. 백성들의 신망을 등에 업고 나아간다면 그들 또한 겁낼 게 없어 보였다.

새로운 권력자로서의 자기 위치를 달콤하게 음미하는 동안, 어느새 수레는 황성 동부 달삼의 집 앞에 다다르고 있었다. 모서리를 에돌게 된 달삼의 담벼락은 높게 둘러쳐 있었다. 위세가 꺾였다 해도, 달삼은 여전히 무시 못 할 세력권을 형성하고 있음이었다.

"어디서 왔는지 소속을 밝혀라."

정문을 지키고 있던 수문장이 크게 소리쳤다. 그러나 장협의 행차가 보통 권력자가 아니라는 것을 한눈에 알아봐서인지, 그의 태도는 금세 공손해졌다. 이런 수문장의 모습에서 달삼이 처해 있는 현실이 보이는 듯했다. 장협의 눈에는 꼭 그렇게 보였다.

"국상 어르신이시다. 어서 달삼 대인께 안내토록 하라."

장협의 수하가 우렁찬 목소리로 화답했다.

수문장은 달삼의 지시를 벌써 받기나 한 것처럼 재빨리 문을 열게 했다. 수하 중 한 사람은 안쪽을 향해 달려갔다.

"어서 안으로 드시옵소서."

수문장이 안내하는 동안 벌써 달삼이 문가로 나오고 있었다. 그 뒤에는 달삼의 아들 달기를 비롯해 그의 수하들이 뒤따르고 있었다.

"국상께서 이런 누추한 곳까지 찾아 주시니 뭐라 감사의 말을 드려야 할지……."

달삼은 귀빈을 맞이하듯 정성스레 반겼다.

"이렇게 환대해 주시니……. 오히려 내가 더 감사할 뿐입니다."

"어서 안으로 드시지요."

장협은 달삼의 안내를 받으며 안으로 들어섰다. 벌써 그곳에는 장협을 맞이할 잔칫상이 수북이 차려져 있었다. 모든 정성을 쏟아 준비했음을 한눈에 알아볼 수 있었다.

달삼이 서슴없이 상석을 권하자, 장협이 몇 번 거절하다 어쩔 수 없다는 듯 환한 얼굴로 상석에 자리 잡고 앉았다. 이만하면 달삼이 그를 어떻게 대하는지 짐작할 수 있었다.

"여봐라, 국상 어르신께 어서 술을 올려라."

달삼이 장협의 맞은편에 앉으며 지시하자, 예쁘장하게 치장한 여인 넷이 나타나더니 장협과 달삼의 양옆으로 다가와 술을 따랐다.

"드시옵소서."

"한잔 하시지요."

장협이 달삼을 보며 건배를 청했다.

"술맛이 아주 답니다."

"다행입니다. 마음에 드시지 않을까 걱정했는데……."

"원 무슨 말씀을……."

두 사람은 별다른 말도 없이 연거푸 몇 잔의 술을 마셨다. 그들은 서로를 잘 알았다. 같은 세대의 나이로 소수림왕의 태자 시절부터 부침을 같이했지만 이후 각기 다른 행보를 걸었다.

몇 잔의 술이 더 오간 후, 장협이 신중한 태도로 말을 꺼내려고 했다. 이를 본 달삼이 모른 척하며 은근슬쩍 딴청을 피웠다.

"건강은 어떻습니까? 국상이 되셨으니 다사다망하실 텐데."

"염려 덕분에 이렇게 건강합니다. 대인은 어떻습니까?"

"나이가 드니 몸이 예전 같지 않습니다. 이제 많이 늙었나 봅니다."

서로의 신상에 관한 얘기가 몇 마디 더 오갔다.

달삼은 장협이 심중의 말을 하고 싶어 한다는 것을 눈치챘다. 그러나 그런 얘기를 나누고 싶지 않았다. 자기를 끌어들이려 한다는 것쯤이야, 삼척동지도 다 알 일이었다. 달삼은 지금 어느 편에도 끼고 싶지 않았다. 또 누구와 척지고 적대하고 싶지도 않았다.

지금 장협이 위세가 커 보여도 그 힘은 일천하기 짝이 없다고 보았다. 장협과 손잡을 것이라면 차라리 두우와 함께했을 것이다. 그런데도 함께하지 않았던 것은 담덕 때문이었다. 담덕을 이해하면 할수록 무서워졌다. 두우는 담덕을 몰라 스스로 무덤을 팠고, 지금 장협 또한 두우의 전철을 밟고 있지 않나 싶었다. 달삼은 누구보다 담덕을 잘 알았다. 더구나 두우는 권력을 혼자 독차지하려고 했지 나눠 가지려고 하지 않았다. 처음에는 무엇이든 다 나눠 가질 것처럼 했지만 막상 권좌에 오르니 그렇지가 않았다. 그때 그는 권력이란 나눌 수 있는 것이 아니란 걸 뼈저리게 통감했다.

달삼이 애써 심중의 이야기를 회피하려는데도 장협이 끝내 입을 열었다.

"이리 환대해 주시니 뭐라 감사해야 할지 모르겠습니다. 오늘 내가 대인을 찾은 것은 무슨 특별한 일이 있어서가 아닙니다. 대인과 술 한잔 나누면서 세상사를 그냥 나누고 싶어서이지요. 정말 다른 특별한 것은 없습니다. 나이가 들어서인지 맘에 맞는 사람도 줄고……. 허허, 그래서 하는 말인데, 이런저런 형식 다 집어치우고 우리끼리만 앉아서 편안하게 술 한잔 거하게 하는 것이 어떻습니까?"

달삼은 장협의 의중을 간파했다. 그러나 달삼은 그런 얘기를 나누고 싶지 않았다. 그냥 환대해 주는 척하며 서로 어긋나지만 않으면 되었다. 그렇지만 단둘이 술 한잔 편히 하자는 제안을 딱히 거부할 명분이 없었다.

"좋지요. 모두 물러가도록 하라."

막상 둘만 남게 되자 갑자기 분위기가 어색해졌다. 그것을 의식하듯 장협이 다시 한번 건배를 청했다.

장협이 달삼의 빈 잔에 다시 술을 채우며 말을 흘리듯 넌지시 건넸다.

"이제 대인께서도 일을 맡으셔야지요."

"무슨 말씀이신지……."

"지금 조정은 원로대신들의 역할이 매우 중요합니다. 대인이야말로 원로 중에 원로대신이신데 마땅히 역할을 하셔야지요."

"조정을 위해서라면 이까짓 목숨 기꺼이 바쳐야지요. 그런데 나는 능력도 없는 데다가 나이도 많고 몸도 따라주지 않으니……. 그저 젊은것들이 하는 것을 도와주려고 합니다."

"아닙니다. 대인도 알다시피 지금 조정은 새로운 틀이 짜지고 있지만, 많이 불안합니다. 이런 상황에서는 연륜 높고 경험 많은 원로대신들이 적극적으로 나서야지요. 그래야 혼란 없이 만백성이 평안하게 다리를 뻗고 잘 수 있을 게 아니겠습니까?"

장협의 설득에 달삼은 아무런 대답을 하지 않았다. 원로대신들이 적극 나서야 한다는 말이 무슨 뜻인지 아리송해 보인 것이다. 그렇지만 달삼이 보기에, 확실히 장협은 지난날의 두우를 꿈꾸고 있는 것으로 보였다. 신중한 치세만이 피바람을 피할 방도라고 달삼은 판단했다.

장협은 움츠러드는 달삼의 모습을 보며 너무 성급했음을 후회했다. 두우와의 오랜 관계로 경계심을 가지고 대할 처지인데, 그런 그에게 지금 어느 편에 서는 것을 강요해서는 안 될 상황이었다. 그랬다가는 도리어 불편한 관계가 형성될 수 있었다. 반대하지 않도록 만들면서 점차 합류시켜야 했다.

"내 말을 오해하지 않으시길 바랍니다. 국상으로서 사심 없이 드리는 말씀입니다. 다른 뜻이 있어서 하는 말은 아닙니다. 황실과 조정을 위해 원로대신들이 잘해야 한다는 것이지요. 이게 바로 우리 원로대신들이 취해야 할 충신의 도리가 아니겠습니까?"

장협이 곧바로 말을 돌렸다. 그제야 달삼이 신중하게 화답했다.

"그거야 지당하신 말씀입니다."

"자, 우리 이런 얘기 그만하고 술이나 한잔 더 합시다."

장협이 화제를 다른 데로 돌리자며 달삼에게 다시 술을 권했다.

"그러지요."

달삼도 그에 동조하며 흔쾌히 잔을 들었다. 두 사람의 사이엔 오직 권하거니 작하거니 술잔만 오갔다. 서로가 불편한 관계를 만들지 않으려는 듯 고심하는 마음이 역력했다. 각자의 술잔에는 서로 다른 생각이 담겨 있었다. 동상이몽의 술이 창자를 미끄러지며 쓸려 내려갔다. 그러면서도 그들은 자리를 쉬 파하지 못했다.

29

국성에 이중 권력이 형성되면서, 청년장수들은 장협과 반대로 칩거 생활을 하는 양 조용한 나날을 보냈다.

고국양왕이 병석에 누워있는 관계로 사실상 실권을 장악한 담덕도 조정 대신들의 인사를 대폭 추진할 의사가 없었다. 모두가 하나같이 두우를 반대해 나선 만큼, 이들 모두가 새로운 국가 건설을 위해 함께 매진하기를 바랐다. 단합만이 부국강병의 기초였다. 그러나 두우 일당이 제거된 빈자리는 새롭게 채워야 했다.

조정 대신들은 그 빈자리를 둘러싸고 물밑 작업을 분주하게 벌였다. 가장 큰 자리인 국성의 수비대장직은 많은 사람이 부살바를 추천했지만, 장협과 돌벼 세력이 바기를 거듭 천거하자 담덕은 그 요구를 수락하였다. 문제는 장협이 맡고 있던 태학의 자리였다.

담덕은 혜성을 점찍고 있었다. 젊은 세대를 어떻게 육성하느냐는 나라의 장래와 관련된 중요한 문제이기에 그가 적임자라고 판단한 것이다. 그런데 어느 순간부터 이상한 소문이 나돌았다. 신분이 미천한 혜성이 태학을 맡아서는 안 된다는 주장이었다. 귀족의 자제들을 가르치는 책임자로서 그의 출신이 합당치 않다는 것이었다.

담덕은 어안이 벙벙했다. 다만 태학의 수장 자리가 비어 있을 뿐, 그 누구를 내정한 것도 아니고, 누가 적임자라고 거론된 바도 없는데, 굳이 혜성을 찍어 소문이 돈다는 것은 분명 이상한 일이었다. 더욱이 그는 태학에서 이미 귀족 자제들을 가르친 바 있었다. 그때는 되고 지금은 안 된다는 것도 말이 되지 않았다. 이것은 혜성을 둘러싸고 벌어지는 일이지만 실상은 자신을 공격하는 것이었다. 음모의 냄새가 났다. 어떤 세력들이 자신을 경계하고 이미 활동을 시작했다는 증거였다.

마음 같아서는 강력하게 밀어붙여 그의 입지를 세워 주고 싶었다. 그러나 그것은 갈등의 골을 조장하는 길이었고, 더욱 그를 곤경에 빠뜨리는 일이었다. 모든 사람을 하나로 뭉치게 만들어야 했고, 만인의 축복 속에서 자리를 맡게 하는 것이 혜성에 대한 배려라고 생각되었다.

담덕은 가타부타 의견을 밝히지 않고 기다렸다. 혜성을 비판할 세력이라면 대략 짐작 가는 바이지만, 그들의 최종 목표가 무엇인지를 알아야 했다.

혜성도 담덕의 마음을 이해했다. 그래서 두 사람은 이런 상황에서도 아무런 불편함을 느끼지 않았다.

"혜성 박사! 박사의 존재를 의식하는 사람이 많이 있는 모양입니다."

담덕이 농담조로 말을 건넸으나 거기에는 미안한 마음도 담겨 있었다. 또 앞으로 사태가 어떻게 전개될 것인지를 염두에 두고 한 말이기도 했다.

"소신이 처신을 잘못하여 태자 저하께 심려를 끼쳐드렸사옵니다. 송구하옵니다."

"아니지요. 그렇지 않습니다. 속이 좁아 괜히 다른 사람을 시기하는 이들이 잘못이지요. 혜성 박사야 태학의 책임자 자리가 문제겠습니까? 그보다 더한 직도 전혀 손색이 없지요. 아니 그렇습니까?"

담덕의 솔직한 심정이었다. 혜성이 속수무책으로 당하고 있는 것을 뻔히 알고도 보호막이 되어 주질 못해 마음이 아팠다.

"태자 저하의 신임에 몸 둘 바를 모르겠사옵니다. 하오나 소신보다는 나라를 먼저 생각하시옵소서."

"내 그 마음을 어찌 모르겠소. 허나 두고 봅시다."

어찌 된 일인지 이런 말이 오간 지 얼마 안 되어, 장협이 혜성을 중외대부로 천거했다. 태학을 맡아도 될 인재이지만, 사람들이 그의 출신을 보고 반대하니 그 자리를 맡기는 것이 좋겠다는 의견이었다. 이 또한 말이 되지 않았다. 출신으로 따지면 중외대부는 더욱 맡을 수 없는 고위직이었다. 중외대부는 국상 다음가는 자리로, 패자나 우태의 높은 관등을 가진 자가 임명되는 관직으로서, 여러 관리를 규찰하는 임무를 맡았기 때문이다.

삼국사기에는 고국천왕이 을파소乙巴素에게 중외대부中畏大夫로 임명하고 우태于台의 작위를 주어 등용하고자 하였으나, 을파소는 맡은 직위가 일을 하기에는 충분치 않다고 보고, 왕에게 현량한 사람을 선택하여 더욱 높은 관직을 주어 위업을 달성하게 하라고 대답했다. 왕이 그 뜻을 알고 곧 국상國相으로 임명하여 정사를 주관하게 하였다고 기록되어 있다.

그런데도 장협의 천거가 있는 후, 혜성에 대한 시비가 다시 일어날 듯도 했지만, 아니 당연히 일어나야 함에도 쥐 죽은 듯 조용했다. 담덕은 장협의 의견을 좇는 형식으로 혜성을 중외대부에 임명했다. 물론 태학의 책임 자리는 장협의 수하 흥덕의 차지가 되었다.

인사가 마무리되어 가면서 자리를 놓고 벌이는 암투는 자연스레 정리되었다. 관직에 관한 한 담덕과 청년장수들은 일절 왈가왈부하지 않았다. 조정의 진용이 갖춰지면서 국정이 새롭게 자리를 잡아갔다. 그러나 당장 큰 변화는 일어나지 않았다.

중외대부의 관직을 맡게 된 혜성은 조정의 움직임을 관망했다. 관리들을 규찰하는 것이 그의 직분이지만 화합의 분위기 속에 마땅히 처리할 일이 없었다. 장협이 자기 세력을 심기 위해 혈안이 되어 뛰어다니면서도, 관리를 감찰하는 그 중요한 자리인 중외대부를 천거하며 양보한 것도, 실상은 그것이 쓰지 않을 칼자루라는 것을 잘 알았기 때문이었다.

혜성은 관사와 집을 오가며 한가하게 나날을 보냈다. 그러나 그의 머릿속은 국정의 앞날을 타산하고 설계하느라 여념이 없었다. 지금 당장은 바람 한 점 없이 고요한 듯하지만, 새 물결의 바람은 이미 서서히 불기 시작했다. 그 시작은 새 대왕의 등극이었다.

고국양왕은 신하들에게 양위의 뜻을 내비쳤다. 그의 몸은 거의 병상에 드러누워 있을 정도로 쇠약해져 있었다. 국정은 담덕 태자와 국상이 도맡아 처리한 지 오래였다. 더구나 누구보다 담덕의 인물됨을 잘 알았던 고국양왕은 이런 자신의 모습이 담덕의 시대를 가로막는 걸림돌이 되고 있다고 여겼다. 그래서 기꺼이 양위를 선언한 것이다.

그러나 왕의 양위 문제는 그리 간단한 문제가 아니기에, 담덕과 신하들은 극구 만류하고 나섰다. 하지만 고국양왕 또한 주장을 꺾지 않았다. 누가 보더라도 왕은 오래 살 것 같지 않았다. 그래도 왕이 살아 있는데 양위를 입에 담는다는 것 자체가 불충이었다. 이에 고국양왕은 말했다. 자신이 살아 있는 동안 태자가 보위에 앉는 것을 보고 싶다고 간곡히 말했다. 그로 인해 더는 아무도 반대하지 않았다. 담덕이 대왕으로 등극할 것은 자명했다.

하지만 어떤 누구도 이에 대해서는 함구했다. 신하로서 대왕의 자리를 감히 입에 올릴 수는 없었다. 그러나 담덕을 지도자로 추대한 청년장수들로서는 그날을 준비할 수밖에 없었다. 그런데 이 사안만큼은 혜성으로서도 난감했다. 대왕의 즉위는 그의 손을 떠나 담덕 태자의 결심에 달린 문제였다.

오늘도 혜성은 관사를 나오며 생각에 잠겼다. 담덕 태자가 결정할 때까지 지켜보며 기다리는 것이 과연 맞는가 하는 의문이었다. 무작정 기다리자니 어떤 변수가 또 기다릴지 모르는 일이었다. 그렇다고 자식 된 도리를 저버리고 양위를 받아들여야 한다고 간하기도 마땅치 않았다.

도무지 타개책이 떠오르지 않는 가운데 혜성의 머리는 복잡하기만 했다. 그런 중에 어디로 향하는지 모르고 걷다 보니, 인가도 없는 외진 곳까지 이르렀다. 이내 정신을 차리고 돌아서려고 할 때, 언제 나타났는지 백발이 성성한 한 노인이 그의 앞길을 막았다.

"혜성 박사!"

"어찌 저를 알고……. 저에게 무슨 볼일이라도 있으십니까?"

혜성은 그 노인을 훑어보았다. 한눈에 봐도 범상한 인물이 아닌 듯 보였다. 노인은 다급한 듯 단도직입적으로 입을 열었다.

"부탁이 있어서 이리 찾았네."

"부탁이라니, 무슨……."

"이미 용광검에 대해 들어 보았을 것이니 내 다른 말은 다 생략하고 얘기하겠네."

혜성은 용광검의 전설뿐만 아니라 담덕 태자가 단군검법까지 터득했다는 것도 알고 있었다.

"용광검이라니……. 그것을 왜 저에게? 혹시 어르신께서 신 노인이라는 분이 맞사옵니까?"

"나를 알아보니 구태여 다른 설명은 필요 없겠구먼."

"어르신을 몰라뵈어 죄송하옵니다."

"아− 그것은 됐고, 내 급한 처지인지라……. 이것이 무엇인지 알아볼 수 있겠는가?"

신 노인이 뭔가를 꺼내 들었다. 그것은 검이었다. 혜성의 눈은 놀라움으로 가득했다. 강렬한 검기가 신 노인을 감쌌다. 용인 듯 봉황인 듯한 것이 꿈틀거리고 있는 것으로 보아 용광검임이 틀림없었다.

"용광검?"

"역시 알아보는군. 단군조선의 천제가 사용한 이래, 사라진 용광검이 드디어 모습을 드러내었네. 그 이유는 말하지 않아도 알 것이네만, 이 보검의 계승자가 이 세상에 나타났기 때문일세."

혜성은 신 노인이 담덕을 지목하고 있음을 바로 알아챘다. 담덕을 빼고는 생각할 수 없었다.

"태자 저하를 두고 하시는 말씀이옵니까?"

혜성이 주저하지 않고 물었다. 청년장수들은 이미 만장일치로 담덕을 그들의 지도자로 받들고자 혈의 맹세를 가진 바 있었다.

"바로 맞췄네. 그이가 바로 용광검의 주인이네."

혜성의 가슴은 푸르르 떨렸다. 그들이 추대한 영도자가, 다름 아닌 천손의 나라를 세워 단군족을 이끌어 갈 운명을 타고난, 그런 인물이라는 것을 새삼스럽게 확인하는 감동이었다.

혜성이 감격에 겨워하고 있는데, 도리어 신 노인은 긴 한숨을 내쉬었다.

"어르신께서는 어찌해서 긴 한숨을 쉬시옵니까?"

"나는 용광검을 주인에게 돌려주기 위해 지금껏 보관해 왔네. 그런데 용광검의 주인이 한사코 이를 받지 않으려 하니……."

혜성은 담덕이 용광검을 받으라는 신 노인의 명을 거부하고 있다는 사실을 이해했다. 용광검은 천손 중에서도, 천손의 나라를 세울 천손을 상징하기에, 담덕이라면 능히 거부하고도 남을 것 같았다. 한 개인의 욕망으로는 절대 받으려고 하지 않을 사람이었다.

신 노인이 다가와 혜성의 손을 꼭 부여잡았다.

"나는 이제 떠나야 할 시간이 얼마 남지 않았네. 그분께 이 용광검과 서책들을 꼭 전해 주게. 이건 하늘의 뜻이네."

신 노인의 손은 부르르 떨리고 있었다. 생명의 불꽃이 꺼져가고 있었다. 한평생 용광검의 주인을 찾기 위해 헤매다가 이제야 찾았는데, 그 주인이 외면하여 다른 사람에게 부탁하고 떠나야 하는 처지였다. 그래도 어떻게든 주인에게 검을 쥐어 주어야 한다는 안간힘으로 버티고 있는 것이었다. 신 노인의 목소리가 다시 떨려 나왔다.

"내 부탁을 들어주겠는가? 약속해 주게."

희미하게 떨려 나오는 신 노인의 목소리에 혜성은 목이 메었다.

용광검을 받느냐, 받지 않느냐는 한 개인의 사사로운 문제가 아니었다. 단군족의 운명과 관련된 문제였다. 그러기에 신 노인은 눈을 감지 못하고, 마지막 한 점 남은 불꽃을 사르며 혜성에게 약속을 요구하고 있었다.

"약속하겠사옵니다. 심려 놓으시옵소서."

혜성이 확답하며 물기 배어나는 눈으로 웃어 보였다. 신 노인의 마지막을 웃는 모습으로 보내기 위해서였다.

"고맙네. 혜성 박사가 이리 약속해 주니 내 마음이 편하네. 그럼……."

신 노인이 환한 미소를 보이며 손을 놓더니 몸을 솟구쳤다. 그런가 싶더니 어느새 신 노인의 몸은 저 멀리 산등성이로 날아가고 있었다. 신선의 모습 바로 그것이었다. 그러다가 순식간에 사라져 버렸다.

삼국유사 고조선조에는 단군이 곧 장당경藏唐京으로 옮겼다가 뒤에 아사달로 돌아와 숨어서 산신이 되었다고 하였다. 또 삼국사기에는 고구려 동천왕 21년 봄 2월에 왕이 환도성丸都城이 난리를 겪었으므로 도읍이 될 수 없다고 생각하고, 평양성平壤城을 쌓아 백성과 종묘사직을 옮겼는데, 평양이라는 지명은 본래 선인仙人 왕검王儉이 살았던 곳이라 하였다. 이를 보면 단군과 천제 및 이와 관련된 사람들의 죽음은 죽었다고 표현하지 않고, 신선이 되어 살아가는 것으로 표현하고 있음을 이해할 수 있다.

이 일을 겪은 후 혜성은 담덕을 찾았다.

"어서 오시오. 중외대부!"

담덕이 반갑게 맞이했다.

"태자 저하!"

예를 갖춘 혜성의 태도는 사뭇 여느 때와 달랐다. 담덕은 뭔가 심상치 않은 일이 있음을 직감했다. 혜성이 귀중한 보물을 다루듯 조심스럽게 보자기를 풀어 검과 책자를 담덕 앞에 내놓으며 말했다.

"이 검을 아시겠는지요?"

"아니, 그 검이 왜? 혹시 사부님께서…….”

담덕이 말을 더듬거렸다. 용광검을 보니 사부가 그리웠고, 그리움에 눈시울이 금방 붉어졌다. 아니 그보다 먼저 사부의 신상에 무슨 일이 일어났음을 직감적으로 알았다.

"그러하옵니다. 어르신께서는 이 세상을 떠나 신선이 되셨사옵니다.”

"방금 뭐라고 하였소?"

담덕은 귀를 의심하였다. 사부가 떠나셨다니 도저히 믿을 수 없는 일이었다. 잘못 들었기를 바라며 초점 없는 눈길로 바라보자, 혜성이 눈물만 글썽거렸다.

"사부님!"

담덕의 무릎이 힘없이 꺾여졌다. 사부는 떠나가고 용광검만이 그 앞에 있었다.

'이렇게 될 줄 알았으면 사부님의 명을 따랐을 것인데…….'

그가 사부의 뜻을 모르는 바는 아니었다. 그걸 알았기에 사양한 것이다. 용광검의 주인이 될 힘을 스스로 기른 다음에 그것을 수락하고자 한 것이다. 그러나 안타깝게도 사부는 흘러가는 세월 앞에서 그를 기다려주지 못했다. 그때 청을 들어주었으면 얼마나 기뻐했을까 하는 회한만이 남았다.

"사부님! 이 못난 제자를 용서하시옵소서."

담덕이 끝내 오열을 터트렸다. 그의 눈에서는 굵은 눈물이 하염없이 흘러내렸다.

한동안 지켜보던 혜성이 담덕을 부축하며 아뢰었다. 그의 눈에도 눈물이 맺혀 있었다.

"태자 저하! 그만 진정하시옵소서."

담덕은 마음을 추스르고 일어났다. 슬퍼하는 것만이 능사가 아니었다. 이런 모습을 사부는 원하지 않을 것이었다. 그에게 맡겨진 운명의 끈을 붙잡기 위해 노력하는 것이, 돌아가신 사부를 실망시키지 않는 길임을 잘 알고 있었다.

"사부님께서는 어찌 떠나셨소?"

담덕의 물음에 혜성은 신 노인과 있었던 일을 소상하게 얘기해주었다. 그리고는 무릎을 꿇으며 용광검을 받쳐 들고 단호하게 요구했다.

"태자 저하, 용광검을 치켜들고 대왕에 오르시옵소서. 이것은 대왕 폐하의 뜻이고, 사부님의 뜻이고, 백성의 뜻이며, 하늘의 뜻이옵니다. 이를 더 외면하고 거역할 수는 없사옵니다. 자, 어서 받으시옵소서."

담덕은 용광검을 내려보다가 혜성을 지긋이 응시하였다. 혜성은 어쩌면 사부와 뜻이 잘 통할 것 같았다. 사부가 일생을 단군조선의 계승자를 찾으려 했다면, 혜성은 앞으로 그런 사람을 세워내려고 하는 인물이었다. 사부는 그 누구도 아닌 그런 혜성을 통해 용광검을 전달하고자 한 것이다. 문득 사부에 대한 그리움이 솟구쳤고, 한층 더 슬픔이 몰려왔다.

눈시울이 붉어진 담덕이 마침내 두 눈을 빛내며 고개를 끄덕였다. 그리고 신 노인이 신선이 되어 떠난 태백산(백두산)을 향해 무릎을 꿇었다.

"사부님! 이 못난 제자, 비록 부족하지만 용광검을 부여잡고, 그 계승자답게 부끄럼 없이 천손의 나라를 세워가겠사옵니다. 부디 이 못난 제자를 믿어주시고 굽어살펴 주시옵소서."

담덕의 결심을 시작으로 국성은 새 물결의 바람이 거세게 불었다. 끝을 향하는 바람이 아니라 새 출발을 시작하는 바람이었다. 담덕의 시대를 알리는 배가 닻을 올리게 된 것이다.

담덕이 고국양왕의 양위를 받아들이자, 조정에서는 대왕 즉위식을 즉각 선포하였고, 그 준비로 분주하게 되었다. 물론 담덕이 결심 하나만으로 대왕의 자리를 덥석 받아 안은 것은 아니었다. 힘든 격무에 시달리기보다는 편안한 상태에서 부황의 건강이 하루빨리 회복되기를 바라는 마음도 담겨 있었다.

마침내 영락永樂 1년(391년) 6월, 대왕 즉위식의 날이 다가왔다.

삼국사기에는 고국양왕 9년(392년) 여름 5월에 왕이 죽어서 고국양에 장례를 지내고 호를 고국양왕이라고 했다. 그러나 광개토호태왕릉비문에는 국강상國岡上 광개토경廣開土境 평안平安 호태왕好太王이 18세에 17대손으로 왕위(391년)에 올라 칭호를 영락永樂 태왕太王이라고 하였다.

광개토호태왕릉비문은 고구려인 스스로가 쓴 것으로써 이를 중심으로 바라보면 고국양왕이 당시 생존해 있었고, 광개토호태왕이 391년에 왕위에 올랐음을 알 수 있다. 그렇다면 그것은 양위의 형식으로 진행되었을 것이며, 양위 받기 위해서는 최소한 왕에 오른 391년 이전에 실권을 장악하여야 할 것이고, 고국양왕은 병색이 완연해 국정을 보기 힘든 상태였다고 보는 것이 타당할 것이다.

국성은 물론이고 온 나라가 축제의 분위기였다. 대왕의 등극은 나라의 주인이 새롭게 등장하는 대사건으로써 일대 경사가 아닐 수 없었다. 그런데다 어린 시절부터 담대한 면모와 기상을 보여준 담덕이 새 주인으로 등장하게 되었으니, 사람들의 기대는 부풀어 오를 수밖에 없었다. 바야흐로 담덕의 시대가 열리고 있음에 희망의 물결이 넘실거렸다.

축복 속에 대왕 즉위식 준비가 모두 끝나갈 무렵, 담덕은 황궁의 무예장에서 용광검을 번쩍 들었다. 이제 얼마 후면 즉위식이 거행되는 것이다. 대왕의 자리는 나라를 이끌어 가는 막중한 자리였다. 그 무거운 짐을 두 어깨에 짊어지기로 한 이상, 담덕은 새로운 각오를 다지지 않을 수 없었다.

용광검을 움켜쥔 그의 손이 파르르 떨렸다. 지난날의 기억들이 편린처럼 차례로 스치고 지나갔다. 사부로부터 검법을 배우게 된 과정에서부터 서부국경으로 나가 후연을 징벌한 사건, 백제와의 전쟁, 평양성을 근거지로 꾸리던 과정, 혈맹의식을 거행하고 두우의 역모를 응징하던 일 등이 주마등처럼 스쳐 지나갔다. 그러나 무엇보다 용광검을 얻게 된 과정은 특별한 기억으로 각인되어 있었다.

떠나가신 사부를 두고 한 맹세는 어떻게든 지켜야 했다. 전혀 부끄럽지 않아야 했다. 물론 그 이전에도 그런 이상을 한시도 잊어 본 적이 없었다. 그러나 용광검을 받아들이고 고국양왕으로부터 보위를 이어받아 대왕의 자리에 오르는 것은 예전과는 또 다른 의미였다.

'나 담덕은 하늘의 운명을 받아들인 이상, 천손의 아들로서 천손의 나라를 열어나갈 것이다. 기어이 새 시대를 열고 말리라!'

불끈 쥐어진 용광검이 광채를 내며, 담덕의 손에서 움직이기 시작했다. 순식간에 하늘은 용광검의 검기로 가득 찼다. 그 어떤 것도 범접할 수 없는 기세였다.

좌로 베니 청룡의 기세요, 우로 베니 백호가 포효하고, 아래로 베니 주작이 날아오르고, 위로 치켜드니 현무가 춤을 추었다. 용광검을 치켜든 담덕의 몸에서 내뿜어지는 광채가 태양처럼 빛을 발했다. 휘황찬란한 빛이 온 세상에 수놓아지는 위엄이었다.

한참을 춤췄던 용광검이 세상에 우뚝 선 기세로 대지를 훑고 지나갔다. 거대한 대지를 감싸고도 남을 위용이었다. 어느덧 검은 칼집에 들어가 있었다. 용광검이 춤을 멈추자 사위는 조용해졌다.

"태자 저하! 아니 대왕 폐하! 백관 신료들이 기다리고 있사옵니다."

오골승이 대왕 즉위식 준비가 완료되었다고 보고하였다. 담덕은 고개를 끄덕이며, 대왕만이 입을 수 있는 황색 비단옷을 걸치고 백라관을 머리에 썼다.

"갑시다!"

즉위식이 마련된 대전의 앞뜰에는 백관 신료들이 화려한 복색을 갖추고 늘어서 있었다. 그 뒤에는 황색기를 비롯한 여러 깃발을 든 군사들이 도열해 있었다. 화려하고 웅장한 대왕 즉위식이 시작되었다.

물론 이것은 대왕 즉위식장의 한 장면에 불과했다. 대왕 즉위식이 대전 앞에서 이제 막 시작되지만, 이미 국성을 비롯한 전국은 연일 축제가 이어지며 잔치가 벌어지고 있었다. 국가적인 축제 분위기로 대왕 즉위식이 추진되고 있었다.

조정 대신들이 도열해 있는 사이를 담덕이 걸어 나가자 하늘도 땅도 숨을 죽였다. 그런 가운데 북이 둥둥 울리고 나팔소리가 하늘 높이 날아올랐다. 즉위식을 알리는 소리였다. 담덕의 시대가 열림을 선포하는 소리였다.

황위 계승식은 고국양왕의 보위를 이어받아 대왕에 오르는 절

차로 진행되었다. 먼저 고국양왕의 양위 칙서가 낭송되었다. 고국양왕은 병상에 있는 관계로 참석지 못하고 칙서를 보내 왔던 것이다.

"나 이련(고국양왕)은 존엄한 대왕의 직위를 이어받아 8년에 걸쳐 수행해 왔으나, 재주가 모자란 데다가 병마까지 겹쳐 국정을 잘 이끌지 못했노라. 이에 허물이 많음을 내 이미 알아 왔도다. 담덕은 태자 때부터 국정을 보필해 왔다. 그간 담덕이 보여준 자질과 담대한 기상은 그가 이 나라를 이끌어 나갈 지도자라는 것을 능히 증명해주고도 남는다. 내우외환의 오랜 시기를 극복하고 나갈 이는 바로 담덕이다. 나는 이에 대왕의 자리를 담덕에게 물려주고자 하노라. 앞으로 그 웅대한 포부가 실현되기를 바라마지 않으며, 이제 찬란한 대제국 고구려의 시대, 담덕의 시대가 펼쳐졌음을 선언하노라."

"담덕 대왕 만세! 만세! 만세!"

모든 조정의 백관 신료들이 열렬히 환호했다. 그 함성은 새 시대를 열어가려는 열망의 소리로 하늘과 땅을 울렸다.

환호 속에 담덕이 일어나 대왕의 징표인 국새를 전해 받았다. 그 손잡이에는 봉황이 날개를 힘차게 뻗어 하늘로 비상한 듯한 그림이 수놓아져 있었다.

담덕은 조정 백관을 바라보며 입을 열었다. 대왕으로서 처음 조정의 신하를 대하는 자리였다. 모든 시선이 그의 얼굴로 집중되었다.

"중책을 맡게 되어 어깨가 무겁습니다. 여러 대신들께서 잘 이끌어 주시기를 바랍니다. 기탄없는 충언과 고언을 부탁드립니다. 나는 천손天孫의 나라를 세우고자 합니다. 천손의 아들로서 고구려인의 심장과 가슴으로 고구려대제국의 미래를 열어가고자 합니다."

잠시 말을 멈추고 백관들을 둘러보는 담덕의 눈은 이글거리며 불타오르고 있었다.

백관들은 천손의 나라를 건설하겠다는 말에 지대한 관심을 보이며 그의 다음 말을 기다렸다. 이것이야말로 그의 담대한 기상을 한마디로 응축한 말이었고, 앞으로 국정을 어떻게 이끌어 갈 것인지에 대한 그의 입장을 총괄적으로 밝히는 대목이었다.

담덕이 다시 말을 이었다.

"이 나라를 건국한 추모 대왕은, 다름 아닌 천제의 아들과 하백 사이에 태어난 천손天孫의 아들입니다. 우리 고구려는 바로 천손이 다스리는 나라인 것입니다."

광개토호태왕릉비문에 의하면 옛날 시조 추모왕鄒牟王은 북부여北夫餘에서 나왔는데, 그는 천제天帝(하느님)의 아들이요, 그의 어머니는 하백河伯(물의 지배자)의 딸이라고 하였다. 모두루 무덤에도 하백의 손자이며 해와 달의 아들인 추모성왕鄒牟聖王이 북부여에서 나왔다고 기록되어 있다.

고구려인들은 자신들이 천손天孫의 후예라는 의식을 가지고 있었으며, 그들만의 독자적인 천하관을 가지고 있었다. 고구려의 천하관은 중국의 천하관과는 달리, 자신이 직접 하늘의 자손이라는 천손의식에 바탕을 두고 있다. 그래서 중국의 천하관이 황제가 하늘의 명을 받아 다스린다는 입장이라면, 고구려의 천하관은 하늘의 자손으로서 자신이 직접 다스린다는 입장이다.

담덕이 다시 한번 말을 멈추더니 용광검을 뽑아 들었다. 그와 동시에 청룡과 백호, 주작과 현무가 용광검의 주위를 맴돌며 광채를 내뿜었다. 휘황찬란한 빛이 너무나 눈부셔 사람들은 제대로 눈조차 뜰 수가 없었다.

신료들 모두는 깜짝 놀라며 입을 다물지 못했다. 도저히 믿을 수 없는 일이 그들의 눈앞에서 펼쳐지고 있었다. 용광검은 자신의 주인이 세상에 등장할 때에만 그런 위용을 나타낸다는 전설의 검이었는데, 믿기게 않게 직접 두 눈으로 보게 된 것이다.

"이 검은 보다시피 용광검입니다. 단군조선의 천제가 사용하시고, 대대로 그 후계자에게 이어져 온 바로 그 용광검입니다."

담덕의 말을 듣고서야 제정신을 차린 듯 백관 신료들이 함성을 질렀다. 전설로만 듣던 그 용광검의 주인이 바로 자신들의 새로운 대왕이라는 것에 문무백관 모두가 놀랐다.

"나는 이 검의 주인으로서 천손의 나라를 건설할 것입니다. 여러분 앞에 이 검을 걸고 약속드리는 바입니다. 단군조선을 계승한 찬란한 천손의 나라에서, 만백성이 영원토록 행복하고 풍요롭게 사는 새 시대를 기필코 열어젖힐 것입니다. 이를 위해 이제부터 영락永樂이라는 연호를 사용할 것입니다."

"영락 태왕 만세!"

백관들이 하나가 되어 '영락 태왕 만세!'를 거듭 외쳤다. 열기에 찬 함성은 하늘과 땅을 이었다. 천지인이 하나 된 일체야말로 바로 용광검의 위력이었다.

열렬한 함성이 계속 이어지는 속에 대왕의 즉위식은 끝났다. 그러나 축제 분위기는 더욱 고조되었다. 이미 대왕 즉위식을 계기로 사면령이 대대적으로 내려지고, 전국 각 지방의 관청 곳곳의 곳간을 열어 양곡을 나누어 주었다. 나라 안은 그야말로 잔칫집 분위기였다. 취타대와 연주대가 연일 나라 안을 돌았다. 이들의 행렬을 따라 백성들은 덩실덩실 춤을 추었다. 영락 태왕의 시대를 알리는 북소리는 오래도록 사해로 퍼져 나갔다.

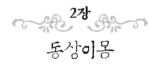

2장
동상이몽

30

영락 2년(392년) 2월, 담덕이 대왕 즉위식 상에서 새 시대의 고고성을 울리며, 영락이라는 연호를 사용하겠다고 밝힌 이래, 첫 이듬해를 맞이했다. 혁신의 바람이 불면 그 와중에 일정한 혼란이 생기게 마련이지만, 내정은 급속도로 안정되어 갔다. 왕으로 즉위한 기간은 짧았지만, 이미 태자 시절부터 국정을 살펴온 데다 일관성 있게 정책을 수립, 집행해 나가니 정국은 그만큼 빨리 안정되었다.

담덕이 영락 태왕으로서 처음 밀고 나간 국내 정책은 크게 두 가지였다. 하나는 백성을 위한 시책이었고, 또 하나는 여러 갈래로 흩어진 세력을 아우르는 포용정책이었다.

백성을 돌보는 일은 대왕의 근본 임무였다. 담덕은 태자 시절부터, 이미 가뭄과 수해로 백성이 기근에 허덕일 때 나라의 곳간을 열었고, 그것마저 여의치 않을 때는 부유한 자들의 곳간도 열도록 했다. 담덕은 이것을 일회성으로 끝내지 않고 국가의 정책 운영 전반에 정착시켰다. 그야말로 획기적인 일이었다.

지금껏 선대 대왕들도 현명한 재상들을 등용해 이를 시행하려 했지만 모두 수포로 되고 말았다. 고국천왕은 을파소를 등용시켜 진대법이라는 정책을 시행하였다. 진대법은 춘궁기에 나라의 창고를 열어 백성에게 곡식을 빌려주고 추수기에 갚도록 한 제도였다. 그 취지는 좋았으나 이것 또한 여러 귀족들과 관료들의 탐욕으로 왜곡되어 또 다른 수탈제도로 변질되고 말았다. 담덕은 이를 바로잡았다. 거기에다가 권세가들이 백성의 땅을 함부로 빼앗지 못하도록 조치하면서 지대 인하정책을 지시하였다.

포용정책 또한 담덕이 일관되게 추진한 정책이었다. 권력계에 새로 등장하면 먼저 정적들을 제거하는 것은 자연스러운 움직임이었다. 자기 권력 기반을 강화하기 위한 필수적인 조치이기도 하고, 그동안 핍박당한 원한에 대한 복수이기도 했다.

두우 일당을 제거할 때, 그들에 대한 원한이 얼마나 사무쳤는지 백성들은 그들과 한 패거리였던 사람들을 처벌해 달라며 들고 일어났다. 성격 급한 사람들은 자기 손으로 앙갚음하겠다고 직접 찾아 나서기도 했다. 그들 중에는 헌칠에게 죽임을 당한 의태의 친구인 길동도 있었다. 길동은 의태의 원수를 갚기 위해 헌칠과 뇌도를 쫓았다. 그들을 끝내 잡지 못하자, 의태가 체포될 때 같이 있던 군졸들을 포박해 놓고선 처형해 달라고 목청을 드높였다.

이런 상황을 시급히 바로잡지 못하면 나라는 수많은 사람의 피의 보복으로 얼룩질 수 있었다. 보복을 당한 사람들은 또 보복을 당한 대로 그대로 있지 않을 것이며, 그것은 또 한바탕 피바람을 일으킬 수 있었다. 두우와 태자와의 관계에서 중립적 입장을 견지했던 세력들은 이런 사태를 예의 주시했다.

담덕은 엄정하게 지시를 내렸다.

"두우 일당이 저지른 죄는 엄중합니다. 먼저 무고하게 당한 사람들의 상처와 아픔을 위로하며, 지난날 잘못된 처벌로 당한 죄과를 시급히 시정할 것입니다. 그러나 두우 일당의 처벌을 분풀이로 하여서는 아니 됩니다. 그리된다면 나라는 혈겁에 휩싸이고 말 것입니다. 두우 일당의 만행은 주로 두우와 헌칠, 뇌도 등 몇몇 사람에 의해 저질러졌습니다. 그 와중에 피치 못할 사정으로 두우와 함께했던 사람도 있을 것입니다. 이 또한 면밀히 조사하여 국법으로 그 죄과에 따라 엄정하게 처리할 것입니다. 이제 우리는 정의롭고 희망찬 나라를 건설하기 위해 모두 손잡고 나아가야 합니다. 이것이 바로 두우를 응징한 근본정신입니다. 자기 과오를 뉘우치고 새 출발 하려 한다면 지난날의 일은 서로 따지지 말고 함께 힘을 합치는 데 주저함이 없기를 바랍니다."

담덕의 지시로 두우 일당에 대한 처벌이 그 죄과에 따라 엄정하게 처리되었다. 지난날의 잘못을 반성하고 새 출발을 다짐하는 사람들에게는 관용이 베풀어졌다. 물론 담덕은 의태의 의로운 행동을 듣고, 그의 참뜻을 본받고 기리자는 의도에서, 품위를 추증하고 유족들에게 큰 보상을 내렸다.

담덕의 이런 행동에도 불구하고 여전히 귀족들은 경계의 눈초리를 늦추지 않았다. 아직 권력을 완전히 장악하지 못한 태자라는 직위에서 다른 세력의 경계를 견제하는 기만술책이 아닌가 하고 의심하였다. 그런데 담덕은 두우 일당이 제거된 자리에 그의 측근들을 앉히기보다는 과감하게 다른 세력들에게 양보하였다.

대왕에 등극한 이후에도 이러한 그의 조치는 변함이 없었다. 여러 세력들과 함께 손잡고 나가려는 노력을 끝까지 보이는 것은 물론이고, 도리어 지난날의 반대 세력까지 사면하였다. 이를 지켜본 사람들은 점차 담덕을 신뢰하고 존경하기 시작했다. 대왕이라는 지위가 아니라 한 인간의 풍모에 대한 존경으로 바뀌어 갔다.

이러한 분위기가 국가적 차원에서 조성되니 나라의 기강이 급속도로 확립되었다. 대왕에 즉위한 지 반년이 조금 지났지만, 태평성대가 바로 이런 것인가 하는 것을 느끼게 하는 세월이었다.

그러나 내치와 외치는 결코 별개의 문제가 아니었다. 더욱이 고구려는 사방이 적으로 둘러싸인 나라로서 수시로 침공을 받고 있었다. 전연, 후연, 거란, 부여, 백제 등의 침략으로 온갖 환란을 겪고 있었으며, 그로 인해 고구려의 대왕은 내정만이 아니라 외적을 처리하는 문제도 신경을 늦출 수 없었다.

담덕은 지금껏 국가적인 대외 과제를 어떻게 풀 것인지 언급하지 않고 있었다. 하지만 내정이 안정된 상황에서 대외적 문제는 어떻게든 표출될 수밖에 없었다. 그러나 대왕에 오른 지 얼마 되지 않는지라 그 누구도 감히 입에 올리지 못하고 있었다.

바기는 국성의 수비대장으로서 자신의 직분을 성실히 이행하고 있었다. 일이라고 해봤자 국성 주변을 시찰하며 대왕께 보고하는 정도였다. 권력 간 갈등이 진행되는 상황도 아니고, 내정이 정비되고 안정돼 가는 속에서 경계를 강화할 이유가 없었다. 그런데다 그는 국성 수비대장이기에 대외 문제는 별반 관심을 두지 않았다.

그는 가벼운 마음으로 도성의 진지들을 돌아다니며 일상을 보냈다. 그러던 중 흥덕의 전갈을 받았다. 흥덕은 태학을 책임지는 수장 자리에 있었다. 그러나 그보다는 장협의 최측근이라는 사실이 중요했다. 그의 말은 곧 장협의 뜻이기도 했다.

바기는 지금의 위치에 오르게 된 데에 장협의 힘이 컸기에, 아무래도 그의 눈치를 보고 있었다. 더구나 장협은 그의 사돈어른이기도 했다.

바기는 일상적인 업무를 끝내고 흥덕을 찾았다. 흥덕은 그를 반갑게 맞이했다. 흥덕은 바기의 노고를 치하하면서 오늘이 있기까지 뒤를 봐준 장협의 공을 은근히 드러내었다. 그리고는 넌지시 운을 떼었다.

"아무래도 이제 원정을 단행할 때가 되었지요. 아니 그렇습니까?"

"원정이라니? 무슨 말씀이십니까? 대왕께서 즉위하신 지가 얼마나 되었다고요. 1년도 되지 않았는데, 지금이 그런 때이겠습니까?"

"아닙니다. 지금이 바로 적기입니다."

"예? 적기라고요?"

바기는 홍덕이 단정적으로 쏟아내는 말에 적잖이 놀랐다. 그로서는 생각지도 못한 얘기였다.

"지금 나라 안은 매우 안정적입니다. 대왕께서 즉위하신 지 얼마 되지 않았다고는 하나, 모든 것이 확고하게 자리를 잡아가고 있습니다. 더욱이 장협 대인께서 국상을 맡고 계시는데 뭐가 걸릴 게 있겠습니까?"

"그야 그렇지만…… 그래도 지금은 너무 때가 이른 것 같습니다만……."

바기는 수긍하면서도 여전히 시기적으로 지금 원정을 거론하는 것은 무리라고 여겼다. 기강이 확립되고 내정이 안정되었다고 하지만, 아직 원정을 말할 단계는 아니었다.

"대왕 폐하께서는 하늘의 자손임을 선포하시며 새 시대를 열겠다고 천명하지 않으셨습니까? 그래서 연호도 영락이라고 하여 그 의지를 밝히셨고요. 이게 무얼 말하겠습니까? 천하를 도모하시겠다는 강력한 뜻이 아니고 무엇이겠습니까? 그런데 내정만 다지고 있으니……."

"……."

"이제 대왕께서 천하를 도모하기 위해 원정의 깃발을 반드시 들지 않겠습니까? 이것이 앞으로 전개될 상황입니다."

"앞으로야 당연히 그리하시겠지요. 제가 말하고자 하는 것은 지금이 그때냐는 것입니다."

바기가 여전히 탐탁지 않게 대꾸하자 흥덕이 갑갑하다는 투로 얘기했다.

"답답하십니다. 요즘 젊은애들 입에서는 거란을 원정해야 한다는 소리가 퍼지고 있어요. 이게 뭘 의미하겠습니까?"

"그거야 몇몇 철모르는 애들이나 하는 소리……."

바기는 채 말을 끝맺지 못했다. 지금까지는 애들이 철모르고 하는 소리라고 치부해 왔지만, 막상 흥덕의 말을 듣게 되자 꼭 그렇게만 볼 것이 아니라는 생각이 든 것이었다.

"맞아요. 지금은 소수이지요. 그러나 곧 많은 사람이 동참할 것입니다. 지금 이 나라 분위기가 어떻습니까? 기풍이 변했어요. 안 그렇습니까?"

바기는 흥덕의 말에 쉬 판단을 내릴 수 없었다. 듣고 보니 맞는 것 같기도 하고, 여하튼 아리송했다. 분위기라는 것은 어떻게 혼자 되돌릴 수 있는 성질의 것이 아니었다. 이렇게까지 나라의 기풍이 전변될 줄은 미처 예상치 못했다. 어차피 시대의 흐름은 흥덕이 말한 대로 흘러갈 것이 분명했다.

"아마 그리되겠지요."

바기가 마지못해 수긍하자 흥덕이 조심스럽게 속내를 내비쳤다.

"그럴 바에야 먼저 주청 드리는 것이 좋지 않겠소?"

"내가 어떻게? 내 직분과는 관계가 없지 않소? 국성의 수비를 맡고 있는데…….'

흥덕의 권유에 바기가 깜짝 놀라 반문했다. 만약 잘못했다가는 재앙이 따를 수 있었다.

"장군께서 충언을 올리지 않는다면 어느 누가 감히 대왕 폐하께 그런 말씀을 아뢸 수 있겠습니까? 직분보다 더 중요한 것이 충심이지요."

충심까지 거론하니 바기는 더 대꾸하지 못했다. 흥덕이 다시 말을 이었다.

"아무 일도 없을 터이니 걱정하지 않아도 될 겁니다. 오히려 먼저 나서는 것이 여러모로 득이 될 것입니다."

"득이라니요?"

"생각해보십시오. 대왕 폐하께서 천하를 도모하고자 하시는 마당에, 고작 거란이라는 소국에 1만여 명이나 되는 고구려 백성이 납치되어 지금도 노예로 살고 있지 않소? 폐하가 백성을 위하는 마음이야 다 알고 있는 사실인데 그 상심이 얼마나 크시겠습니까? 아마 대왕께서도 속으로 어느 누군가 충언해 주길 기다리고 계실 겁니다. 이번에 대왕 폐하의 신임도 얻고, 위상도 높일 수 있는 게지요."

"그렇다고 해도…….'

바기가 여전히 미적거리자 홍덕이 아니 되겠다는 듯 쐐기를 박고자 했다.

"설마 국상 어른의 은혜를 잊으신 것은 아니겠지요?"

"잊다니요? 그 무슨 말씀을……."

"그러셔야지요. 국상께서는 장군을 굳게 신임하고 계십니다. 이건 대인의 뜻이기도 합니다. 이 점을 유념했으면 합니다. 그러면 장군께서 잘 판단하실 것으로 믿겠습니다."

바기는 숨이 콱 막혀 왔다. 그로서는 거부할 수 없는 소리였다. 그가 힘없이 대답했다.

"알았소이다."

바기는 홍덕과 헤어진 후 이를 어떻게 처리할까 생각해보았으나 난감했다. 모른 척했다가는 지금의 국성 수비대장직마저도 위태로울 수 있었다. 그렇다고 겁도 없이 덜컥 주청했다가는 무슨 낭패를 당할지 몰랐다.

청년장수들도 원정에 대해선 언급하지 않고 있었다. 다기와 수라바 장수는 평양성과 남평양성으로 떠난 상태였고, 나머지 청년장수들도 그저 자기 맡은바 소임을 묵묵히 다할 뿐이었다.

바기는 고심하다가 동생 바우에게 자문을 구하고자 했다. 바우는 현명한 대책을 내놓을 수 있을 것 같았다.

그는 바우를 찾아 홍덕과 있었던 일을 전해주며 묻고자 했다. 그런데 막상 그런 말을 하고 나자 자신의 초라한 모습이 싫어 모든 것을 집어치우고 싶었다. 자신은 무슨 권력에 대한 특별한 욕망이 있는 것도 아니었다. 단지 가문을 위해 움직이는 것뿐이었다.

"거부할 수도 없고, 그렇다고 따를 수도 없고⋯⋯. 어찌했으면 좋겠는지 속 시원히 말 좀 해봐라."

바우가 연민의 정이 가득한 눈길로 바기를 바라보더니 뜬금없는 질문을 던졌다.

"형님! 가정입니다만, 형님은 줄을 대야 한다면 대왕 폐하와 장협 국상 중에 어느 편에 서실 겁니까?"

"그게 무슨 소리냐? 편이라니⋯⋯."

"아니, 만약 또다시 지난번과 같이 두 세력으로 갈라진다면 어찌하실 게냐는 거지요. 물론 만에 하나지만⋯⋯."

"허허, 참. 그야 당연히 대왕 폐하겠지. 역성혁명을 꿈꾸지 않고서야 어찌⋯⋯ 헌데 만약이라고 해도 비약이 심하지 않으냐? 장협 국상께서 사심 없이 대왕 폐하를 보필하고 계시는데⋯⋯. 정말로 그런 일이 벌어질지도 모른다고 생각하는 것은 아니겠지?"

"그거야 알 수 없지요. 어제의 동지가 오늘의 적이 되고, 오늘의 적이 내일의 동지가 되는 일은 얼마든지 있을 수 있으니까요. 그러니 만일의 사태를 대비하고 처신해야지요."

바기는 정수리를 얻어맞은 듯 정신이 아찔했다. 전혀 몰랐던 바는 아니지만, 만약 그것이 사실이라면 보통 심각한 문제가 아닐 수 없었다.

실은 그가 흥덕의 권유에 선뜻 호응하지 못한 것도 그런 이유 때문이었다. 현실의 실체가 느껴지자, 어느 편에 서야 할지 바우에게서 확인하고 싶었다.

"그럼 너는 어떠냐? 하기사 장협 국상이 네 장인이니 물어 보나마나이겠지만……."

"아니 무슨 말씀을 그리하십니까? 저도 이 집안사람이고……. 또 조정의 일에 일절 관여하시 않는 바인데. 허나 군이 선택한다면 대왕 폐하를 따를 겁니다."

"너도 그리 생각하느냐?"

아우도 자신과 같이 생각한다는 것에 바기는 안도했다. 그러나 그것도 잠시 장협의 말을 따르지 않았을 때 닥쳐올 일을 떠올리자 불안하지 않을 수 없었다. 그것은 가문의 영광과 관련된 일이었다. 바기가 다시 초조한 목소리로 물었다.

"그건 그렇다 치고 당장의 일이 걱정이다. 만약 국상의 요구를 들어주지 않으면 이 자리마저 온전치 못할 것인데……. 어찌했으면 좋겠냐?"

바기의 딱한 모습이었다. 저렇게 단순한 사람이 음모와 모략이 난무한 권력계에 발을 들여놓고 있다는 것이 안쓰러울 뿐이었다. 바우는 그런 형님을 그냥 두고 볼 수 없어 자기 의견을 피력하기 시작했다.

"형님께서 말했듯이 지금은 서로 세 대결을 벌이고 있지 않으니, 양편이 다 만족할 수 있는 것만 취하면 될 겁니다."

"그렇게 답답하게 에두르지 말고, 내가 알아듣기 쉽게 말해 봐라. 아무래도 흥덕의 말을 듣지 않는 것이 좋겠지?"

"글쎄, 그게 그렇게 간단치 않습니다. 어떤 점에서는 들어주고, 어떤 점에서는 들어주지 않아야 하니까요."

"도대체 무슨 말인지 모르겠다."

"차근차근 생각해보십시오. 원정을 간언하면 장협 국상은 만족하시겠지요. 그럼 대왕 폐하는 어떠시겠습니까? …… 아마 별문제 없을 것입니다. 그런데 정작 문제는 다른 곳에 있습니다."

"두 분 모두가 만족할 일이라면 그리하면 될 게 아니냐? 근데 무엇이 문제란 말이냐?"

"원정 자체가 아니라 그 대상이 맞지 않는 것 같아서요. 어차피 외세로부터 환란을 겪고 있는 우리 고구려로서는 제때 외적을 응징해야지요. 허나 만약 첫 단추를 잘못 끼웠다가는 더한 혼란을 겪게 될 겁니다."

"그럼 너는 거란이 첫 원정 대상지가 아니라는 말이냐? 내 보기에는 백성도 구출하고 대륙으로 진출하기 위해서는 그게 가장 우선일 것 같은데……."

"대의야 그럴듯해 보이지만 그게 그렇지가 않습니다. 지금 우리를 위협하고 있는 나라는 후연, 백제, 거란, 부여 등 동서남북 사방에 걸쳐 있어요. 하나같이 만만치 않고요. 그런데 교두보도 확보하지 못하고 있는 실정입니다. 이런 상황에서 거란을 응징하려 한다면 어떻게 되겠습니까?"

"……."

"거란은 기동력이 뛰어난 족속이어서, 그들을 치자면 한 곳을 점령한 다음, 그곳을 기반으로 계속 몰아쳐야 합니다. 엄청난 군사와 물량이 필요하고, 시간 또한 장기간이 요구될 겁니다. 그럼 남방의 백제와 서북쪽의 후연, 동북쪽의 부여 등의 침공은 어찌 대비하겠습니까? 아직 확고한 방어선도 마련되어 있지 못한데……. 아마 온 강토가 전란에 휩싸이면서 이곳저곳이 계속 유린당하겠지요. 이번 원정은 거란을 응징하는 것같이 끝장을 보자는 식이 되어서는 안 됩니다. 사방의 적에 대응하기 위한 시발점이자 교두보를 마련하기 위한 원정이 되어야 합니다."

"교두보를 마련하는 원정이라? 그럼 그곳이 어디라고 생각하느냐?"

"그곳은 바로 백제지요. 자고로 뒤를 조심해야 한다고 했습니다. 거란, 후연 등의 적을 응징하기 위해서는 우리의 배후에 있는 백제를 공략해 남방 방어선을 확고히 구축해야 합니다. 그런 뒤에 동과 서, 북쪽으로 화력을 돌리는 수순을 차차 밟아가야 합니다. 군사적인 측면에서도 그렇지만 백성들의 요구도 그러합니다. 천손의 기치를 들고 나가기 위해서는 더더욱 백제 원정을 그 첫 고리로 삼아야 하지요."

사실 백성들은 백제에 원한이 매우 컸다. 대체로 고구려가 어려울 때 쳐들어와 괴롭히니, 때리는 시어미보다 말리는 시누이가 더 미운 격이었다. 그런데다 백제는 자신들이 추모대왕(고주몽)의 적통이라고 주장하며 황제의 칭호를 사용하고 있었다. 천손의 나라를 건설하자면 이것부터 바로잡아야 했다.

삼국사기에는 근초고왕 24년(367년) 11월 겨울에 한수漢水 남쪽에서 대대적으로 군사를 사열하였는데, 모두 황색 깃발을 사용하였다고 하였다. 그런데 황색기는 황제만이 사용할 수 있는 깃발이다.

"과연…… 대단하다. 이런 네가 집안을 위해 나서야 하는 건데……."

"형님도 원. 그런데 이상한 점은 장인어른께서 이를 모를 리 없건만, 왜 하필 백제가 아니라 거란을 지목하는지 그 이유를 잘 모르겠습니다."

바우의 말을 듣고 보니 장협의 의도가 수상스러웠다. 그렇게 나라를 위한 충심에서 생각했다면 자신이 직접 하든가, 흥덕보고 하라고 하면 될 것이지, 왜 굳이 자기를 내세우려고 하는지 의심스러웠다. 그제야 누구 편이냐고 물은 바우의 말이 무슨 의미인지 어렴풋이나마 알아들을 수 있을 것 같았다.

"그럼 너의 장인어른이 무슨 딴마음을 품고 있다고 보는 게냐?"

"그거야 알 수 없지요. 잘못 판단하실 수도 있으니까요. 하지만 거란 원정으로 대왕 폐하께서 오랫동안 황성을 비우고, 전장의 이곳저곳으로 끌려다니게 된다면 장인어른이 실권 장악하는 데에는 도움이 되겠지요."

"하긴……. 결국 네 얘기의 결론은 원정을 주청하되 거란이 아니라 백제를 거론하란 말이지."

바기의 마음은 무거웠다. 누군가 음모의 촉수를 뻗치고 있다는 것을 느낀 이상, 그 사정권에서 벗어나야 했다. 믿을 놈 하나 없고, 스스로 살아남아야 한다는 현실이 그를 더욱 옥죄어 왔다. 그렇지만 지금 당장 어느 한 편에 서지 않아도 되는 상황이 얼마나 다행스러운지 몰랐다.

바기는 바우의 말을 듣고 아버지인 돌벼에게 백제 원정을 간언하겠다고 말씀드렸다.

"그게 무슨 말이냐? 네가 백제 원정을 주청하겠다니⋯⋯."

돌벼가 어처구니없어했다. 그래서 바기는 흥덕과 오갔던 얘기를 전해주었다. 그 말을 듣는 돌벼의 얼굴은 흥덕을 용서할 수 없다는 표정이었다.

"흥덕이 이놈이⋯⋯. 우리를 제물로 삼겠다고? 그래, 어디 그렇게 되는가 두고 보자. 그래서 흥덕 그놈의 말을 듣고 네가 나서겠다고 이런 것이야?"

흥덕에 대한 분노가 이내 바기로 향했다. 바기는 아버지의 화난 표정을 보고 바우에게 들은 바를 얘기해 주었다.

묵묵히 듣고 있던 돌벼의 입가에는 회심의 미소가 서렸다. 바우의 대안은 장협의 요구를 들어주는 척하면서도 실리를 찾는 기막힌 방안이었다. 고소하기 짝이 없었다. 돌벼가 다시 입을 열었다.

"앞으로 처신을 잘해야 한다. 스스로 살길을 찾아야 해. 장협과 사돈관계라고는 하지만, 그에게 의지하려고 해서는 안 된다. 권력의 중심축은 국상이 아니라 대왕 폐하께 있느니라."

"명심하겠사옵니다."

바기는 치열한 권력의 암투가 싫었다. 그러나 이런 바람과는 다르게 그는 도리어 그 한가운데에 놓여 있었다. 가문을 위해 마지못해 나섰지만, 너무 버거운 현실이었다. 현명한 선택을 한 동생 바우가 부러웠다. 바우처럼 처신했다면 눈치 보고 고심할 필요도 없었다. 하지만 지금의 상황에서는 자기 길을 가야 했다.

바기는 드디어 담덕을 알현하기 위해 황궁으로 향했다. 가슴은 착잡하고 두려움이 엄습해 왔다. 사뭇 떨리기까지 했다. 그러나 자기가 주청하려는 바는 대왕이 바라는 것인데, 무슨 일이 있겠느냐며 애써 마음을 진정시켰다.

황궁으로 입궐하는 과정은 사뭇 달라져 있었다. 예전에는 삼엄한 경계망이 펼쳐져 있었으나 지금은 그렇지 않았다. 여러 번 황궁을 드나들었지만, 으레 그러려니 하고 넘어가다 보니, 어떤 변화가 일어나고 있는지 느끼지 못했다. 그런데 지금 권력의 실타래에 얽혀 고민하다 보니, 황궁의 분위기가 전혀 새롭게 바뀌어 있다는 것을 확연히 알 수 있었다. 이렇게 빠른 시일 내에 모든 것을 변모시켜 나가는 것을 보면 폐하의 능력이 어떻다는 것을 알 수 있었다.

바기가 알현을 청하자 들어오라는 소리가 들려왔다. 바기는 대전으로 들어가 예를 갖췄다.

"바기 장군이 아니십니까? 편히 앉으시지요."

"황공하옵니다."

바기의 몸은 대왕의 위엄 앞에서 바짝 긴장하지 않을 수 없었다.

담덕은 바기의 모습에서 무언가 중대한 문제를 꺼내고자 함을 눈치채고, 분위기를 누그러뜨리려 먼저 입을 열었다.

"돌벼 대인이 바기 장군의 부친이지요. 돌벼 대인을 못 뵌 지 꽤 되었습니다. 요즈음 어떻게 지내고 계십니까? 건강은 여전하시고요?"

"예, 여전하시옵니다."

"반가운 소식입니다. 연세가 많으시니 무엇보다 건강에 유의하시도록 장군께서 잘 모셔야 합니다. 원로대신들이 든든하게 버티고 계셔야 이 나라가 안정되지요."

"대왕 폐하의 배려에 황은이 망극하옵니다."

"국성의 수비대장으로서 그 노고가 이만저만이 아니실 텐데, 무슨 불편함은 없으십니까?"

"아니옵니다. 대왕 폐하의 하해와 같은 은덕으로 모든 일이 순조롭기 그지없사옵니다."

바기는 담덕의 격의 없는 얘기에 편안함을 느꼈다. 그러나 여전히 입은 쉽게 열리지 않았다. 그만큼 백제 원정 얘기는 대왕의 안위를 위협하는 문제로 받아들일 수 있었다. 만에 하나 잘못 받아들이기라도 한다면 그 이후는 상상하기도 싫었다.

"대왕 폐하!"

"무슨 말씀이든 편히 하시구려. 장군께서 주저하실 정도라면 어떤 사람이 과인에게 주청할 수 있겠습니까?"

"다름이 아니오라 백제 원정을 간하고자 하옵니다."

"백제 원정이라……."

"그러하옵니다. 나라의 기강은 확립되었사오나, 아직 백제에게 당한 치욕을 갚지 못했사옵니다."

담덕이 공감의 표시로 고개를 끄덕이자, 바기가 더 자신감을 얻고 그의 뜻을 분명하게 밝혔다.

"천손의 나라로서 앞길을 열어가자면 사방의 외적부터 제압해야 할 것이옵니다. 이 중에서 백제는 우리 고구려의 앞길을 가장 방해하는 세력이옵니다. 신은 백제의 징벌을 감히 대왕 폐하께 청하는 바이옵니다."

"장군의 뜻이 가상합니다. 그런데 장군은 국성 수비를 책임지고 있지 않습니까?"

"소신이 맡은 임무가 막중한 줄은 알고 있사옵니다. 그러나 소장에게 백제 징벌을 허락하신다면 이 한 몸 다 바칠 각오가 되어 있사옵니다."

담덕은 바기의 행동이 이상하게 보였다. 결코 그는 앞장서서 이런 말을 할 위인이 아니었다.

"좋습니다. 하지만 백제의 세력 또한 만만치 않은데 무슨 좋은 계책이라도 있으십니까?"

바기가 아차 하며 몸을 부르르 떨었다. 동생 바우에게 비책까지는 물어보지 않았던 것이다. 퍼뜩 묘안이 떠오르지 않았다. 대왕의 수락 여부에만 신경 쓰다 보니 거기까지는 미처 생각지 못한 바였다. 계책도 없이 이런 말을 서슴없이 해대는 자기 자신이 바보스러웠다. 등골이 오싹했으나 이미 물은 엎질러진 상태였다.

"소신 미처 거기까지는……. 송구하옵니다. 하오나 신을 믿어만 주신다면 대왕 폐하의 뜻을 받들어 백제를 기필코 응징하고야 말겠사옵니다."

담덕은 쩔쩔매는 바기의 모습을 담담히 지켜보았다. 누군가의 지시에 따라 움직이고 있음이 역력했다. 어수룩하지만 심성은 착한 사람이었다. 그러나 세상은 결코 착한 사람을 착하게 내버려두지 않는다.

"장군의 충심을 믿습니다. 암 믿고말고요. 어디 한번 생각해보도록 합시다."

"황은이 망극하옵니다."

바기가 눈물을 글썽거렸다. 안도의 한숨이자 그를 믿어 준 대왕에 대한 감격이었다.

황궐을 빠져나오는 바기의 마음은 새롭게 달라지고 있었다. 장협의 요구에 마지못해 백제 징벌을 주청하기는 했으나, 그것은 결코 그의 뜻이 아니었다. 그러나 오늘 대왕을 뵙고 나니 백제 원정을 기필코 성사시켜 보은하고 싶은 욕구가 뜨겁게 솟구쳤다.

그의 심중을 꿰뚫어 본 대왕이 만약 자기 말을 진심으로 받아들이지 않고, 다른 계략이 숨겨져 있는 것으로 여겼다면 그건 생각할 수 없는 끔찍함이었다. 그런데 흔연히 허물을 덮어 주시고 같이 노력해보자고 대답해 주었다. 남의 말을 허심하게 대해 주는 이런 대왕을 위해서라면 그 어떤 것도 못 할 게 없어 보였다.

지금까지는 마지못해 이리저리 끌려다니며 살다시피 했는데, 절로 충성을 맹세하고 보니 세상이 달라 보였다. 지금까지의 삶과는 전혀 다른 힘이 샘솟았다. 남의 손에 이끌려 마지못해 살아온 과거 생활에서는 도저히 느껴보지 못한 새 생명의 기운이었다. 자신이 무엇을 해야 하는지에 대한 자각에서 오는 활력이었다.

그는 땅을 박차고 말에 올라 고삐를 힘껏 잡아당겼다. 그러자 말이 히히힝! 소리를 내며 내달리기 시작했다.

31

바기가 출정을 간청한 이후 대대적인 상소가 뒤따랐다. 태학생도들을 기반으로 한 젊은 층들이 앞장섰다. 사회 전반의 분위기가 젊어진 느낌이었다. 원로대신들의 목소리가 잦아들고 젊은이들의 목소리가 높아진 것이다. 젊은이들의 기백이 살아난 좋은 징조였다. 그러나 무조건 좋아할 수만은 없었다. 거기에는 위험이 도사리고 있었다.

아직 출정할 수 있는 준비가 미흡한 데다 원정 대상이 백제와 거란으로 의견이 갈리고 있었다. 거란 원정이 현 단계에서 거론할 수 없을 정도로 힘들다고 하지만, 그렇다고 백제 원정 또한 만만한 것이 아니었다.

다기와 수라바가 남방에 있다고는 하지만, 백제 원정을 치를 여건이 되지 못했다. 다기는 단군족이 하나로 어우러지는 대사변을 맞이하기 위해 평양성을 계획적으로 건설하는 임무를 부여받고 있었고, 비록 수라바가 남평양성에서 군비를 다그치고 있지만, 아직까진 마무리 짓지 못한 상황이었다.

고구려 정신의 근본이랄 수 있는 상무정신이 사람들 속에 뿌리내리는 것은 환영할만한 일이었지만, 만에 하나라도 의기만 앞세워 원정에 실패하는 날에는 내외적으로 큰 곤경에 처할 수 있었다. 이를 알았기에 청년장수들은 난감한 상황이었다.

마음 같아서는 거란이든 백제든 한순간에 제압할 수 있을 것 같았다. 그러나 상황이 상황인지라 내정을 더 확고히 하면서 기지개를 켤 날을 빈틈없이 준비해야 했다. 하지만 준비도 되지 않은 상태에서 너도나도 나서고 있으니 난처한 처지로 내몰렸다. 이런 상황이 답답한지 부살바와 모두루가 혜성을 찾아왔다.

"준비가 덜 되었다 하나, 사람들이 저리 나서고 있는데, 어디든 간에 출정해야 하지 않겠소?"

모두루가 어떤 원정이든 결정했으면 하는 바람으로 내던진 말이었다. 이에 부살바가 동조하면서도 의문을 제기했다.

"그러게 말이요. 그런데 이번 원정이 주청되는 과정을 보면 좀 이상한 냄새가 난단 말이오. 예전과 좀 유사하기도 하고……."

"이상한 냄새라니요?"

"대왕 폐하께서 태자 시절이었을 때 두우란 놈이 폐하를 평양성으로 내쫓아내려 하지 않았소? 일의 모양새를 보면 이번에도 대왕 폐하를 멀리 원정길에 내보내려고······."

"설마요? 지금 어느 누가 대왕 폐하의 권위에 감히 도전할 수 있겠소. 그런 놈이 있다면 내 이번에는 가만두지 않으리오. 당장 요절내 버릴 것이오."

"하기야 지금 상황에서 어느 누가 감히 그딴 맘을 품겠소. 그러나 기분이 썩 좋지는 않소. 대왕 폐하께서 어련히 알아서 하시겠소만······."

부살바가 모두루의 말을 인정하면서도 재차 확인이라도 하듯 혜성에게 물었다.

"혜성 중외대부는 이를 어떻게 생각하오?"

"대다수 사람이야 아니겠지만 누군가는 그럴 수 있지요. 거란 원정을 주청하는 것을 보면 액면 그대로 믿을 수 없으니 말이오. 그러나 그게 뭐 대수겠소?"

"아니 딴 뜻을 품고 있는데 그게 대수롭지 않다니요?"

모두루가 날을 세우고 용납하지 못하겠다는 투로 되물었다.

"그들의 의도가 무엇이든 간에 기세를 돋워주고 있지 않소? 이것이 우리 뜻과 상충되지는 않지요. 그들이 설사 딴마음을 품고 있더라도, 그 기세를 이용해 우리의 길을 가면 되지 않겠소."

"허허, 그게 또······ 듣고 보니 맞소이다. 제깟 것들이 아무리 용을 써봐야 별수 있겠소? 이런 자들까지 껴안고 가야······. 이게 우리들의 의기가 아니겠소이까."

모두루가 흔쾌히 수긍했다. 이에 부살바가 동의하며 혜성을 향해 다시 물었다.

"그렇다면 폐하께서는 어떻게 하실 것 같소?"

"그거야 때가 되면 결정하시겠지요."

"허-허! 놀리지 마시고요……."

"놀리는 것이 아니라 대왕 폐하께서는 때를 기나리고 계신다는 겁니다."

이번에는 모두루가 반문했다.

"때를 기다리다니요? 때란 만들면 되는 것인데, 결정을 내리고 전투 준비를 끝내면 그것이 때가 아니오?"

"당연히 그렇지요. 그러나 그 전에 먼저 준비해야 할 일이 있다는 거지요."

"군사적 준비 말고 다른 더 중요한 준비가 있다는 말이오? 그게 뭡니까?"

"정신적 무장이지요. 대왕께서는 이런 기세가 더 타오르기를 기다리고 계시는 겁니다. 하늘의 자손으로서의 웅지를 펼치려는 열렬한 요구가 백성들로부터 더 끓어오르기를 바라시는 겁니다."

그제야 모두루와 부살바는 왜 대왕께서 빗발치는 상소에도 결론을 내리지 않고 지켜보고 있는지 그 이유를 알 수 있을 것 같았다. 확실하게 단정 지을 수는 없지만, 혜성의 말 속에서 담덕이 곧 출전 명령을 내릴 것이라고 이해했다.

부살바가 다시 입을 열었다.

"만약 대왕 폐하께서 출정을 명하신다면 이번만큼은 우리들 손에서 해결해야지요. 폐하께서 즉위하신 지 얼마 되지도 않았는데 직접 나서시게 할 수는 없지요."

"그야 여부가 있겠소. 마땅히 그리해야지요."

모두루가 너무도 당연하다는 논조로 찬동하고 나섰다. 그러나 혜성이 고개를 저으며 완곡하게 반대했다.

"우리로서야 당연히 그리해야지요. 하지만 이번 일만큼은 대왕 폐하의 뜻에 모든 것을 맡기는 게 좋을 듯하오. 우리가 직접 나서기보다는 대왕 폐하의 구상이 실현될 수 있도록 곁에서 보필하는 것이 필요할 듯하오."

"그러니까 억지로 끌어당기지 말고 백성들의 자연스러운 발로로 표출되게 하라는……. 무슨 말인지 알겠소."

모두루와 부살바는 고개를 끄덕이며 더는 묻지 않았다. 조정이 안정되고 있다고는 하지만 모든 세력이 통합된 상태는 아니었다. 원정에 대한 의견 차이는 각 세력의 속내가 서로 다르다는 것을 보여주고 있었다. 섣부르게 행동하다가는 국론이 분열될 수 있었다. 또한 출정을 성공시키지 못한다면 그건 말할 수 없는 혼란을 일으킬 것이었다.

그들의 지도자로 섬기겠다는 혈맹의식을 맺고서도 대왕을 대신하여 처리할 수 없는 것이 안타까웠다. 그러나 이 문제를 해결할 수 있는 분은 단 한 사람 바로 대왕이었다. 이번 일의 처리는 그들의 꿈과 나라의 운명이 좌우되는 막중한 문제인 만큼 대왕께 맡겨두어야 했다.

"다기와 수라바 장수가 잘 준비하고 계시겠지만, 여기에 있는 우리들의 역할이 막중하오. 대왕 폐하를 잘 모셔주기 바라오."

"그야 여부가 있겠소. 그런데 꼭 멀리 떠나는 사람 같소이다."

이번 일의 처리를 위해 대왕 곁에서 가장 잘 보필해야 할 사람이 혜성이라고 생각했는데, 도리어 그들에게 부탁하니 모두루가 의아해서 묻는 말이었다.

"아무래도 나는 조만간 신라에 다녀와야 할 것 같소."

"신라에 말이오? 그러니까……."

모두루와 부살바는 처음엔 놀랐으나 곧 그 의미를 알아차렸다. 벌써부터 혜성은 대왕이 어떻게 결정할 것인가를 내다보고, 그 대외적 조건을 구비하기 위해 길을 떠나려고 한 것이었다.

만약 고구려가 사전에 신라를 자기편으로 끌어들이지 않고 백제를 공격한다면 신라는 고구려가 남방으로 세력을 확장하는 것으로 알고 경계할 수 있었다. 그렇다면 백제는 신라의 경계심을 이용해 지금까지는 가야를 충동하여 신라를 공격했지만, 은근슬쩍 신라와 가야를 중재하는 척하면서 고구려에 함께 대항하자고 신라를 설득하고 나올 수 있었다. 그러면 남부정세는 백제를 중심으로 협력하는 형세가 펼쳐질 수 있었다. 이것을 사전에 차단시켜 놓아야 했다. 물론 신라와의 단합은 백제를 공략하기 위해서만이 아니라 이후 남방 통합에도 필요했다.

이들과 헤어진 후 혜성은 두문불출했다. 그리고는 길 떠날 채비를 서두르면서 조용히 구상에 들어갔다. 그런 중에 그의 집에는 몇몇 사람들이 들렀다가 사라지곤 했다. 혜성이 미리 서라벌로 은밀히 떠나보낸 사람들이었다. 그가 준비를 마칠 즈음 담덕이 찾는다는 전갈이 당도했다.

혜성을 본 담덕은 본론부터 꺼냈다. 담덕은 백제 원정의 결심을 굳히고 혜성에게 임무를 주고자 했다. 그런데 혜성의 눈빛을 보니 벌써 훤히 다 알고 있다는 눈치였다.

"중외대부, 신라로 떠나 주었으면 하오."

혜성은 담덕의 의도를 이해했다. 아니 그것은 확인이었다. 이미 그는 당장이라도 떠날 수 있도록 만반의 준비를 다 해놓고 있었다.

담덕의 요구는 분명했다. 이번 백제 원정을 계기로 천손의 나라를 향한 첫발을 내딛고자 하니, 남방 정세를 고구려에 유리하게 조성시켜 달라는 것이었다. 한마디로 신라를 고구려 편에 합류시켜 달라는 것이었다.

"알겠사옵니다. 꼭 희소식을 안고 돌아오겠사옵니다."

"그리될 것이라 믿어 의심치 않습니다. 그리 알고 과인은 이곳의 일을 힘있게 밀고 나갈 것입니다."

혜성을 신뢰하는 담덕의 말이었다.

"대왕 폐하의 믿음에 꼭 보답하겠사옵니다."

혜성은 그 길로 서둘러 몇몇 수하들을 거느리고 서라벌로 향했다.

보름가량 걸려 혜성은 서라벌에 도착했다. 그곳은 벌써 봄이 완연하게 다가오고 있었다. 그는 신라의 왕궁으로 들어가기 전에 먼저 떠나보낸 사람들을 만났다. 그들은 여러 갈래로 거쳐 들어오면서 수집한 정보들을 혜성에게 보고했다. 이들을 통해 내물왕의 동생 이찬 대서지가 신라 조정의 실권자임을 파악한 혜성은 먼저 그를 대면했다.

대서지는 혜성이 고구려 태왕의 신임을 한 몸에 받는 사람이라는 것을 알고서 정중하게 맞이하였다.

혜성은 대서지가 고구려에 호감을 지니고 있음을 알고 대화를 쉽게 풀어 나갔다.

"대왕 폐하께서는 신라와의 화합에 지대한 관심을 두고 계십니다."

"우리 신라로서는 참으로 반가운 소식입니다. 그에 대해서는 걱정하지 마시지요. 우리 신라도 적극 협력할 것입니다."

"그래야지요. 두 나라 모두 단군조선의 유민으로 다 같은 종족이니 마땅히 서로 힘을 합쳐야지요."

"단군조선의 유민이라……. 그러면 고구려 태왕께서 용광검을 가지고 계신다는 것이 정말 사실입니까?"

대서지의 말은 신라가 백제와 가야 등의 동태는 물론이고, 고구려에 대해서도 예의 주시하고 있다는 증거였다. 혜성이 반문했다.

"아니 그 소문을 어떻게……."

"단군조선의 자손이라면 용광검에 대해 당연지사 관심을 가질 수밖에요."

"하긴, 그렇지요."

"우리 신라는 오래전부터 고구려와 협력하기를 갈망해 왔습니다. 아쉽게도 지금까지 기회가 없었지요. 이제 고구려 태왕께서 용광검을 손에 넣으셨고, 또 중외대부께서 이리 행차하셨으니 때가 온 것 같습니다. 우리 신라는 이번에 중외대부가 온 것에 큰 기대를 걸고 있습니다. 하지만, 우리나라는 소국인지라 고구려에 해줄 게 많지 않아 그게 걱정이 됩니다."

대서지의 말에는 고구려와 우호적인 관계를 맺으려는 의지가 강하게 담겨 있었다. 그만큼 가야와 백제의 공격에 시달리면서 존립을 위협당하고 있는 신라의 처지를 반영한 것이었다. 그러나 이것은 일면적인 이해였다. 다른 한편으론 협조는 하겠으나, 무리한 요구를 하지 말아 달라는 뜻도 담겨 있었다.

혜성은 기본적인 이해관계는 서로 일치하나 몇 가지 장애물이 있다는 것을 간파했다. 고구려의 요구를 순순히 들어주지 않을 수도 있었다. 고구려 편으로 확고하게 끌어당기기 위해서는 실마리를 분명하게 매듭지어야 했다. 이번 기회에 백제와 손잡을 수 있는 여지를 확실하게 잘라 놓아야 했다.

"우리 고구려는 서로 먹고 먹히는 관계를 원치 않습니다. 같은 단군족의 형제 나라로서 서로 우의를 다지자는 입장이지요. 이것이야말로 백제와 전혀 다른 입장이 아니겠습니까? 이 점을 유념하셔야 할 것입니다."

"그거야 ……."

대서지의 표정이 긴장되었다. 서로의 우의를 다지는 말을 하다가 백제와 다르다고 강조하니, 벌써 고구려가 대국으로서 신라에 압력을 행사하기 위한 일종의 책략을 펴고 있다고 느끼는 듯했다.

고구려의 의도를 읽어내려고 애쓰는 대서지를 바라보며 혜성이 운을 떼기 시작했다.

"내 말을 달리 생각하지는 마시고 들어 보십시오. 우리는 서로 손을 잡자는 것에 공감하고 있습니다. 그런데 말로만 약속한다면 외교적 언사로 끝나버릴 수도 있지요. 상호 간에 신뢰 관계를 돈독히 쌓을 방도가 있어야 할 것입니다."

"신뢰를 쌓을 방도라니 그게 무슨 뜻이신지······."

"진심으로 협력할 뜻이 있다면 그쪽에서 먼저 믿음을 보여주어야······."

"그리 돌려서 말씀하시지 마시고 직접 얘기해 주셔야······."

"참으로 답답하십니다. 우리에게 믿을 만한 사람을 보내준다면 우리의 우려는 말끔히 씻겨질 것이고, 신뢰는 돈독하게 될 것이 아닙니까?"

"으―음"

이찬 대서지가 신음 소리를 내뱉었다. 고구려의 요구가 볼모라는 것을 알아챘기 때문이다.

냉정하게 득과 실을 계산해 보면 대국인 고구려와 화친 관계를 맺는 것이 여러모로 득이 될 것이었다. 그러나 그 대가가 볼모이고, 그 볼모는 왕의 자제가 되는 것이 지금껏 관례였다. 나라의 존립과 관계된 문제라고 해도 신하 된 입장으로 수락할 수는 없는 일이었다.

"저 또한 신라 사람이외다. 어찌 신하 된 자로서 왕의 자제를 볼모로 내준단 말입니까? 그럴 수는 없습니다. 어찌 그 불충을 내게 강요하려고 하십니까?"

"그 입장은 충분히 이해됩니다. 허나 신라의 운명을 어쩌실 겁니까? 신라의 처지에서 우리와 화친 관계를 맺는 것이 얼마나 중요한지…… 내가 할 얘기는 아니지만, 만약 우리와 협력관계를 갖게 되면 신라는 앞으로 우리의 힘을 빌려 가야를 제압하는 것은 물론이고, 향후 백제를 압박할 수도 있을 것입니다. 그러면 지금과 같은 국가 존망의 위기에서 벗어날 수 있겠지요."

신라가 고구려를 이용해 힘을 키워도 개의치 않겠다는 암시를 넌지시 던지는 혜성의 말에 대서지는 가슴이 뜨끔하였다. 사실 그가 고구려와 손잡으려는 것은 고구려의 힘을 빌려 난국을 헤쳐 가기 위해서였다. 상대방의 속심을 알면서도 그것을 허용하겠다고 대담하게 얘기하는 인물 앞에서, 그 어떤 술수도 통하지 않는다는 것을 직감했다. 그래서 솔직하게 터놓고 양해를 구하고자 했다.

"그리 얘기하시니 더 이상 다른 말은 하지 않겠습니다. 허나 신하 된 자로서 그리할 수 없다는 것 또한 분명하오이다. 다른 방법이라도 알려 주신다면……."

"내 대서지의 충정을 이해하기에 이 점만 말씀드리고자 합니다. 꼭 왕의 자제가 아니어도 됩니다. 대신 차기 승계를 보장하는 확답은 있어야 할 것입니다. 잘 알아서 판단해 주시리라 믿습니다."

이 말을 끝으로 혜성은 이찬 대서지의 집을 나왔다. 인질을 요구하는 것이 결코 유쾌한 일은 아니었다. 그러나 단군조선의 고토를 회복하고 고구려대제국의 꿈을 실현하려면 남방이 안정되어야 했다. 그러기 위해서는 이 방법밖에 없다고 판단한 것이다. 백제 원정이라는 당장의 목표를 떠나, 이후 단군족의 단합과 관련된 중대한 문제였다. 그래서 최소한의 담보물을 쥐는 선에서 타협할 방안을 대서지에게 흘려준 것이다.

신라 조정에서는 이 난제를 어떻게 풀어야 할지 난감했다. 신라 내물왕은 조정 대신들을 불러 놓고 물었다.

"고구려에서 화친 제의를 해 왔소. 그런데 짐의 아들을 인질로 요구하고 있다니, 이를 어찌하면 좋을지······."

내물왕의 침통한 물음에 신하들은 눈물만 글썽거렸다. 왕의 자제를 볼모로 보내야 한다는 데 찬성한다고 말할 수는 없었다. 그렇다고 거절할 형편도 아닌 것이 신라의 불운한 처지였다. 무겁게 짓누르는 분위기 속에 대서지가 마침내 입을 열었다.

"폐하! 신하로서 어찌 그런 것을 차마 눈 뜨고 볼 수 있겠사옵니까? 신의 아들 실성을 인질로 보냈으면 하옵니다."

"그래도 된다는 말이오? 고구려에서는 짐의 아들을 요구할 것이 분명한데······."

내물왕이 한 줄기 서광이라도 발견한 듯 얘기하다가 말끝을 흐렸다. 볼모로 보내는 것은 참기 어려운 이별이었다. 자기 자식이 아니라고 좋아할 수는 없었다. 대서지는 친동생이니, 그러면 조카를 보내는 것이니 그 또한 아픔이었다.

"그래도 될 것이옵니다. 그런 언질을 받았사옵니다. 그 대신…… 인질로 보내는 대신에……."

대서지가 말을 잇지 못했다. 내물왕이 다시 물었다.

"무슨 말이오? 다른 조건이라도……."

"신을 죽여 주시옵소서."

"갑자기 또 그게 무슨 말이오?"

"…… 대신에 차기 왕위을 잇게 하겠다는 확답을 달라는……."

대서지가 끝내 눈물을 떨구었다.

"아니 지금 그것을 말이라고 하는 것이오?"

그 말에 조정 대신들이 발끈하고 나섰다. 차기 왕위 계승과 관련된 문제였다. 그렇지만 그 누구도 더 이상 말하지 못했다. 왕자를 보낼 것인가, 아니면 차기 계승권을 보장하고 대서지의 아들을 보낼 것인가, 둘 중의 하나를 선택해야만 했다.

대서지가 다시 입을 열었다.

"폐하! 신을 벌하신다면 달게 받겠으나 소신의 충정을 담아 말씀 올리겠사옵니다. 우리 신라는 가야와 왜, 그리고 그 배후에 있는 백제의 침략에 시달리고 있사옵니다. 그들은 가까이 있어 우리 신라의 존립에 지극히 위협이 되고 있사옵니다. 하오나 고구려는 그렇지 않사옵니다. 우리는 지금 고구려와 손을 잡고 그 힘을 이용해야 하옵니다."

목숨을 내놓고 간언을 올리는 이찬 대서지의 태도에 대신들은 눈만 끔뻑거릴 뿐이었다. 그만큼 나라의 상황은 위급했다. 계속해서 이찬 대서지가 말을 이었다.

"고구려와 협력하면 백제의 위협을 견제할 수 있을 것이고, 노언젠가 기회를 보아 가야를 제압할 수도 있을 것이옵니다. 장차 백제와 당당하게 맞설 수도 있을 것이옵니다. 그때까지 소신의 아들을 인질로 보낸다면 능히 나라의 힘을 키워 이 난국을 타개할 수 있을 것이옵니다. 소신의 충심을 헤아려 주시옵소서."

조정 대신들은 내물왕을 쳐다보았다. 사리에 맞는 대서지의 말은 그들의 마음을 휘어잡은 것이다. 그러나 그건 왕위 계승을 담보로 하는 것이었다.

"그렇지만 어떻게 왕위 계승을 담보로……."

"아, 그만 됐소이다."

다른 대신이 말하는 것을 내물왕이 제지하였다. 어차피 결정은 그 자신이 내려야 할 몫이었다. 그러나 이미 결론은 난 것이나 다름없었다. 얘기의 방향은 인질을 보내냐, 마느냐에서 누구를 보내느냐의 문제로 바뀐 것이었다. 앞날이 어떻게 진행될지는 아무도 모르는데, 인질을 보내야 하는 절박한 상황에서 무슨 얘긴들 못해주겠는가? 그런 것은 그때 가서 처리하자고 하면 그만이었다.

"대서지 이찬의 충정을 잊지 않겠소."

이로써 신라는 대서지의 아들 실성을 볼모로 보내기로 결정하고 혜성을 맞아들였다. 혜성은 두 나라 간의 우의를 돈독히 다지자고 거듭 강조하며, 앞으로 고구려는 신라를 침략하는 외적이 있다면 이를 단호하게 막아 줄 것이라고 확답하였다.

삼국사기에는 고국양왕 9년(392년) 봄에 신라에 사신을 보내 우호를 약속하였고, 신라왕이 자기의 조카 실성實聖을 볼모로 보내왔다고 했다. 또 내물이사금奈勿尼師今(내물왕) 37년 봄 정월에 고구려가 사신을 보내왔다. 왕은 고구려가 강성하다 하여 이찬(伊湌, 벼슬등급) 대서지大西知의 아들 실성實聖을 인질로 보냈다고 하였다. 그런데 광개토호태왕릉비문에 의하면 광개토호태왕이 391년 18세에 왕위에 올랐음을 볼 때, 이것은 사실상 고국양왕이 아니라 광개토호태왕이 추진한 일로 보아야 할 것이다.

혜성은 신라에서의 일이 성공적으로 매듭지어지자 곧바로 국성에 파발을 띄워 보냈다. 그리고는 실성을 데리고 고구려로 향했다.

실성은 왕가의 자손답게 의젓했다. 어린 몸인데도 인질이라는 심정을 전혀 내색하지 않았다. 도리어 자기 조국이 하루빨리 존망의 위기에서 벗어나기를 바라는 마음뿐이었다.

혜성은 실성의 갸륵한 마음을 알아보고, 인질로 대하기보다는 장차 훌륭한 인재로 성장하기를 바라는 심정에서, 앞으로 전개될 남부 정세를 들려주었다.

"앞으로 백제는 우리 고구려의 기세에 몰려 수세에 처하게 될 거네. 그러면 백제는 고구려에 대항하고자 남부를 통합하는데 더 열을 올릴 것이고, 그것은 곧 신라를 맹렬히 공격하는 것으로 나타날 것일세."

"그 점이 걱정되옵니다. 이를 어찌해야 할지……."

"염려하지 말게. 우리 고구려는 단군족이 모두 하나로 어우러지는 세상을 위해 그것을 두고 보지만은 않을 것이니……."

"중외대부만을 믿사옵니다. 우리 신라를 도와주시기를 거듭 부탁드리옵니다."

이런 대화가 오가는 중에 두 사람은 서로 나라는 달랐지만, 사제지간의 연을 맺은 듯 가까워졌다. 그래서 혜성은 일정을 재촉하지 않고 고구려의 여러 모습을 실성에게 두루 보여주었다. 그러다 보니 7월의 여름이 되어서야 평양성을 눈앞에 두게 되었다. 봄 무렵에 국성을 떠났다가 여름에 돌아오는 긴 일정이었다.

"여기서 잠시 쉬어가도록 하자!"

혜성의 말에 수레가 멈추고 병사들이 일사불란하게 사위를 경계했다.

평양성을 향해 바라보는 혜성의 눈에는 눈물이 어리고 있었다. 평양성으로 출정 나온 대왕의 심중을 헤아려 본 것이었다.

담덕은 신라의 일이 성공적으로 마무리되었다는 보고를 받고 백제 원정을 선포했다. 그런데 5월경, 고국양왕이 서거하였다. 효성이 지극했던 담덕의 상심은 컸다. 하지만 담덕은 나라의 운명을 건 일전을 미룰 수 없었다. 부황도 그것을 원하실 거라 믿었다.

직접 군사를 이끌고 평양성으로 진군해오신 대왕을 생각하니, 혜성은 곧바로 달려가 위로해 드리고 싶었다. 하지만 애써 아문 상처를 다시 덧내는 것일 수도 있었다. 신라에서 혼신의 힘을 쏟았던 것처럼 마지막까지 최선을 다해야 했다. 그래서 그는 잠시 쉬면서 최종 보고할 내용을 떠올리며 마음을 가다듬으려 한 것이다.

혜성이 차분한 목소리로 실성에게 말했다.

"조금만 더 가면 평양성이네. 거기서 대왕 폐하를 뵙게 될 것이니, 마음의 준비를 해 두시게."

"알겠사옵니다."

"여기서 오래 지체할 수 없으니, 자 출발하도록 하자."

일행이 움직인 지 얼마 안 되어 평양성이 훤히 보였다. 평양성은 사기가 진작되어 있었다. 국상을 당한 슬픔이 오히려 승리를 위한 전의로 옮겨 불타올랐다.

평양성에 들어간 혜성은 곧바로 담덕을 알현하였다.

"신, 대왕 폐하의 명을 받들고 이제야 당도하였사옵니다."

"그동안 노고가 많으셨습니다."

"하해와 같은 황은에 망극하옵니다. 상 대왕께서 붕어하셨으니 그 상심이 얼마나 크시옵니까?"

혜성이 끝내 오열을 터뜨렸다. 그러지 않으려 다짐한 바이지만, 대왕을 뵈니 마음이 그만 흔들려 버렸다. 담덕의 눈에도 이슬이 맺혔다.

그는 부황의 병이 쾌차하기를 바라는 마음에서 대왕에 즉위했고, 하루빨리 할아버지의 원수를 갚는 일을 부황께 보여 드리고자 했다. 그러나 출전하기도 전에 부황은 돌아가셨고, 유언으로 할아버지의 원수와 거란 징벌, 후연 복수를 거론하며 눈을 감았다.

"그만 일어나시구려."

"대왕 폐하!"

"슬픔을 토해내자면 한이 없을 것이오. 허나 내 이미 용광검을 받아들이며 결심한 이상, 두 주먹 불끈 쥐고 일어나야지요."

혜성은 담덕의 말에서 더한 아픔을 느꼈다. 대왕은 고구려대제국을 위한 그 길에 자신의 모든 것을 바치려는 결의로 슬픔을 가슴에 삭이고 있었다. 그래서 국상을 당한 상태에서도 백제 원정을 강행하고 있는 것이었다.

"신, 목숨을 다 바쳐 대왕 폐하의 뜻을 받들겠사옵니다."

혜성은 눈물을 닦은 후 신라에 가서 진행했던 과정을 소상하게 보고하였다. 그리고 나서 실성을 담덕에게 소개하였다.

"신라 내물이사금(내물왕)의 조카 실성, 고구려 태왕을 알현하옵니다."

"자리에 편히 앉으시구려."

담덕은 실성을 인질이라기보다는 차기 신라왕으로서 대했다.

"황은이 망극하옵니다."

"이찬 대서지의 아들이라고요? 어린 몸으로 고생이 많았을 겁니다. 나라의 큰 국상을 치르다 보니 대접이 소홀한 점 양해해 주기 바라오.”

“아니옵니다. 저희 폐하와 백성을 대신해서 뒤늦게나마 문안을 드리게 되어 다행인 줄 아옵니다.”

“고맙소이다. 허나 미래가 중요한 것이니, 우리 모두 같은 단군족으로서 서로 힘을 합쳐 평안과 행복을 누려봅시다. 이런 점에서 공의 노력이 필요할 것이요.”

“명심하겠사옵니다.”

실성은 자신도 모르게 신하의 예를 취했다. 신라인으로서 자부심을 갖고 있었고, 신라 내물왕에 대한 충심이 없는 것은 아니지만, 저절로 담덕에게 위압 당하여 부복하고 있었다.

실성은 혜성과 함께 오면서 이런 인물을 거느릴 수 있다면 대단한 영걸일 것이라 막연히 예측했다. 그런데 신라 국경을 넘어 평양성으로 오는 도중 백성들이 진심으로 떠받드는 것을 여러 번 목격하면서, 자기 자신도 이런 사람이 되어야겠다는 의지를 다졌다.

“여기 있는 동안 섭섭지 않도록 대접해 줄 것입니다. 공께서도 두 나라 간의 우의가 더욱 다져지도록 노력해 주시구려. 노독이 아직 풀리지 않았을 터이니, 우선은 푹 쉬도록 하시오.”

실성이 물러나면서 담덕과 혜성 두 사람만이 남았다. 혜성은 조용히 대왕의 하명을 기다렸다.

담덕은 남평양성에 군사를 집결시키라고 명령을 내려놓은 상태였다. 평양성에는 대왕의 정예부대만이 남아 있었다. 왕당군이 합세하면서 백제 원정이 본격적으로 개시될 터였다. 담덕은 수시로 전달되는 전황을 주시하며 전쟁 전략에 골몰하고 있었다.

"어느 지점에서 이번 전쟁을 매듭지어야 하겠소?"

담덕이 혜성을 보고 묻는 말이었다.

"관미성이 아닐까 하옵니다."

"관미성이라……."

"교두보를 확보하자면 관미성을 어떻게든 함락시켜야 할 것이옵니다. 그렇지 못한다면 소모적인 싸움이 될 것이고…… 그것은 두고두고 우환거리가 될 것이옵니다."

"그렇지요."

담덕 또한 원정을 계획할 때부터 이것을 계산에 넣고 있었다. 더구나 혜성의 말을 듣고 보니 자신의 판단이 그르지 않았다는 것을 더욱 확신했다. 그러나 그 일이 수월하지만은 않았다. 속전속결로 끝내야 하는데 여러모로 시일이 걸리고 있었다. 관미성은 그렇게 만만하게 볼 성이 아니었다. 백제의 전략적인 성으로 강력한 수군과 육군이 집결해 있는 곳이었다. 백제로서도 관미성은 사활이 걸린 곳이었다. 치열한 접전이 예상되었다.

"그런데 중외대부!"

"하명하시옵소서."

"국성으로 돌아가 주셔야 할 것 같소."

혜성은 대왕이 무엇을 걱정하고 있는가를 알아차렸다. 꽤 많은 전쟁 기간이 소요될 것이니, 그동안 국성의 안정이 근심된 것이다.

국성에는 청년장수들 중에서 창기만이 남아 있었다. 내정이 안정되었다 하나 대왕으로 즉위한 지 얼마 되지 않은 관계로 아직도 미비한 부분이 많았다. 그만큼 시간이 부족했다. 황성을 오랫동안 비워 두어도 안심하고 맡길 수 있어야 했다.

혜성도 이를 주청하고자 했는데, 직접 명하시니 되도록 빨리 국성으로 돌아가야겠다는 생각이 들었다.

"명을 받들겠사옵니다. 심려 놓으시옵소서."

담덕이 혜성의 손을 굳게 잡았다. 항상 미리 알고 대비하는 혜성이 미더웠다.

"그럼 신은 국성에서 대왕 폐하의 승전보를 기다리고 있겠사옵니다."

이날 밤 이후로 두 사람은 서로 반대 방향으로 달렸다. 담덕은 남평양성을 거쳐 백제와의 국경지대로 말을 달렸고, 혜성은 실성 일행을 거느리고 국성으로 향했다. 서로 가는 방향은 달랐지만 가슴에 품은 뜻은 하나로 통했다.

32

392년 7월경, 국경지대에 고구려 군사가 집결하고 있다는 급보를 받은 백제의 황궁은 일진광풍이 몰아치는 듯한 분위기였다. 속속 올라오는 파발에 따르면 그 수가 자그마치 4만여 명에 이른다는 것이었다.

'벌써 한판 승부를 벌일 때가 되었단 말인가?'

진사왕은 놀라고 있었다.

그는 담덕이 대왕에 즉위하였다는 소식을 듣고서 언젠가 백제를 침공할 것이라 예견했다. 이전에 이미 담덕과 일전을 나눠 봤던 터라 긴장을 늦추지 않고 있었다. 결코 가만히 앉아서 호락호락하게 당할 수는 없었다. 가야는 물론이고 북규슈에 있는 왜까지 연합해 세력을 형성한다면 충분히 승산은 있었다. 그래서 이를 준비하고 있었다.

하지만 즉위한 지 얼마 되지도 않아 이토록 이른 시일 내에 직접 군사를 몰고 공격에 나서리라고는 예상치 못했다. 예상을 뒤집고 허를 찔린 것이다. 하지만 거기에는 약점도 있다는 것을 예리하게 꿰뚫어 보았다.

진사왕은 이것저것 타산을 하며 조정 대신들을 불러 모았다.

"고구려 태왕이 4만의 군사를 이끌고 또다시 침략하였소. 아마도 쉽지 않은 전쟁일 듯하오. 이를 어찌해야 할지 대신들의 고견을 듣고자 하오."

"고구려 군사는 오합지졸일 것이 분명하옵니다. 즉위한 지 얼마 되지도 않아 그만한 군사를 끌어모은 것을 보면 수만 많지 실상은 별것 아닐 것이옵니다."

"그렇지 않사옵니다. 일찍이 고구려에서 이만한 대군을 끌고 온 적은 없었사옵니다. 이를 무심히 넘겨서는 아니 될 것이옵니다."

"4만의 군사라고 해도 오합지졸일 것이 틀림없사옵니다. 기선만 제압한다면 쉽게 물리칠 수 있을 것이옵니다. 크게 걱정할 것이 없사옵니다."

"정예군사가 아니라고 해도 고구려 태왕은 그렇게 만만히 볼 상대가 아니옵니다. 일전에 우리는 그에게 대패한 적이 있습니다. 그것도 어린 그에게 말입니다. 그런데 지금은 장성한 데다 왕위까지 물려받았습니다. 절대 가볍게 여겨서는 안 될 것이옵니다."

"이번 기회야말로 하룻강아지 범 무서운 줄 모르고 달려드는 애송이에게 대백제국의 쓴맛을 보여줘야 하옵니다."

조정 대신들의 갑론을박에 진사왕은 망연자실했다. 어쩌다가 조정이 이렇게 사분오열되어 논쟁이나 벌이는 곳이 되었는가를 생각하니 눈앞이 캄캄했다.

"고견은 잘 들었소이다. 그러면 누가 그에 맞서 싸우겠소?"

"소장이 나서겠사옵니다."

한수 장군이 말하자 이에 뒤질세라 다른 장수들도 앞을 다투어 나섰다. 공을 세울 절호의 기회라고 생각한 것이다.

"소장에게 맡겨 주시옵소서."

"알겠소. 장군들의 충심을 믿소이다. 허나……."

진사왕은 이미 내심으로 한수 장군을 이번 전투의 적임자로 점 찍고 있었다. 한수 장군은 충심이 높고 사려가 깊은 인물이었다.

"이번 전투는 한수 장군이 맡아 주기 바라오."

"황은이 망극하옵니다. 황명을 받들어 꼭 고구려군을 격퇴하겠사옵니다."

진사왕은 한수 장군만 남게 하고 모든 조정 신료들을 물리쳤다.

"장군. 이번 전투는 백제와 고구려가 서로 우열을 판가름하는 중요한 전쟁이오. 고구려군의 진격을 어떻게든 저지시켜야 하오. 백제의 존망이 장군의 손에 달려 있소이다."

"기필코 막아낼 것이옵니다. 심려 놓으시옵소서."

"고구려 태왕 담덕은 용병술이 능한 인물이오. 한진 장군도 그의 손에 죽임을 당했소. 비록 즉위한 지 얼마 되지 않았다고는 하나 결코 만만히 봐서는 안 될 인물이오. 거듭 당부하건대 고구려군의 전력을 절대 과소평가하지 마시고, 신중을 기해 기필코 막아내야 할 것이오. 여기에 백제의 명운이 달렸으니, 이 점을 명심 또 명심하기 바라오."

진사왕은 지혜가 출중한 인물답게 이번 전쟁의 의미를 훤히 꿰뚫고 있었다. 이번 전쟁은 어느 쪽도 쉽게 물러설 수 없는 한판 싸움이었다. 만약 패배한다면 꽤 오랫동안 회복할 수 없는 곤궁한 처지가 될 것이었다.

진사왕은 담덕이 서둘러 공격해 온 것을 보고 어린 나이에 나타나기 쉬운 공명심에 이끌린 징조라고 여겨 조금은 다행이다 싶었다. 아마도 팽팽한 대접전에서 고구려의 기세를 꺾을 절호의 기회였다. 그러나 담덕의 용병술이 워낙 뛰어난지라, 이를 경계하기 위해 사려 깊은 한수 장군에게 거듭 주의를 당부시키며 전선으로 떠나보냈다.

진사왕은 전황을 수시로 보고받으며 매 상황을 직접 점검했다.

백제군의 견고한 방어로 전선은 고착되고 있었다. 이런 상황이 계속되면 백제가 승리할 수 있었다. 진사왕은 전선의 소식에 안도하며, 고구려 태왕이 용광검을 가지고 있다고는 하나, 그것은 이제 자기 차지가 될 것이라고까지 생각했다. 그만큼 이번 싸움은 두 나라 간의 우열을 가리는 일전이었다.

진사왕이 전선의 상황에 고무되어 있을 때, 그것을 확인이라도 해주듯 백제의 황궁에 승전보가 날아들었다.

"한수 장군께서 고구려군을 대파하고 있다 하옵니다."

"그러면 그렇지. 이마에 피도 안 마른 것이 우리 대백제국의 군사를 어찌 당해낼 수 있겠어."

조정 대신들은 당연한 결과라는 듯 한마디씩 하며 승리를 자축했다. 하지만 이런 대신들의 움직임과는 전혀 달리, 진사왕은 전황을 더욱 분명하게 파악하기 위함인 듯 되물었다.

"지금 뭐라 했느냐?"

"한수 장군께서 적의 빈틈을 노려 대승을 거뒀다 하옵니다."

"한수 장군께서 승리했단 말이지. 헌데……."

진사왕이 뒷말을 잇지 않았다. 고구려 태왕이 그렇게 쉽게 당할 인물이 아니라고 보았는데, 그로서는 쉬이 납득되지 않는 측면이 있었다.

"폐하! 한수 장군께서 승리했다 하는데 뭘 그리 걱정하시는 것이옵니까?"

이상하게 여기며 묻는 조정 신료들의 말에 진사왕은 대꾸하지 않았다. 그 결과가 명확하게 드러나려면 시간이 좀 더 지나 봐야 알 수 있는 일이라고 생각했다.

승전보에 들뜬 조정의 분위기에도 진사왕은 조용히 다음 파발을 기다렸다. 담덕의 지략에 걸려든 것인지, 아니면 정말 격파한 것인지는 다음 소식이 확인시켜 줄 것이었다.

마침내 그로부터 몇 시각도 안 되어 다급한 파발이 황궁에 도착했다.

"석현성이 고구려의 수중에 떨어졌다 하옵니다."

"뭐라고 석현성이······."

되묻는 진사왕의 목소리는 두려움과 공포로 떨렸다. 염려가 현실이 되었다. 그러나 조금 전까지만 해도 백제군이 고구려 군사를 대파하고 있다는 전갈이 왔는데, 뒤집힌다고 해도 이토록 빨리 뒤집힐 줄은 상상도 못 했다. 다음은 듣지 않아도 알 수 있는 바였다. 담덕이 일부러 허점을 보여 백제군을 유인한 다음, 허술해진 성을 장악하며 백제군의 후미를 급습했을 터였다.

진사왕이 힘 빠진 목소리로 물었다.

"한수 장군은 어찌 되었느냐?"

"석현성을 탈환하려 공격하였사오나 그만 협공에 걸려 빠져나오지 못하고······."

신신당부하며 믿고 보낸 한수 장군마저 전사했다는 소식에 진사왕은 잠시 할 말을 잃어버렸다.

연이어 비보가 날아들었다. 고구려군이 석현성을 함락한 여세로 그 주위의 십여 개 성마저 순식간에 유린했다는 소식이었다. 나라의 일대 위기였다. 이대로 주저앉을 수는 없었다. 관미성마저 함락된다면 만회할 길이 없었다.

관미성은 백제의 대외진출을 보장하는 전략적인 거점이었다. 대백제제국의 위용을 자랑하는 수군이 근거하고 있는 곳이면서 강력한 육군이 주둔하고 있는 곳이었다. 석현성과 그 주위 십여 개의 성이 함락당한 상태에서 관미성마저 점령당하면 예성강 방면으로의 진출이 봉쇄당하고, 임진강 하류 지역이 제압당하는 것이었다. 그것은 장차 고구려가 한강을 도하해 넘어오는 것을 의미하였다.

진사왕은 곧바로 관미성을 사수하라는 파발을 띄워 보내는 한편, 백성들의 무장을 독려하고 나섰다. 백제의 존망이 걸린 한판이었다. 이때 고굉 장군이 관미성을 지키겠다고 출전을 지원했다. 이제 믿을 수 있는 것은 고굉밖에 없었다.

"장군! 관미성은 백제의 전략적인 거점이오. 어떠한 경우가 있어도 그곳을 사수해야 하오."

진사왕은 고굉에게 군사를 딸려 보내며 관미성의 사수를 명했다. 그러나 어찌 된 일인지 고구려 태왕은 석현성과 그 주위 십여 개 성을 함락한 이후로 더는 공격하지 않았다.

진사왕은 고구려군의 공세가 없자 이상하게 여겼다. 적을 물리친 기세로 계속해서 공격을 들이대는 것이 군사적 상식이었다. 그런데 전혀 움직일 기미가 보이지 않았다. 도무지 이해할 수 없었다. 4만의 군사를 끌고 왔다면 결코 쉽게 물러가지 않을 심사였다. 아무래도 적 내부에 이상 조짐이 있지 않은가 싶었다.

진사왕은 고구려군 내부의 움직임을 소상히 염탐해 보고할 것을 명했다. 올라온 보고들은 더욱 그를 깜짝 놀라게 했다.

"달리 특이한 것은 없사옵고……. 그저 한가위 날을 맞아 백성들과 함께 축제를 벌이더니, 이제는 아예 두 팔을 걷어붙이고 백성들의 일손을 돕고 있었사옵니다."

"백성들의 일손을 돕고 있다니?"

진사왕의 눈이 휘둥그레졌다.

"수확기에 접어든 벼를 거둬들이고 있었사옵니다."

"정녕 그게 사실이더란 말이냐?"

"이 두 눈으로 똑똑히 확인하였사옵니다."

전쟁 중에 백성들의 일손을 돕고 있다니, 그런 일은 지금껏 그어떤 대왕도 행한 적이 없었다. 고구려 태왕의 지략에 진사왕은 섬뜩함을 느끼지 않을 수 없었다.

"모두들 물러가시오."

대신들을 물리친 후 진사왕이 홀로 중얼거렸다.

"나는 그의 적수가 못 되는구먼."

고구려 태왕이 자기 백성들의 일손을 도와주는 성군의 모습을 보이는 것은 무장하고 나선 백제 백성들에 대한 심리전의 일환이었다. 수확기가 끝나는 동안 경계심이 늦춰지면 만반에 준비를 갖추고 공격하자는 심사인 것이다.

"무서운 놈이로고. 용광검이 나타났다고 하더니……."

나이로 보나 경륜으로 보나 고구려 태왕보다 못할 게 하나 없었다. 그러나 이러한 일련의 예를 보건대, 자신은 그에 훨씬 못미친다는 것을 인정하지 않을 수 없었다.

그는 고구려 태왕이 왕위에 오르기 전 그 어린 나이에 한진 장수를 물리친 것을 보고 대단한 지략가임을 간파하였다. 그의 호적수가 될 수 있다고 여겼다. 그러나 그는 지금 전투에서 졌다기보다는 백성을 위하는 마음에서 패배했음을 승복하지 않을 수 없었다. 대백제국의 황제로서 천손인 추모대왕을 이은 적통자라는 자부심이 허물어지고 있었다.

'고구려 태왕은 이제 무서운 기세로 관미성을 공략할 것이다. 이것을 무슨 힘으로 막는단 말인가? 이 일을 어찌한다. 백제의 앞날이 걱정이구나.'

보통 사람의 상상을 뛰어넘는 담덕의 행동에 두려움을 느끼지 않을 수 없었다. 그는 안절부절못하고 밤마다 악몽에 시달렸다. 용광검이 그의 목을 향해 날아드는 꿈이었다. 그의 얼굴은 날이 갈수록 수척해져 갔다.

마침내 9월, 다급한 급보가 날아들었다.

"고구려 군사들이 관미성을 에워싸고 있다 하옵니다."

"관미성을 사수하라. 사수하라!"

진사왕은 거듭 황명을 내렸으나 그의 말은 힘을 잃고 있었다. 얼마를 버티다가 관미성이 함락당할 것인가만 머릿속에 아른거렸다. 그러나 관미성은 쉽게 함락되지 않았다. 성의 사면이 절벽이고 바다로 둘러싸인 천연 요새지인 데다 백제 군사들이 결사적으로 항전했던 것이다.

삼국사기에는 광개토왕 원년(392년) 10월 겨울에 백제의 관미성關彌城을 공격하여 점령하였다. 그 성은 사면이 절벽이고 바다로 둘러싸여 있었다. 왕이 일곱 방면으로 군사를 나누어 공격한 지 20일 만에 점령하였다고 하였다.

삼국사기는 광개토호태왕릉비문의 즉위 연대와 비교할 때 1년이 늦춰져 있는 관계로 이 사건도 광개토호태왕 즉위 2년의 일로 보아야 한다. 물론 삼국사기나 광개토호태왕릉비문에서의 연도는 다 392년으로 동일하다. 이하 제위 연도의 차이에 대한 언급은 생략한다.

"관미성의 전투가 오늘로 며칠째 되어 가느냐?"
"열흘째이옵니다."
"우리 군사들의 사기는 어떠하다고 하느냐?"
"필사의 각오로 막아내고 있다 하옵니다."
"오! 장한지고……."
그러나 말과는 다르게 진사왕은 관미성을 지킬 수 없다는 것을 자인하고 있었다. 해상과 대륙을 장악한 거대한 백제대제국의 꿈은 그의 마음속에서 이미 허물어지고 있었다. 단군조선의 정통 계승자로서의 꿈은 그보다 더 뛰어난 인물 앞에 자리를 내주어야 했다.

이미 마음을 정리한 진사왕이 내관에게 차분한 목소리로 명했다.

"차비를 하거라."

"관미성으로 말이옵니까?"

"아니다. 비복 차림으로 나설 것이니라. 아무도 모르게 준비하도록 하라."

"대왕 폐하! 아니 되옵니다."

황궁을 버리고 떠나려 한 것을 눈치챈 내관이 진사왕의 앞을 막으며 울먹거렸다. 그러나 진사왕이 담담하게 얘기했다.

"그렇게 서글퍼 할 것 없다. 대세를 거스를 수는 없으니…… 내 이미 싸움에서 졌음을 승복한바 무엇을 더 바라겠느냐?"

원대한 포부를 꿈꾼 그였지만, 담덕과 자웅을 겨룰 수 없음을 알았기에 스스로 물러나려고 하였다. 마음 같아서는 기꺼이 고구려 태왕의 시대를 축하해 주고 싶었다. 그러나 백성이 있고 조정 대신이 있는데 그렇게 할 수는 없었다. 그래서 그는 황궁을 떠나기로 작정한 것이다.

삼국사기에는 진사왕 8년(392년) 7월 가을에 고구려왕(담덕談德)이 4만여 명의 군사를 거느리고 와서 북쪽 변경을 침공하여 석현성石峴城 등 10여 개의 성을 함락시켰다. 왕은 담덕이 용병에 능통하다는 말을 듣고 대항하기를 회피했다. 한수漢水 북쪽의 여러 성들을 빼앗겼다. 10월 겨울에 고구려가 관미성關彌城을 쳐서 함락시켰다. 왕이 구원拘原에서 사냥하며 열흘이 지나도록 오지 않았다. 11월 왕이 구원의 행궁行宮에서 죽었다고 했다.

비복 차림으로 황궁을 몰래 빠져나오는 진사왕의 눈에는 물기가 젖어 들었다. 추모 대왕의 적통자로서 황제 칭호를 사용하며 그 위용을 자랑했는데, 자기 대에 종묘사직의 위엄을 지키지 못하고 무참하게 짓밟힌 데서 오는 서글픔이었다.

그런 가운데에서도 그의 얼굴은 담담했다. 비록 패배는 했을지라도 최선을 다했고, 하늘이 자신보다 뛰어난 사람을 냈을 때는 그 뜻이 따로 있을 것으로 생각했다. 적장이지만 한 시대의 진정한 영웅으로서 담덕을 인정할 수밖에 없었다. 전쟁 중에도 백성을 그토록 아끼는 성군이라면 한 나라를 기꺼이 내맡겨도 될 것 같았다.

관미성이 있는 북쪽 하늘을 바라보는 그의 눈에는 석양의 노을이 비껴들었다.

3장

대국을 향하여

33

　담덕은 392년 8월에 백제 원정을 단행하여 석현성과 적현성 등 십여 성을 함락한 다음 그에 멈추지 않고, 마침내 10월 난공불락의 요새라고 하는 전략적 요충지인 관미성을 장악하고 나서야 국성으로 돌아왔다. 그런 이후 새롭게 내정을 완비하고자 하였다.

　왕당군을 새롭게 개편하고 신진인사를 대거 기용하고자 하였다. 남방을 평정하고 돌아온 그에게 그 누구도 부인할 수 없을 만큼의 힘이 실린 것이다. 담덕은 조정 신료들이 모여 있는 자리에서 말을 꺼냈다.

　"나라의 직제를 새롭게 정비하고자 합니다. 제가평의회를 통해 원로대신들의 자문을 계통적으로 받고, 또 왕당군의 직제를 새롭게 신설하여 신진인사를 등용하고자 하니, 의견이 있으시면 주저치 말고 말해 주시오."

"신, 진! 아뢰옵니다. 신들을 잊지 않고 생의 마지막까지 충성할 기회를 주신 대왕 폐하의 황은에 망극할 따름이옵니다. 하오나 이제 대왕 폐하의 시대가 열렸사옵니다. 소신들의 충심이야 변함이 없사오나 이제 몸은 늙어 말을 듣지 않사옵니다. 하오니 마땅히 새 시대에 걸맞게 대왕 폐하를 보좌할 신진 인사를 적극 발굴 등용하셔야 할 것이옵니다. 즉시 시행하시옵소서."

진의 말에 장협이 떨떠름한 표정을 지었다. 이에 담덕이 장협에게 물었다.

"국상께서는 어찌 생각하십니까?"

담덕의 질문에 장협은 순간 망설였다. 대왕의 의도야 이제 자기들 중심으로 세력 판도를 바꾸겠다는 주문이었다. 그렇지만 원로들에게도 자리를 주겠다고 하는 상황에서 달리 반박할 명분이 없었다.

"신도 진 장군의 의견과 다름이 없사옵니다. 시행하시옵소서."

장협마저 이에 찬동을 하자 신료들은 시행할 것을 한목소리로 외쳤다. 이에 따라 담덕은 왕당군의 직제를 새로 개편하면서 혜성을 장사長史에, 사마司馬에는 부살바, 그리고 참군參軍에는 바기를 각각 임명했다. 제가평의회의 자문관에는 장협 국상을 비롯해 진 장군과 달삼, 돌벼, 평양 성주인 고연 녹살 등을 임명했다. 이와 함께 바기가 맡았던 국성 수비대장에는 모두루를, 그 부장엔 석재와 길동을, 그리고 황실 수비대장에는 창기를, 그 부장엔 양기와 달삼의 아들 달기를 각각 등용했다.

광개토호태왕릉비문에는 왕당王幢, 관군官軍 등의 표현이 나오고, 양서梁書 동이열전 고구려 조에는 광개토호태왕이 장사長史, 사마司馬, 참군參軍 등의 관직을 신설했다고 전한다.

장협은 왕당군의 직제 개편과 인사 등용을 보고 위기의식을 느끼지 않을 수 없었다. 담덕의 방침은 강력한 왕권에 기반을 둔 일사불란한 지휘체계를 세우겠다는 의지를 보여준 것이었다. 그렇다면 그도 언제 물러날지 모르는 상황에 내몰릴 수 있었다.

사실 그는 담덕이 백제 원정에 나가 있을 때 국성을 장악하고자 했다. 그런데 혜성이 그전까지 별로 쓸모없었던 중외대부의 관직을 내세워 그의 발목을 잡았다. 그럴 수밖에 없는 게 중외대부는 관리를 감찰하는 직이었다. 그런데다 창기가 그 뒤에 눈을 부라리며 떡 버티고 있어 어찌해 볼 도리가 없었다.

그는 지금 국상이라지만 지내외병마사를 겸하지 못해 군권을 장악하지 못하고 있었다. 단지 행정적 권한을 갖는 것에 국한되어 있어 두우에 비하면 아무것도 아니었다. 명실상부한 권력을 행사하려면 군권이 없이는 실력을 제대로 행사할 수 없었다. 한쪽 날개만으로는 날 수 없었다. 반면에 혜성은 이번 관직의 신설로 중외대부와 장사를 겸임하여 날개에 돛을 단 듯 권한이 한층 강화되었다.

장협은 이에 대해 어떻게 대응해야 할지 도무지 막막하기만 했다. 신진세력을 발탁하면서도 원로대신들을 자문관에 임명한 것은 청년장수들과 원로대신들의 화합을 도모하는 방안이었다. 이런 정책에 불만을 토로할 수도 없고, 그렇다고 그냥 눈 뜨고 뺨 맞을 수만은 없었다.

장협은 흥덕을 불러들였다. 그가 꼭 묘안을 내놓기를 바랐던 것은 아니었으나, 답답한 마음에 이런저런 말을 하다 보면, 혹 좋은 묘책이 떠오를 수도 있을 거란 생각이 들었다.

"대왕께서 드디어 속내를 드러낸 모양일세."

"이번 인사 정책을 두고 하시는 말씀이옵니까? 강력한 왕권을 세우려고 하신다는 거야 이미 예상한 바가 아니옵니까?"

"하긴, 왕권을 계속 강화한다면 원로대신들과 대립이 생기겠지. 그러나 지금 상황은 말이야……."

말을 하려다가 고개를 도리질하는 장협의 모습을 보고, 흥덕은 그가 초조해하고 있음을 간파했다. 왕의 측근들이 득세하는 과정에서 밀려날 것을 두려워하는 모양이었다. 흥덕이 위안 조로 말을 꺼냈다.

"계속 신진세력을 등용하고 직제를 대왕 중심으로 편제한다면 반발세력이 형성될 것이옵니다."

"당연히 불만이 생기겠지. 그런데 감히 어느 누가 불평을…….

그런 배짱을 가진 자가 어디 하나라도 있더란 말인가? 모두들 납작 엎드려 설설 기고 있는 판에…….”

장협의 목소리가 퉁명스럽다 못해 거칠어졌다.

“지금이야 당장 그렇게 되지는 않겠지만, 신진세력들에게 밀려나게 된다면 불만이 표출될 것이고……. 그러면 분위기는 달라질 터이니 상황 타개는 그리 어렵지 않을 것이옵니다.”

“됐네. 그렇게까지 얘기하지 않아도 되네.”

위로하기 위해 한 말임을 알아본 장협이 홍덕의 말을 가로막았다. 그러자 홍덕이 다시 조심스럽게 입을 열었다.

“어렵고 힘든 길일수록 돌아가라는 말이 있듯이, 지금은 인내하며 차차 준비를 갖추어 나가야 할 것으로 사료되옵니다.”

“차차 준비를 갖추어? 그걸 지금 말이라고…….”

듣다못해 장협이 소리를 높였다. 그가 생각해도 별 뾰쪽한 묘안이 없었다. 참고 참으며 꾸준히 세력 기반을 다져야 했다. 하지만 성과가 없으니 애가 타는 것이다.

백제 출정을 제기한 이후, 돌벼는 그를 멀리하며 담덕에게로 돌아섰다. 달삼도 그와 연계할 생각이 없는 것 같았고, 더구나 그의 아들 달기는 담덕에 의해 황실 수비대 부장으로 등용되었다. 진은 워낙 황제밖에 모르는 우직한 사람이라 거론할 필요조차 없었다. 이런 형편에서 차근차근 준비하자는 소리는 공허한 말밖에 되지 않았다.

“대인 어른, 상황이 어렵다 하나 힘을 내셔야 하옵니다. 훗날을 기약하셔야 하옵니다. 우리가 힘을 모을 수 있는 기반은 대신들과 우리가 키워 온 신진 세대들이옵니다. 이 점을 생각하셔야 하옵니다."

어려운 상황에서도 신심을 잃지 말자고 다잡아주는 흥덕의 말에 장협은 이내 정신을 차렸다. 사실 그가 흥덕에게 화낼 이유는 없었다. 단지 어떻게 대처해야 할지 답답한 판에, 하나 마나 한 소릴 듣자니 잠시 이성을 잃은 것이었다.

"알겠네. 미안하이. 내 요즘 심경이 좀 편치 않아서……. 마음에 담아주지 마시게."

장협이 사과하자 흥덕이 그 말을 허심하게 받아들였다.

"괜찮사옵니다. 괘념치 마시옵소서."

"대신들이 지금 우릴 멀리하려고 하는데, 그렇다고 방치할 수도 없고……. 어찌해야 하겠는가?"

"언제라고 단정하기는 힘들지만, 대왕께서는 일사불란한 권력 체계를 요구할 것인바, 원로대신들이 반발할 날이 꼭 올 것이옵니다. 그러니 그들과의 관계를 원만하게 유지해야 할 것이옵니다."

"어떻게 말인가?"

"대왕 폐하께서 원로대신들을 자문관으로 임명하셨으니 이를 이용해야 하옵니다. 그러나 무엇보다 중요한 것은 신진 세대들을 우리의 세력으로 끌어모아야 합니다. 대왕 폐하께서도 신진 인사를 적극적으로 등용하려고 하십니다. 거기에 우리 세력을 심어

놓아야 합니다."

장협이 고개를 끄덕였다. 그가 말하지 않더라도 그렇게 하는 수밖에 없었다. 지금은 나설 때가 아니었다.

담덕은 용의주도하게 일을 처리해 가고 있었다. 왕권을 강화하면서도 그의 세력만을 기용한다는 비판 여론을 의식에 적재적소에 다양한 인물을 등용하였다. 바기와 달기도 포용하였고, 원로 대신들도 자문관으로 임명하였다. 겉으로 보기에 공명정대하기 이를 데 없었다.

담덕은 이 순서를 밟고 난 다음 일정한 단계에 이르면 그 속내를 드러낼 것이 분명했다. 빈틈없는 일의 진행 과정을 보자니 혀를 내두를 지경이었다. 그러나 아무리 용의주도하게 처리한들 황권 강화는 필연코 귀족층의 불만을 야기할 것이고, 그러면 얘기는 달라질 수 있었다. 그때까지 숨을 죽이고 웅크리며 기반을 강화해 나가야 했다.

장협은 원로대신들과의 원만한 관계를 쌓아두고자 그들을 집으로 직접 초청했다. 고연은 평양에 나가 있는 관계로 오지 못했지만, 달삼과 돌벼, 진 장군 등은 초대에 응했다.

장협은 연회를 베풀면서 당장 어떤 것을 기대하기보다는 먼 훗날을 기약하는 선에서 서로 우의를 다지고자 했다. 현재 조정에서 논의되는 현안에 대해서는 일부러 함구하였다. 그런 때문인지 대화는 화기애애하게 진행되었다.

"세월이 유수라더니, 이렇게 머리가 희끗희끗해진 것을 보면 세월이 참으로 빨리 흘러갑니다."

돌벼가 좌중을 보며 가볍게 얘기하자 달삼이 맞장구쳤다.

"그러게 말입니다. 우리가 소수림 대왕 시기 젊은 패기 하나만을 믿고 움직일 때가 엊그제 같은데, 이제 몸도 마음도 다 늙어……."

달삼이 장협을 은근슬쩍 쳐다보더니 다시 말을 이었다.

"그러니 젊은애들이나 밀어주는 것이 우리가 할 일이 아닌가 합니다."

속내가 뭐냐고 묻는 듯한 달삼의 태도에, 장협은 비위가 상했지만 애써 웃는 낯으로 화답했다.

"그렇지요. 허나 목숨이 붙어있는 동안에는 대왕 폐하께 신명을 다 바쳐 충성해야지요. 그렇지 않습니까?"

"그야 물론이지요."

돌벼가 장협의 말에 동조했고 달삼도 고개를 끄덕였다.

"그러고 보면 대왕 폐하께서 얼마나 정치를 잘하고 계십니까? 내 대왕 폐하의 어린 시절부터 그 영명함을 알고 있었습니다만…… 이번만 해도 그렇지요. 젊은 세대들을 기용하면서도 우리들을 자문관에 임명하여 화합을 도모하고, 또 우리에게 충성할 기회를 주고 있으니 말입니다."

진이 매우 흡족한 태도로 담덕을 칭송하자 장협이 그 말을 다시 받았다.

"맞습니다. 맞아요. 그러니 우리 원로들이 늙었음을 탓하지 말고 대왕 폐하께 충성하는 충신의 도리를 보여야지요. 그래야 후학들이 우릴 보고 배우지 않겠습니까?"

"맞는 말씀입니다. 우리 원로들이 대왕 폐하를 잘 보필해야지요."

돌벼가 장협의 말을 거들었다.

"우리 원로들의 역할이 매우 막중한바, 그런 의미에서 우리가 서로 우의를 다지는 것 또한 중요하지요. 자, 한잔합시다."

장협이 연회 자리의 의미를 밝히고 건배를 청했다. 모두들 흔쾌히 잔을 들었다.

장협은 잔을 들고 나서도 이런 만남을 자주 가져 우의를 다지자고 강조하였다. 다들 별다른 이의가 없는 가운데, 연회의 자리는 원로들의 친선을 도모하는 자리로 바뀌었다. 그러나 자리를 파할 때쯤, 돌벼가 대왕 폐하의 치세가 길이 빛나게 하자는 건배를 제의하면서, 결국 연회는 담덕에 대한 충성을 다짐하며 끝맺게 되었다.

원래 큰 기대는 하지 않았지만 장협은 더 큰 나락으로 빠져들었다. 진 장군이야 담덕의 열렬한 지지자이니 예외로 친다고 하더라도, 다른 사람들 또한 이미 그의 손을 떠나버린 것만 확인한 셈이었다.

그들은 담덕을 입에 침이 마르도록 칭송했고, 그가 던져준 몇 조각의 고깃덩어리에 만족하는 자들이었다. 권한을 하나하나 잃게 되면 그때는 그럴 줄 몰랐다고 하면서 불평하겠지만 그것은 먼 훗날의 일이었다. 당장 그가 움직여 나갈 세력 판도가 너무나 좁았다. 활로가 보이지 않았다.

장협은 그해 겨울을 끙끙 앓으며 보냈다. 마땅한 방책이 보이지 않는 데서 오는 암담함이었다. 그러나 시간이 약이라고 영락 3년(393년) 봄이 오면서 차차 마음을 추슬렀다.

오랜 침잠 끝에 하나의 결론에 도달했다. 담덕과의 진검승부에 자신이 포섭한 젊은 장수들을 전면에 내세울 생각이었다.

원로대신들 가지고는 담덕이 새롭게 편재한 왕당군에 대항할 수 없었다. 왕당군은 필연코 원로대신들을 허수아비로 만들 것이 뻔해서, 이에 반발할 대신들은 최소한 우군이 되어 줄 것이라고 여겼다. 그러나 그 기대는 물거품이 되었다. 역시 기댈 곳은 자기 자신의 기반뿐이었다. 자신의 힘으로 군사적 역량을 마련하는 것이 담덕과의 진검승부가 될 것이었다.

어쩌면 이것은 그가 알고 있는 바를 다시 확인한 것이기도 했다. 애초 흥덕에게 태학 내에 은밀한 친위 조직을 만들어 두라고 명한 것도 그 이치를 알았기 때문이었다. 자기 세력을 키우기 위해서는 남에게 의존할 것이 아니라, 자신이 믿을 수 있는 친위 세력을 키우는 것만이 진정한 힘을 키우는 길이었다.

장협은 마침내 몸을 일으켜 뜰로 나왔다. 봄이라곤 하지만 아직도 옷깃을 여미게 하는 날씨였다. 찬바람이 쌩- 하고 코끝을 스치고 지나갔다. 신선한 공기가 폐부를 말끔히 씻어낸 듯 상쾌했다. 가슴에 품은 야심이 새록새록 되살아났다. 어느새 그의 눈은 사냥감을 발견한 야수의 눈빛으로 번들거렸다.

그가 누구인가? 두우와 황실 사이에서 눈치만 보던 처량한 신세에서 결정적 시기에 두우를 잿밥으로 삼으며 일약 국상에 오른 자였다. 그런 그가 이만한 일로 모든 것을 포기할 리 없었다. 더구나 그에게는 태학이 있고, 그를 기반으로 출세한 젊은 장수들이 있었다.

담덕이 직제를 개편하면서 젊은 인재들을 새로 발탁했는데, 여기에는 그가 공들여 키운 석재와 양기도 끼어 있었다. 그들은 각각 국성 수비대부장과 황실 수비대부장으로 임명되었다. 이들을 활용하면 최소한 담덕의 소굴에서 무슨 일이 벌어지는지 정도는 훤히 꿸 것이었다.

장협은 결심을 내린 듯 곧바로 수하를 불렀다. 쇠뿔도 단김에 빼랬다고 당장 석재를 불러들일 요량이었다.

"부르셨사옵니까?"

"석재 장수에게 내가 보잔다고 전하고, 주안상을 푸짐하게 준비하라 이르거라."

"알겠사옵니다."

수하가 떠난 후 장협은 주먹을 불끈 쥐었다. 이대로 물러설 수는 없음이었다. 오래 버티기만 한다면 승산이 있었다. 고구려는 귀족층에 의해 다스려지는 나라인데, 담덕은 문벌을 따지지 않고 평민까지도 등용하고 있었다. 지금은 숨죽이고 있지만 결국 귀족층의 지지를 받지 못한 담덕은 끝장날 것이었다.

'그때까지 힘을 키우며 기다리자!'

비장한 결심에 장협의 불끈 쥔 주먹이 부르르 떨렸다.

어느덧 해가 서쪽으로 기울면서 날씨가 더욱 쌀쌀해졌다. 그는 방으로 들어와 금빛 비단 이불로 포근하게 몸을 감쌌다. 지금 당장은 아니지만 그래도 활로가 보인다고 생각하니 활력이 솟았다.

그는 앉았다가는 다시 일어서고, 일어섰다가는 방안을 거닐고 다시 앉기를 반복했다. 그러나 이내 때를 기다려야 하는 자기 처지를 생각하고서는 스르르 눈을 감았다. 끝까지 참고 기다렸다가 기회가 되면 단박에 달려들어 목숨 줄을 끊어버리는 것이 상책이었다. 날이 선 칼날을 품속 깊이 감추듯 자기 마음을 다독거렸다. 그러던 중 밖에서 소리가 들려 나왔다.

"석재 장수가 대령했사옵니다."

"알았느니라."

전혀 딴 사람처럼 변한 양, 장협이 여유까지 보이며 석재가 기다리는 대기실로 향했다.

그를 본 석재가 먼저 정중하게 예를 갖추었고, 이에 그가 제법 호탕한 목소리로 추켜세웠다.

"국성 수비대 부장으로 진급했다 했는가. 늦은 감이 있지만 축하하네."

"감사하옵니다. 국상 대인의 하해와 같은 은혜를 잊지 않고 있사옵니다."

"그런가? 그리 말하니 내가 더 고맙네. 하기사 은혜를 모르고서야 어찌 큰일을 할 수 있겠는가? 그렇지 않은가?"

장협의 노골적인 핀잔 투에 긴장된 듯 석재의 눈꼬리가 가늘게
떨렸다.

　　석재는 모름지기 사내대장부라면 야망을 품고 살아야 한다고
여겼다. 한 세상 배짱 좋게 떵떵거리며 살고 싶었다. 올망졸망한
일에 매달리는 소인배처럼은 살고 싶지는 않았다. 그러자면 권력
의 심층부로 진출해야 했다.

　　그런데 그런 자리에 오르려면 튼튼한 연줄이 필요했다. 바른말
로 대의니, 충성이니 그렇게 말들은 하지만, 석재가 보기에는 연
줄만큼 확실한 담보는 없었다. 처음엔 청년장수들 편에 서서 무
던히 줄을 잡으려고 애를 썼다. 그가 봐도 그들은 한 시대를 풍미
할만한 호걸들이었다. 추이를 보아도 그들이 권력 중추의 핵심을
장악할 것으로 보였다.

　　태학 생도 시절부터 그들의 주변을 서성거렸으나 별반 소득이
없었다. 그런 때에 장협의 심복인 흥덕이 그에게 접근해 왔다. 생
각해보니 청년장수들의 연줄보다 더 나아 보였다. 청년장수들은
분명 존경할만한 인물들이기는 하지만, 고리타분해서 별다른 떡
고물을 얻을 수 없을 것 같았다.

　　그는 장협에 줄을 대면서 출세할 기회를 단단히 벼렸다. 아니
나 다를까 어느 날 흥덕이 바기가 거란 원정을 주청할 터이니, 이
를 태학 내에서 적극적으로 추진하라고 귀띔해 주었다. 흥덕의
말대로 적극 움직였으나 결론은 백제 원정으로 내려졌다. 상황을

보아하니 거란 원정을 계속 주장해서는 안 될 것 같아 재깍 백제 원정으로 말을 갈아타고 출정했다.

원정길은 그리 어렵지 않았다. 대왕의 지략이 출중해 백제의 군사들을 쉽게 무너뜨릴 수 있었다. 정작 힘들었던 것은 관미성의 공격을 앞두고 백성들의 농사를 지원하라는 대왕의 명이었다. 병사들에게 농사나 지으라니 그게 어디 가당키나 한 말인가 하는 생각 때문이었다. 그러나 출세하려는 욕심에 아무런 불만도 내색지 않고 명을 수행했다. 그런 다음 대왕의 명령에 따라 관미성 공격에 가담하였다.

관미성은 천연의 요새였기에 쉽게 함락되지 않았다. 대왕의 눈에 띌 절호의 기회였다. 20여 일째 되던 날 그는 양기와 함께 선봉에 나섰다. 다른 병사들도 대왕의 명에 따라 사면팔방으로 공격해 마침내 관미성을 함락했다. 그 공로가 인정되어 국성 수비대 부장에 발탁되었다.

출세가도가 열리자 야심은 더욱 꿈틀거렸고, 이제는 말을 갈아탈 때가 되었다는 생각마저 들었다. 장협보다는 대왕에게 충성하는 것이 낫다는 판단이었다. 아무래도 대왕의 떡고물이 더 커 보였다. 그런데 친구 양기와 의논하다 보니 그게 잘못되었다는 것을 깨달았다.

양기도 석재처럼 야심만만한 꿈을 키우고 있었다. 그도 황실 수비대 부장으로 승진했다. 석재가 동물적 감각으로 실속을 챙기는 타입이라면, 양기는 여러모로 신중하게 재며 잇속을 차리는 형이었다. 세상사 잇속 따라 움직이는 사람답게 둘은 서로 죽이 잘 맞았다.

"우리가 승진한 것은 국상 대인의 공이 컸네."

양기가 장협에게 감사의 뜻을 표하자 석재가 반문했다.

"그렇게까지 얘기할 수 있겠는가? 우리가 백제 원정으로 말을 갈아타지 않고 거란 원정을 계속 주장했다면 어떻게 되었겠는가? 더욱이 우리가 관미성을 함락하기 위해 목숨 내걸고 싸우지 않았던들, 어디 이 자리가 우리에게 차려지기나 했겠는가?"

"그야 맞는 말이지. 허나 우리의 뒷배가 되어 준 건 장협 국상이네. 그걸 생각해야지."

"그건 그렇다 치고, 지금 정계 흐름을 보면 원로대신들의 권한이 위축되고 있네. 국상 대인도 예외는 아니겠지?"

양기의 눈이 순간적으로 번들거렸다. 그도 권력계의 흐름을 예의 주시하며 앞으로 미칠 파장을 재보면서 유불리를 타산하고 있었다.

"그렇겠지. 허나 먼 훗날 얘기가 아니겠는가?"

처신과 관계된 말인지라 석재가 신경을 곤두세우며 되물었다.

"먼 훗날이라고?"

"지금은 대왕 폐하와 원로대신들이 서로 대립하고 있지는 않네. 앞으로 대신들의 기반까지 요구한다면 모를까. 그때까지는……."

"흐―음, 듣고 보니, 과연 그렇겠구먼."

석재는 양기의 말속에서 장협의 연줄이 아직은 요긴하다는 것을 재빨리 알아챘다.

원로대신들의 위상이 약화되는 측면만 보고 곧장 장협과 거리를 두려는 행위는 하나만 알고 둘은 모르는 우매함이었다. 원로대신들이 담덕과 계속 좋은 관계를 유지하려 해도 권력의 핵심에서 밀려날 것을 우려하게 되니, 그러면 그럴수록 그들은 자기 심복을 심으려고 혈안이 될 것이었다. 이때를 이용해 최대한 몸값을 부풀려 빨리 한자리 잡는 것이 상책이었다. 이들과의 관계는 나중에 상황을 보아가며 재조정하면 되는 것이다.

석재는 양기의 말을 듣지 않았으면 잘못 처신할 뻔했다는 것을 깨닫고는 몸을 움찔거렸다. 그럴수록 그가 미덥게 보였다.

석재는 당분간 계속 장협과 긴밀한 관계를 유지하기로 하였다. 그러던 중 장협이 찾는다는 전갈을 받자 즉각 달려온 것이다. 그런데 장협은 보자마자 질책하는 듯한 얘기를 꺼내고 있었다. 이건 분명 장협이 자기를 배신하고 백제 원정에 참여한 그의 행위를 꾸짖는 것이었다.

"죽을죄를 지었사옵니다. 그때는 상황이 피치 못해……. 하오나 앞으로는 그런 일이 절대 없을 것이옵니다."

석재는 단박에 무릎을 꿇고 머리를 조아렸다. 일단 장협의 신임을 받으려면 무조건 비는 것이 상책이었다.

"이 사람, 내 자네를 탓하려고 부른 것이 아닐세."

"무슨 하명하실 말씀이라도……."

"뭐가 그리 급한가? 우선 목이나 축이세그려. 자, 저리로 가세나."

장협이 대기실을 나서자 석재도 그 뒤를 따랐다. 그들이 간 곳은 암실 같은 곳이었는데, 그곳엔 상다리가 부러질 정도의 진수성찬이 차려져 있었다.

"더 분부하실 것은 없사옵니까?"

음식을 시중 보던 여인네가 묻는 말이었다.

"아니다. 물러가 있거라."

석재는 장협이 독대하고자 함을 즉각 알아차렸다. 이것은 그가 비중 있는 인물로 성장했다는 것을 상징하면서도 그만큼 주어지는 임무가 무겁다는 것을 의미했다.

"자! 내 술 한잔 받게나."

장협이 허물없이 대하고 있음을 보여주기라도 하듯 직접 술을 따라 주었다.

"황공하옵니다."

"지금 맡은 일은 어떤가?"

"국상 대인 덕분에……. 최선을 다하고 있사옵니다."

"그래야지. 허나 사내대장부가 그 정도로 만족해서야 되겠는가?"

"무슨 말씀이온지?"

석재의 눈동자가 순간적으로 흔들렸다. 장협의 말은 분명 그를 적극 밀어주겠다는 암시였다.

"뭐 그만한 것을 가지고 그리 놀라는가? 사내대장부라면 모름지기 큰 포부를 품고 살아야지. 자네 나이 앞으로 창창한데 이제 시작이지 않은가?"

미끼에 눈독 들이는 것을 잽싸게 파악한 장협이 화제를 다른 데로 돌렸다.

"자—자! 그 얘기는 그만하고, 내가 자네를 부른 것은 지난번의 일도 있고 해서 술 한잔 대접하려고 하는 것일세."

이 말은 홍덕의 지시에 석재가 태학에서 거란을 원정하자고 적극 나선 일을 두고 한 말이었다. 그러나 그는 결국 장협을 배신했다. 그러니 그때의 공을 치하하겠다는 말은 실상 배신행위를 추궁하겠다는 것이나 다름없었다. 그는 즉시 무릎을 꿇고 머리를 다시 조아렸다.

"국상 어른, 진심으로 죄를 뉘우치고 있사옵니다. 앞으로 그런 일은 진정 없을 것이옵니다. 믿어 주시옵소서."

"아니 이게 무슨 짓인가? 어서 일어나게. 뭐 그만한 일로 그러는가? 사람이 큰일을 하려면 시시각각 변하는 상황에 대처할 줄도 알아야지. 아니 그런가?"

장협이 그런 일쯤은 안중에 두지 않고 있다는 듯이 얘기했다. 그런데도 석재는 여전히 일어나지 않고 거듭 사죄를 청했다.

"아니옵니다. 소장에게 속죄할 기회를 한 번만 더 주시옵소서. 무엇이든지 하겠사옵니다. 지옥의 불덩이 속이라도 뛰어들 각오가 되어 있사옵니다."

"내 자네를 믿네. 그러니 어서 일어나게."

장협이 일으켜 세워서야 석재는 마지못한 듯 일어났다. 그러고도 또다시 머리를 조아렸다.

"분부만 내리시옵소서."

"내가 무슨 할 말이 있겠는가? 다만 그저 자기 직분에 충실하면서 세를 규합하는 것이…… 자네가 잘 되는 것이 곧 내가 잘 되는 게 아니겠는가?"

석재가 계속 사죄하는 태도를 보이자 장협이 넌지시 그의 뜻을 밝혔다. 그러면서 한배를 탄 몸으로서 뒷배를 봐줄 터이니, 앞으로는 처신에 주의를 기울이라는 경고성의 말도 덧붙였다.

"일을 하다가 곤란한 게 있으면 언제든지 나를 찾아오게나. 물론 내가 자네를 믿고 있다는 것을 잊지 말아야 할 것이네."

석재는 장협의 얘기에 안도의 한숨을 내쉬었다. 어쨌든 장협이 아직도 그를 필요로 하고 있음을 확인한 것이다. 그런데다 장협이 요구한 세 규합은 어차피 그가 해야 할 몫이었다. 그것은 장차 권력의 핵심으로 올라갈 자신의 밑천이기도 했다. 석재의 목소리가 흔쾌하게 흘러나왔다.

"명심 또 명심하겠사옵니다. 소인은 국상 어르신만 믿고 따를 것이옵니다."

"아ー이런. 술 한잔하자고 해 놓고선. 그런 얘기는 그만하고 술이나 마시기로 함세."

석재는 출세가도가 열렸다는 생각에 장협이 따라주는 잔을 거듭 마셨다. 장협도 석재의 말을 곧이곧대로 다 믿을 수는 없어도 충성을 맹세하니, 일차적 과제가 해결된 것에 만족스러워했다. 궁극적으로 각자의 길이 어떻게 전개될지는 모르지만, 이 순간만큼은 서로의 야심이 두 사람의 끈을 튼튼히 맺어 주었다.

34

부살바는 394년 9월경에 거란 원정을 준비하라는 명을 받고, 선봉대를 거느리고 진 장군과 함께 서북부 변경으로 은밀히 이동해 왔다. 394년은 대왕의 첫아들, 거련이 태어난 해였다. 거련은 훗날 장수왕이다.

그가 이곳에 오게 된 것은 혜성의 제안과 담덕의 명 때문이었다. 고구려는 왕당군의 직제 개편과 신진 인사의 기용 이후, 별다른 변화 없이 지극히 평화로웠다. 그런데 남방에서 백제가 사사건건 문제를 일으켰다. 백제는 적현성과 관미성을 빼앗긴 이래, 이를 회복하기 위해 수시로 시비를 걸어 왔다.

이렇게 백제가 고구려에 대해 적극적으로 적대정책을 취하고 나온 것은 백제 조정 내에 권력의 변화와 관련이 있었다.

백제의 진사왕은 관미성을 사수하기 위한 전투를 힘겹게 벌이고 있는 동안 황궁을 비우고 사라졌는데, 사냥터에서 죽은 채로 발견되었다. 그 뒤를 아신왕이 잇게 되었다. 아신왕은 침류왕의 아들이자 진사왕의 조카였다.

아신왕은 진사왕과는 달리 고구려에 대한 적개심이 대단했다. 진사왕이 고구려 태왕을 겁내며 도망치는 것을 두고, 대백제국의 황제로서 도저히 있을 수 없는 일이라 여겼다.

아신왕은 즉위한 이듬해, 곧바로 장군 진무에게 1만여 명의 군사를 내주며 관미성과 석현성을 회복하라고 명하였다. 그러나 고구려군의 완강한 수비로 성공하지 못하자, 또다시 394년 7월에 수곡성 아래까지 진격해 왔다. 그때 부살바는 대왕을 모시고 참전해 5천 기병으로 백제군을 물리쳤다.

담덕은 백제의 공격을 저지한 다음 국남7성國南七城을 쌓을 것을 명했다. 이 성들은 백제의 진공을 막으면서 남부 해안지대의 수비를 강화하기 위한 기지였다. 사실 고구려에서 적현성과 관미성을 함락시켰던 것은 전략적인 거점을 장악해 소모적인 싸움을 지양하고 대국으로서의 나래를 펴고자 함 때문이었다. 그런데 백제가 계속 침공해 오자 그에 대한 대비를 강화하지 않을 수 없었다.

삼국사기에는 광개토왕 3년(394년) 7월에 백제가 침략하자 왕이 정예기병 5천을 거느리고 그들을 쳤다. 남은 적들이 밤에 달아났다. 8월에는 남쪽에 일곱 개의 성(국남7성國南七城)을 쌓아 백제의 침략에 대비하였다고 하였다.

담덕이 국남7성을 쌓고 국성으로 돌아온 이후, 조정 대신들이 한자리에 모였다. 이때 혜성이 진언을 올렸다.

"대왕 폐하! 백제와의 오랜 전투로 서북부 방면에 힘을 기울이지 못했사옵니다. 이제 남방의 안전을 일정하게 확보했사오니, 서북부 변경의 안전을 도모할 때라고 사료되옵니다. 이 기회에 거란을 징벌해 지난날의 수모를 갚으셔야 할 줄 아옵니다."

담덕이 신료들을 둘러보며 그들의 의견을 듣고자 했다. 이에 장협이 반대하며 나섰다.

"폐하! 지금은 때가 아닌 줄로 아옵니다. 백제는 관미성과 석현성을 함락당한 이래 계속해서 침략해 오고 있사옵니다. 지금도 계속 도발해 오는데, 또 그러지 않는다고 어떻게 장담할 수 있겠사옵니까? 이런 형편에서 거란 원정까지 감행한다면 우리 군사는 양분될 것이고, 그러면 나라에 큰 위기가 조성될 수 있사옵니다."

"국상 대인의 의견도 일리는 있사옵니다. 그렇지만 백제가 공격해 온다고 하여 서북부 방위를 소홀히 할 수는 없사옵니다. 이미 백제의 공격은 일정 부분 대비되어 있사옵고, 또 앞으로 백제를 완전히 제압하자면 지금 서북부 방위를 튼튼히 다져 놓아야 하옵니다. 지금 비려(거란족의 일부)와 후연은 우리가 남방 지역 때문에 힘이 분산되어 있다 여기고 호시탐탐 기회를 엿보고 있사옵니다. 지금 서북부의 방위를 확보해 놓지 못한다면 이 절호의 기회를 놓치는 것이고, 그것은 장차 더 큰 위기를 불러들일 것이옵니다."

혜성이 장협의 말을 반박했다. 그러자 장협도 물러서지 않고 나섰다. 조정 대신들이 보는 면전에서 혜성에게 밀리는 인상을 준다면 그의 권위는 실추될 수밖에 없었다. 국상으로서 체면을 세워야 했다. 더욱이 혜성은 신진세력의 중심으로 그의 자리를 넘볼 수 있는 위협적 존재였다.

"비려(거란) 원정은 말처럼 쉬운 것이 아니옵니다. 엄청난 군사의 동원과 주력군의 이동을 필요로 합니다. 그것은 필시 후연을 자극할 것이옵니다. 그러면 사방의 적을 동시에 상대해야 하는 어려운 상황에 빠지게 될 것이옵니다. 차라리 힘을 비축했다가 백제를 먼저 제압한 후 거란 원정을 진행하는 것이 옳은 줄로 사료되옵니다."

혜성은 완강하게 반박하는 장협의 모습에서 묘한 감정을 느꼈다. 정작 거란 원정을 처음 주장한 사람이 바로 그였는데, 이제는 백제를 먼저 제압하자고 나선 것이다. 아무래도 장협의 말에는 앞뒤가 불분명했다. 비록 지금 백제가 잦은 시비를 걸어오고는 있지만, 고구려는 이미 백제의 적현성과 관미성을 확보한 상태에서 방어만 주력하면 되는 상황이었다.

예로부터 적의 공격을 받기 전에 먼저 기선을 제압하여 주동적으로 위기를 돌파해 온 것이 고구려의 전통이자 상무정신이었다. 동북아를 호령하는 대국으로 거듭나기 위해서는 침략의 마수를 뻗치고 있는 외적들을 각개격파하는 것이 주요했다. 더구나 지금 남방의 방어선을 확보한 조건에서는 주력을 서북부로 돌려 거란을 제압해야 했다. 만약 절호의 이 기회를 놓친다면 더 많은 인고의 세월을 기다려야 했다. 아니 서부와 서북부 방면에서의 침공을 받게 된다면 수세로 몰릴 것이 뻔했다. 그러면 대제국의 꿈은 고사하고 온 국토가 전란에 휩싸일 수 있었다. 쉽게 예견할 수 있는 이런 상황은 기필코 피해야 했다.

"국상께서 우려하시는 바는 잘 알겠사오나, 오히려 이를 주동적으로 헤쳐 나가 극복해야 하옵니다. 비려 지역을 장악하면 우리는 목초지를 확보해 기병을 비약적으로 강화할 수 있고, 또 그곳은 후연을 내다볼 수 있는 전략적인 지점이어서, 그들이 감히 우리를 넘보지 못하게 될 것이옵니다. 거기에다가 거란에 끌려가 노예가 된 백성들을 구제하는 것은 더는 미룰 수 없는 일이옵니다. 이 호기를 놓친다면 도리어 백제를 완전히 제압할 토대를 마련하지 못하는 것이옵고, 장차 후연과 거란의 침공마저 초래할 것이옵니다. 이제 비려를 원정해 천손의 나라로서 그 기개를 펼치셔야 하옵니다. 폐하, 대제국의 앞날을 생각하시옵소서."

두 사람의 설전이 한 치의 양보도 없이 진행되는 가운데, 담덕이 다시 신료들을 향해 물었다.

"다른 분들의 의견은 어떠합니까?"

돌벼가 조심스럽게 입을 열었다.

"소신의 생각으로는 백제보다는 서북부 방면의 침공에 대비하는 것이 옳을 듯싶사옵니다. 하오나 나라의 평온을 되찾은 지 얼마 되지 않사옵니다. 그런데다 여전히 백제는 도발해 오고 있고, 그 기세 또한 만만치 않사옵니다. 이런 상황에서 당장 거란 원정을 강행하는 것은 무리이옵고, 큰 위험을 초래할 수 있사옵니다.

신의 의견으로는 거란 원정은 신중에 신중을 기해야 할 것으로 사료되옵니다."

"비려나 후연의 침공이 눈에 뻔히 보이는데, 이를 주동적으로 해결하려 하지 않는 것은 옳지 않사옵니다. 우리 고구려군에 연패를 당한 바 있는 백제의 공격은 그리 염려할 바가 아니옵니다. 그런데다 우리 군의 사기가 매우 높으니, 명만 내리신다면 단번에 거란을 짓부숴 버릴 수 있을 것이옵니다. 거란 원정을 단행하여 원수를 갚으시옵고, 대고구려의 깃발을 당당히 드시옵소서."

모두루가 돌벼의 말을 반대하고 나섬으로써 또다시 논쟁이 가열되게 되었다. 그러나 논의의 초점은 거란 원정이냐, 백제 원정이냐의 문제에서 거란 원정을 강행하느냐 마느냐의 문제로 옮겨지고 있었다. 이 의견 차이는 신진 세력과 원로들의 입장 차이이기도 했다. 청년장수들은 대국으로서의 활로를 주동적으로 헤쳐 나가려고 하는 반면에, 원로들은 이런 이들의 모습이 의기만 앞세워 나라에 위기를 불러올 수 있다고 우려한 것이었다.

부살바는 돌벼의 말을 반박하려다가 그만두었다. 아무래도 나라의 앞날과 안위보다는 사적인 감정에 빠져 얘기할 수 있다는 생각 때문이었다.

사실 그는 혜성의 상소를 들을 때부터 심장이 두근거렸다. 거란군에 가족을 잃었던 원한을 갚을 날이 다가왔다고 생각하니 가슴이 쿵쿵 뛰었다. 원수를 갚겠다고 맹세한 지 어언 16년의 세월이었다. 그동안 복수의 칼날을 세우면서도, 우선은 당장 쳐들어

오는 적을 막기에 급급했다. 언제 그 꿈을 실현할지 알 수 없었는데, 이제 그때가 되었다고 혜성은 주청하고 있었다.

그의 마음은 벌써 서북부의 변경으로 달렸다. 원정이 결정되지도 않았는데 천리마보다도 더 빨리 그곳에 가 닿았다. 그러나 돌벼의 반대를 접하는 순간 다시금 냉정을 되찾았다.

혜성이 여느 때와 달리 한 치도 물러서지 않고, 단호하게 입장을 피력하는 것을 보면 지금의 상황이 얼마나 중요한지를 역으로 말해주는 것이었다.

공론이 분분한 가운데 마침내 담덕이 입을 열었다.

"말씀들 잘 들었습니다. 다들 일리가 있습니다. 거란 원정은 나라의 안위와 관련된 중대한 문제이지요. 심사숙고해야 할 것입니다."

담덕이 잠시 말을 멈추고 조정 신료들을 훑어보았다. 그의 말 한마디가 가부를 결정하는 순간이기에, 신료들은 긴장된 눈으로 그의 얼굴을 주시하였다.

사실 담덕은 이미 결정을 내리고 있었다. 혜성의 문제 제기는 그의 뜻이기도 했다. 그가 백제의 침공에 방어전을 전개하는 것은 백제의 역량을 소모시키면서 결정적 타격을 준비하기 위해서였다. 그러자면 서부 변경을 반드시 안정시켜 놓아야 했다. 대국으로 도약하느냐와 관련된 문제였다. 하지만 이를 밀고 나가려면 서로 다른 입장을 견지하고 있는 신료들의 의견부터 하나로 모아야 했다.

"우리 고구려는 오랫동안 외세의 침략에 환란을 겪었고, 이를 방비하기에 급급하였습니다. 이제 주동적으로 극복할 때가 되었습니다. 피동적 입장에서는 나라의 안위도 보장할 수 없습니다. 남방의 방위가 안정된 상태에서 서부의 안전을 도모하는 것이 옳을 것입니다. 하지만 거란 원정이 안고 있는 위험성 또한 간과해서는 안 될 것입니다. 이에 지금 당장 결행하기보다는 그들의 침입에 대비하면서 면밀하게 준비해 나가야 할 것입니다. 지금부터 소리 없이 준비해 두었다가 때가 되면 전격적으로 공세를 가해야 할 것입니다. 이제 우리는 천손의 나라로서의 깃발을 움켜쥐었습니다. 그 깃발을 대륙에 꽂을 때까지 모두들 한마음 한뜻으로 나서 주길 재삼재사 부탁하는 바입니다."

"대왕 폐하의 명을 받들겠사옵니다."

담덕이 내린 결론에 조정 대신들이 이구동성으로 대답했다. 그의 결론은 여러 의견을 수렴한 방안이었다. 모두들 이의 없이 받아들이자 담덕이 부살바를 향해 명을 내렸다.

"부살바 사마司馬가 먼저 선발대로 떠나 주어야 하겠소."

부살바의 심중을 헤아린 담덕의 배려였다. 이에 부살바가 힘 있는 목소리로 화답했다.

"황은이 망극하옵니다. 대왕 폐하의 뜻을 받들어 거란 원정 준비에 한 치도 소홀함이 없도록 준비하겠사옵니다."

"진 장군께서도 부살바 사마와 같이 출발하여 후연의 움직임에 대비해 주시구려."

"신, 한 치의 어긋남도 없이 대왕 폐하의 명을 받들겠사옵니다."

이리하여 부살바와 진은 선발대를 이끌고 서부 변경으로 오게 되었다. 부살바의 부인 달래도 거란 원정을 직접 눈으로 보겠다는 일념으로 뒤따라왔다. 그녀는 여태껏 과거의 참상을 잊지 못하고 있었던 것이다.

거란 원정을 성공적으로 준비하기 위해서는 강력한 기병부대와 궁수부대를 마련해야 했다. 거란의 주력은 기병이었다. 이들을 제압하려면 그에 상응한 기병을 갖춰야 했고, 그에 못지않게 능란한 궁수부대가 필요했다. 그러나 이보다 더 선행될 일은 거란의 사정을 은밀히 파악하는 것이었다.

부살바는 사람을 물색하던 중, 차무라는 자가 지리에 밝은 데다 행동이 민첩하고 머리 회전이 빨라 적진을 염탐하는 밀정의 자질이 충분하다고 보아 그를 불러들였다.

"차무라 하옵니다."

다부진 체격에 꽉 다물어진 차무의 입이 인상적이었다. 그만큼 책임감도 있어 보였다.

"앉게. 왜 보자 하는지는 잘 알 것이네."

"물론이옵니다. 분부만 내려주시옵소서."

"자네도 잘 알다시피, 현재 거란에는 1만여 명이나 되는 우리 백성이 아직도 고국의 품으로 돌아오지 못하고 노예로 연명하고 있네. 이를 생각하면 하루도 마음 편한 날이 없었네. 이제 이 수모를 갚을 때가 되었다고 생각되네. 그대의 과업이 얼마나 막중한지 잘 알 것인바, 한 치의 소홀함도 없이 진행해야 할 것이네."

"명심하겠사옵니다. 그 점은 심려 놓으시옵소서. 그런데 소인이 한 말씀 올려도 되겠사옵니까?"

"요구할 것이 있으면 뭐든 말해 보게. 내 기꺼이 들어주겠네."

"다름이 아니오라, 이번 원정을 수행하자면 말과 활을 잘 다루는 사람이 필요할 것이라고 사료되옵니다. 마침 그런 사람이 있어서 추천할까 하옵니다."

"그런가? 그런 인재가 있다면 언제든지 환영이네. 어서 말해 보게."

"루라라는 여장부이온데……."

"여장부?"

부살바가 잘 이해되지 않는다는 표정을 짓자 차무가 다시 말을 이었다.

"말 타는 재주와 활 솜씨는 신기에 가깝사옵니다. 그녀가 장군님을 돕는다면 크게 도움이 될 것이옵니다."

"그래? 내 그 사람을 일단 한번 만나 보도록 하겠네."

부살바는 여자라는 말에 다소간 실망하며 큰 기대를 하지 않았다. 물론 활과 말을 잘 다루는 궁수부대와 기병부대가 필요했으니, 여자라 하여 굳이 마다할 필요는 없었다. 하지만 여자의 몸으로 그런 일을 잘할 수 있을지 의구심이 들었다. 이런 부살바의 속마음을 눈치챘는지 차무가 다시 한번 요청했다.

"거듭 말씀드립니다만 꼭 만나보시옵소서. 결코 후회하지는 않으실 것이옵니다."

"알겠네. 내 그리하겠네."

"그럼 소인은 이 길로 떠나겠사옵니다."

"부디 몸조심하게."

부살바는 차무를 떠나보낸 후 루라를 데려오라고 명을 내렸다. 당당한 여장부라는 차무의 말에 호기심이 일었다.

"찾으셨사옵니까?"

당차게 물어오는 루라의 음성엔 의외로 씩씩한 기백이 넘쳤다. 흔히 여인네에게서 풍기는 분내는 없었지만 수수한 가운데 미색이 있어 보였다. 그리고 호리호리한 키에 무술로 단련된 몸매는 제법 탄탄해 보였다.

부살바는 루라의 신선한 인상에 호감을 갖고, 무술 또한 그런지 직접 눈으로 확인하고 싶었다. 그래서 막사를 나와 뜰로 나섰다. 부살바가 넌지시 입을 열었다.

"그대의 말 타는 재주와 활 쏘는 솜씨가 신기에 가깝다고 하던데……."

"과찬이시옵니다."

"내 얘기 다 들었소. 그대의 솜씨를 내 눈으로 직접 보고 싶은데 괜찮을지……."

"정히 그러하시다면……."

루라는 흔연히 대답하고 나서 말을 타고 쏜살같이 달렸다. 그리고는 말에 서기도 하고 뒤로 눕기도 하고 옆으로 붙기도 하고 말 밑에 달라붙기도 하였다. 가히 신의 경지에 이르지 않고서는 저처럼 말과 혼연일체가 되어 몸을 자유자재로 할 수는 없었다.

부살바가 입을 딱 벌리며 놀라고 있을 때 그녀가 갑자기 활시위를 당겼다. 그리고는 다시 그를 향해 오더니 말에서 내렸다. 그 순간 공중에서 그 앞으로 뭔가가 뚝 떨어졌다. 하늘을 날고 있던 꿩 두 마리가 한 개의 화살에 정통으로 꿰뚫어진 것이었다. 눈으로 보지 않았으면 믿기 어려운 묘술이었다.

"훌륭하오. 내 그대를 못 미더워한 점 정중하게 사과하겠소."

"그리 말씀하시니 몸 둘 바를 모르겠사옵니다."

"아니오. 내 그대의 실력을 몰라봤으니……. 그 뛰어난 무예를 나라를 위해 크게 써 주기 바라오."

"미력하나마 신명을 다 바치겠사옵니다."

이리하여 부살바는 루라에게 기병부대와 궁수부대에 대한 훈련을 맡겼다. 물론 처음에 병사들은 루라가 여인의 몸이라고 깔보았으나, 곧 출중한 무예 실력을 알고서는 더는 대들지 못했다.

기병을 강화하기 위한 훈련이 계획대로 진행됨과 동시에 다른 한편에서는 거란에 대한 첩보 활동이 꾸준히 전개되었다. 거란은 고구려가 백제 때문에 서부 변방에 크게 주의를 기울이지 못할 형편이라고 여겼지만, 그래도 긴장의 끈만은 늦추지 않고 있었다. 부살바는 차무에게 거란의 경계심을 늦추기 위한 심리전을 전개하라고 또다시 지시를 내렸다.

10개월간에 걸친 여정 속에 원정 준비는 거의 막바지에 다다르게 되었다. 보고를 받은 담덕은 마침내 395년 7월 결정을 내렸다. 이에 바기가 담덕의 친서와 주력군을 이끌고 도착했다. 친서에는 10월에 서북부 변경으로 대왕이 직접 출정할 것이니 그에 맞춰 모든 출동 태세를 갖추라고 적혀 있었다.

드디어 공격 날짜가 잡힌 것이다. 부살바의 몸이 부르르 떨려왔다. 이제야 가족의 원수를 갚게 되는구나 하고 생각하니 눈물이 흘렀다. 그러나 흥분은 금물이었다. 대왕이 오실 때까지 모든 준비를 끝마쳐야 했다. 부살바는 차무에게도 이에 맞춰 적진 안에서 호응할 수 있도록 박차를 가하라고 지시하면서 원정 채비를 마무리 지어 갔다. 모든 것이 예정대로 순조롭게 돌아갔다.

그런데 7월 말 들어 또다시 백제의 침략 기미가 포착되어 담덕이 직접 왕당군을 이끌고 남방으로 출정했다는 예기치 못한 소식이 전달되었다. 이 전갈을 접한 사령부에서는 거란 원정을 계획대로 밀고 갈 것인가, 그렇지 않을 것인가에 대한 논란이 일게 되었다.

"백제 이놈들은 항상 우리의 뒤통수를 치면서 일을 망쳐 놓는단 말이오. 이놈들을 단단히 혼을 내줘야 하는데…….."

분노에 떠는 한 장수의 말을 받아 바기가 조심스럽게 입을 열었다.

"그러게 말이오. 주력군이 이쪽으로 집중된 상태에서 대왕 폐하께서 직접 참전하셨으니…… 아무래도 애초의 계획을 변경해야 하지 않겠습니까?"

모두들 바기의 말에 대꾸하지 못했다. 주력군이 이쪽으로 빼돌린 상태에서 참전한 백제와의 전투가 어떻게 될 줄도 모르는데, 만약 계획대로 진행하여 양 방면에서 전쟁이 일어난다면 실패할 가능성이 농후했다.

"난관에 봉착한 것은 사실이지만 대왕 폐하께서 중단하라는 명을 내리지 않으셨소이다. 일단 다른 명령이 하달되기 전까지는 나름대로 준비는 철저하게 세워놓고 기다리는 것이 상책일 것 같소이다."

부살바가 대왕의 명을 거론하며 예정대로 진행할 것을 주장했다. 그러나 여전히 바기가 이의를 제기했다.

"그렇긴 하오나 상황을 주시하며 판단하는 것이 옳지 않겠소? 섣불리 움직였다가는 나라를 위기에 빠뜨릴 수도 있는데……."

"모두 아시는 바대로 대왕 폐하께서는 거란 원정에 심혈을 기울여 오셨습니다. 치밀하게 준비하도록 다그치셨고, 바기 참군參軍으로 하여금 주력군까지 보내왔습니다. 이런 대왕 폐하께서 왜 직접 남방으로 가셨겠습니까?"

모두들 부살바의 말에 귀를 기울였다. 그가 계속 말을 이었다.

"그것은 바로 거란 원정을 성공적으로 마치기 위해서입니다. 남방의 안전이 확보되지 못하면 원정이 곤란에 빠지기에 활로를 열고자 직접 나서신 것입니다. 여기에서 대왕 폐하의 확고한 의지를 읽을 수 있소이다. 대왕 폐하께서는 분명 활로를 열고 이리로 오실 것입니다. 대왕 폐하를 믿읍시다. 그러면 되오."

대왕의 뜻을 강변하는 부살바의 말에 모두들 고개를 끄덕였다. 사실 담덕은 20대 초반의 혈기왕성한 나이인 데다 지금까지 전쟁에서 패한 사례가 없었다. 거기에다 원정을 연기하라는 직접적인 명도 없었다. 진이 부살바의 말에 동조하며 결론을 내렸다.

"부살바 사마의 말씀이 타당하오. 뭔가 비책이 있으실 거요. 나는 대왕 폐하를 믿습니다. 아직 다른 명이 내려오지 않는 이상, 대왕 폐하를 굳게 믿고 지시한 대로 계속 밀고 나갑시다."

"알겠사옵니다."

이에 바기가 동의하면서 제 장수들도 흔들렸던 마음을 추스르고 일을 추진해 나갔다. 그러던 중 백제군이 8월경에 패수浿水까지 몰려오자, 대왕께서 직접 패수가에 배수진을 치고 그들을 격퇴했다는 소식이 전달되었다.

삼국사기에는 광개토왕 4년(395년) 8월에 왕이 패수浿水에서 백제와 싸웠다. 왕은 그들을 대패시키고 8천여 명을 생포하거나 목 베었다고 했다.

모든 장수들은 승리의 소식에 고무되어 대왕의 다음 지시를 기다렸다. 그런데 언제 올 것이라는 파발은 도착하지 않았다. 전쟁 뒷수습을 하느라 늦어지는 모양이었다.

어느덧 예정한 10월의 날짜가 바로 눈앞에 다가왔다. 그런데도 감감무소식인 채 진영은 하루하루 초조해지고 있었다. 마냥 기다리고 있을 수만은 없는 처지였다.

다시금 군막에 모여든 장수들의 얼굴은 한결같이 어두웠다. 스산한 바람이 불어대는 것만큼 군막은 차갑고 썰렁했다. 침잠된 분위기 속에 그들은 연신 입구 쪽에서 눈길을 떼지 못했다.

장수로서 황명을 따르지 말자고 말할 수는 없었다. 그렇다고 제시간에 맞춰 당도한다는 것은 현실적으로 불가능해 보였다. 막연한 믿음만으로 일을 진행한다면 엄중한 손실을 초래할 수 있었다. 거란에 들어가 내통하기로 한 차무 일행은 물론이고, 고구려의 동태를 거란이 눈치챘다면 전격적인 기습작전은 수포로 될 수 있었다. 아무리 봐도 연기하는 것이 합리적이었다. 마침내 이 상황을 더 두고 볼 수 없다는 듯 바기가 침묵을 깼다.

"지금까지 기다렸지만, 아무래도…… 이제는 만일의 경우를 대비하는 것이……."

"조금만 더 기다려 봅시다."

부살바가 완곡하게 말리고 나섰다.

"부살바 사마의 뜻을 내 모르지는 않소. 허나 이 시점에서는 현실을 고려하는 것이 후과를 최소한으로 줄일 수 있……."

"조금만 더……."

부살바의 음성은 입에서만 맴돌았다. 대왕을 믿지 못하는 것이 부끄러웠다. 아니 대국으로서의 나래를 펼치고자 하는 꿈을 여기서 접는다면 언제 다시 이런 기회를 포착할 수 있을지 장담할 수 없었다. 이렇게 꿈을 포기해야만 하는 현실 앞에서 그의 가슴은 미어터질 것만 같았다.

이리될 줄 알았다면 미리서 대왕 폐하께 아뢰어 독자적인 공격 수행과 같은 보완책을 대비하지 않았던 것이 후회스러웠다. 하지만 지금의 상황에서 어떻든 결정하고 움직여야 했다. 사령부에서 제때 결정을 내리지 못한다면 치명적 손실을 안겨 줄 수 있었다. 갈팡질팡하고 있을 때가 아니었다.

진이 감았던 눈을 뜨며 무겁게 입을 열었다. 가장 연장자의 위치에 있는 사람으로서 결론을 내려야 했다.

"대왕 폐하의 명이 없는 상황에서 결정을 내리자니 참으로 난감하오. 허나 거란 원정은 국가적인 중대사인바, 대왕 폐하가 없는 상황에서 우리가 독자적으로 계속 밀고 나가는 것은 더한 후과를 가져올까 봐 두렵소. 차라리 계획을 연기하고 대왕 폐하의 다음 명령을 받아 도모하는 것이 옳을 듯하오. 더 이상 지체할 시간이 없으니 그리 알고 움직이도록 하시오."

진의 지시에도 모두들 자리를 쉬 뜨지 못했다. 1년에 걸친 땀방울을 생각하노라니 착잡함과 아쉬움에 한숨마저 새어 나왔다. 하지만 이렇게 마냥 있을 수는 없었기에 한두 사람이 무거운 몸을 일으켜 세웠다. 이때 전령이 큰 목소리로 외쳤다.

"대왕 폐하께서 이리로 오고 계시다 하옵니다."

"대왕 폐하께서 오신다고?"

커다래진 눈들이 서로의 귀를 의심이라도 하듯 얼굴만 쳐다보았다. 다음 순간 모두들 자리를 박차고 일어났고, 그와 동시에

'대왕 폐하!' 소리가 일제히 입에서 절로 울려 나왔다.

누가 먼저랄 것도 없이 빠른 동작으로 대왕을 맞이하기 위해 나섰다. 약속을 지키는 것이 거의 불가능하다고 여겼는데 도착하신다니 기쁨과 놀라움, 감격 그 자체였다. 저 멀리서 대왕께서 말을 타고 질풍처럼 달려오는 것이 보였다. 여기까지 오자면 수천 리 길로써 밤낮을 달려야 하는 거리였다.

"대왕 폐하! 만세! 만세! 만세!"

"조금 지체되었소이다."

"대왕 폐하를 믿지 못한 소장들의 죄를 물어 주시옵소서!"

부살바가 부복하며 고개를 떨구자, 다른 장수들도 이를 따르며 외쳤다.

"소장들의 죄를 물어 주시옵소서."

전쟁을 끝내자마자 수천 리 길을 불원천리 달려온 대왕의 모습에 장수들은 부끄러워 감히 얼굴을 들지 못했다.

"무슨 말씀들이십니까? 지체한 사람은 바로 나인데……. 어서들 일어나시오."

담덕이 진을 비롯한 장수들을 직접 한 사람씩 일으켜 세웠다.

"황은이 망극하옵니다."

담덕이 이들을 보며 입을 열었다.

"거란 원정은 대국으로서의 면모를 세우는 첫 단계의 공정입니다. 우리 고구려 깃발이 대륙에 휘날리느냐, 그렇지 못하느냐가 오늘의 이 싸움에 달려 있습니다. 전투가 차질 없이 진행되도록 만전을 기해야 할 것입니다."

"명만 내리시옵소서. 대왕 폐하!"

장수들이 우렁차게 대답했다.

"자! 그럼, 출발합시다."

대왕의 합세로 고구려군의 사기는 하늘을 찌를 듯했다. 그런데다 이미 고구려는 거란의 경계심을 늦추기 위한 사전 작업을 해놓고, 그 안에서 내응할 수 있도록 준비해 둔 상태였다.

고구려군은 거란이 눈치채지 못하도록 조심스럽게 부산富山을 거쳐 산을 등지고 전진하였다. 마침내 거란군이 주둔하고 있는 염수鹽水를 눈앞에 두었다. 이른 새벽녘이었다. 이때 거란의 진영에서 불길이 솟아올랐다. 차무가 안에서 호응한 것이었다.

부살바가 솟아오른 불길을 바라보다가 담덕을 향했고, 담덕이 고개를 끄덕였다. 출정을 허락한 명이었다. 온 가족을 잃고 16년간 절치부심 복수의 칼날을 갈아온 그에게 직접 원한의 복수를 할 수 있도록 베푼 배려였다.

부살바는 자신을 끝까지 믿어주는 대왕께 보은할 것을 다짐하며 호령하였다.

"거란은 수시로 약탈과 살육, 만행을 저질러 왔다. 이 피맺힌 원한을 갚기 위해 그 몇 해를 기다려 왔던가! 드디어 그날이 왔도다. 자, 고구려의 원수, 거란을 응징하여 피맺힌 원한을 풀고, 고구려의 위용을 보여주자. 자! 나를 따르라!"

부살바의 명령에, 이번 원정을 위해 특별히 조련된 경기병輕騎兵

들이 앞장서며 비려부를 향해 내달렸다. 대지를 진동하는 소리가 들리는가 싶더니 어느새 고구려군은 비려부의 첫 번째 영纛을 점령하였다. 그러나 이 정도에서 머무르고 있어서는 안 되었다. 다시는 재기하지 못하도록 철저히 응징해야 했다.

"계속 진격하라! 진격하라!"

부살바의 거듭된 명령에 경기병은 다음 진지를 향해 맹렬한 기세로 달렸다. 거란군이 재정비할 시간적 여유를 주지 않기 위해서였다. 거란은 유목민족으로서 여러 개의 영纛으로 나뉘어 생활하고 있었기에 한두 개 점령해서는 효과가 없었다. 이어진 영을 계속해서 재빨리 격파해야 했다. 마무리는 후속 부대에 맡기면 되었다.

거란의 추장 사우마래는 고구려의 전격적인 공격에 속수무책으로 당할 수밖에 없었다. 사우마래는 지난날 고구려를 침공했던 막사라한을 이어 거란 부족을 이끌고 있는 자였다.

"사우마래가 도망친다. 사우마래를 잡아라!"

사우마래는 순식간에 앞 영을 넘고 있었다. 그의 말 타는 솜씨는 대단했다. 하지만 언제 나타났는지 모르게 한 마리의 말이 그 뒤를 따랐다. 루라였다. 거리가 좁혀지는가 싶더니 어느새 사우마래의 말이 고꾸라졌다. 그녀가 당긴 활시위가 정확히 말의 다리를 꿰뚫어 버린 것이다. 말이 고꾸라지자 사우마래는 말에서 굴러떨어졌다.

새벽에 시작된 전투는 점심에 이르러 끝이 났다. 비려부(필혈부) 징벌을 전격적으로 단행하여 비려부 600~700개의 영을 순식간에 격파한 대승이었다. 거란의 추장 사우마래 또한 생포되었다.

광개토호태왕릉비문에는 영락 5년 을미乙未 해에 왕은 비려가 ……
돌려보내지 않으므로 몸소 군사를 거느리고 가서 토벌하였는데,
부산富山을 거쳐 산을 등지고 염수鹽水가에 가서 3개 부락部洛과
600~700개의 영營을 격파하니 소와 말, 양이 헤아릴 수 없이 많았
다고 쓰여 있다.

담덕은 거란을 제압한 이후 포고령을 내렸다.

"고구려는 우호적 관계를 맺고자 하였으나, 거란은 이를 무시하고 살육과 약탈을 자행했다. 가옥을 불 지르고 인명을 살상하며 그 만행이 흉포하기 짝이 없었도다. 더군다나 고구려 백성 1만여 명을 강제로 끌고 가 노예로 삼는 등 이루 말할 수 없는 악행을 저질렀다. 이에 더는 참을 수 없어 응징하러 왔노라.

그러나 고구려는 약탈과 침략을 바라지 않는다. 우리와 적대하려는 세력은 그 누구를 막론하고 용서치 않을 것이다. 포로로 끌려온 1만여 명의 고구려인들은 마땅히 귀환시킬 것이다.

앞으로 고구려는 거란과 평화적인 친선 관계를 맺고 교류와 협력을 강화해 나갈 것이다. 거란족의 자치를 철저히 보장할 것이다. 이는 우호적인 관계를 갖고자 하는 우리의 성의이니 이에 호

응하기 바란다."

담덕은 친선관계를 갖고자 하는 뜻을 분명히 밝히며 새로운 수장으로 야유보를 임명하였다. 야유보는 거란인들로부터 신망을 받는 자였기에 그들은 이런 조치에 적극 호응하였다.

이로써 고구려는 서북부 변방의 안전을 공고히 할 수 있게 되었을 뿐만 아니라, 대륙의 강자로서의 첫 깃발을 들게 되었으며, 대국으로 나래를 활짝 펴기 위한 여정을 본격적으로 준비할 수 있게 되었다.

35

거란 원정을 끝낸 고구려군은 포로로 끌려간 1만여 명과 함께 귀환했다. 흩어졌던 가족들은 서로 재회했다. 눈물과 환희가 서로 교차했다. 서로 찢어져 살아야만 원통함으로 눈물을 흘렸고, 다시 만났다는 기쁨으로 눈물 흘렸다. 그러나 아쉽게도 다시 보지 못한 고통스러운 사연도 많았다. 부살바도 누이를 찾지 못했다. 애초부터 침략을 당하지 말았어야 했다. 아무리 작은 침략이라도 일단 당하고 나면 고통과 슬픔이 수반될 수밖에 없는 것이었다.

담덕은 국성으로 곧장 돌아가지 않고, 서쪽 경계선을 따라 남쪽으로 내려오면서 여러 곳을 순행했다. 그리고 북풍北豊(심양 서북)에서 드디어 명을 내렸다.

"지난날 외세의 침략으로 겪은 백성의 참상을 목도한 바 이대로 지나칠 수가 없소이다. 환난을 겪고 난 다음에 원수를 갚는다한들 어찌 그동안 당한 고통을 치유해 줄 수 있겠소. 아예 침략당하지 않도록 해야 할 것이오. 내 이번에 우리 고구려의 막강한 힘을 내외에 과시해 다른 어떤 나라도 침략할 마음을 품지 못하게하고자 하는바, 대대적인 군사행렬을 준비해 주기 바라오."

대왕의 명을 접한 루라의 가슴은 뛸 듯이 기뻤다. 그럴수록 그녀의 마음은 뜨거운 연정으로 끓어올랐다. 아니 연정인지 존경심인지 감동인지 그녀 자신도 분간이 안 갔다.

사실 그녀는 담덕의 영웅적인 얘기들을 들으면서 멀리서나마한 번만이라도 대왕을 뵙는 것을 소원으로 여기고 있었다. 그러던 차에 차무의 추천으로 부살바를 돕게 되면서 담덕이 서부 변경으로 온다는 것을 알게 되었다. 그때의 기쁨은 이루 형언할 수없었다.

그 기대도 잠시 대왕께서 서부 변경으로 오자마자 곧바로 출정을 명하여 볼 수가 없었다. 그런데 원정 승리의 큰 공로로 대왕앞에 불려가게 되었다. 루라와 차무의 활약이 가장 컸다는 것이모두에게 인정된 것이었다.

대왕으로부터 직접 포상을 받고 부장의 직책까지 하사받을 때그녀는 숨이 멎을 것만 같았다. 왜 그러는지 그녀 자신도 몰랐다.

여걸이 탄생했다고 치하하는 대왕 폐하의 말에 얼굴은 이미 홍당 무처럼 빨갛게 달아올랐다.

이를 계기로 그녀의 눈가에는 반듯하고 강직한 담덕의 얼굴이 수시로 아른거렸다. 첫사랑을 품은 처녀마냥 사모하는 그리움의 정이 남모르게 들불처럼 타올랐다. 한 번도 이곳을 떠나겠다는 생각을 해본 적이 없었지만, 대왕을 모시고 싶은 마음에 따라가 고만 싶었다.

대왕 폐하가 국성으로 귀환할 날이 가까워지면서 그녀의 마음 은 싱숭생숭해졌다. 입맛도 일지 않고 활력도 생기지 않았다. 속 에 바람 든 모양으로 허전하기만 했다. 다른 어떤 것도 눈에 들 어오지 않는 상황에서, 그녀는 국성으로 올라가려는 마음을 품고 이것을 넌지시 차무에게 타진해 보았다. 차무는 그녀에게 둘도 없는 벗이자 동지였다.

"대왕 폐하께서 귀로에 오르실 텐데, 차무 장수도 이번 기회에 국성으로 올라갈 생각이요?"

"그건 왜 묻는 거요?"

차무가 의아해하며 되묻는 말이었다.

"모두들 국성으로 올라가려고 하니, 어떻게 생각하는가 해서요."

대왕을 따라가고 싶은 마음을 합리화시켜 보려는 루라의 의도 였다. 실상 큰 공을 세운 사람들이 국성으로 올라가는 것은 으레 있는 일이었다. 차무가 실망스럽다는 표정으로 물었다.

"루라 장수도 국성으로 올라가고 싶은 게요? 그리 생각하고 계실 줄은……."

"그게 아니고. 그ー냥……."

루라가 더듬거리며 말을 얼버무렸다.

"글쎄, 왜 묻는지는 모르겠소만 난 국성에 올라갈 생각이 없소
이다. 모두들 국성으로 올라가면 여기는 누가 지키겠소? 국성에
는 부살바 장군 같은 영웅호걸들이 많이 있는데, 나 같은 사람이
거기 가서 뭘 하겠습니까? 이곳이나 튼튼히 지켜야지요."

나라를 위한 충심으로 한생을 살려고 하는 것은 참으로 고결한
것이었다. 얼마 전까지만 해도 그녀도 그런 삶을 인생의 보람이
자 행복이라고 여겼다. 그건 지금도 마찬가지였다. 하지만 담덕
을 곁에서 모시고 싶은 마음이 앞섰다.

"참으로 훌륭하십니다. 그래요, 우리가 고향을 지켜야지요."

차무의 질책에 루라가 부끄러워하며 동의했다. 그러자 차무가
그녀의 손을 힘껏 잡았다.

그러나 말과 달리 사모의 정은 더 커져만 갔다. 물론 루라가 품
은 감정은 예사 남녀 간의 사랑과는 분명 달랐다. 하지만 이미 그
녀의 마음은 담덕에게로 향해 있었다.

이성적 판단과 불타오르는 감정의 부조화 속에서 그녀는 심란
하기만 했다. 그렇게 당찬 여장부도 사무쳐오는 그리움만큼은 어
찌할 수 없었다. 그런데 대왕께서는 국성으로 귀환하지 않고 서
부 국경지대를 따라 남쪽으로 순행할 것이라는 지시를 내렸다.

담덕의 명은 모든 장수들이 미처 생각지 못한 것이었다. 루라

또한 대왕께서 곧바로 국성으로 돌아갈 것이라고 여기고 있었다. 거란에 대한 수모를 갚고 끌려간 백성을 데려온 것만 해도 대단한 성과였다. 그리고 백제가 남방을 계속 호시탐탐 노리고 있는 상황을 타개하는 것도 시급했다.

대왕을 조금이라도 더 만날 수 있다는 것이 다행스럽기도 했지만, 그 결정에는 깜짝 놀랄만한 사실이 담겨 있다는 것을 그녀는 깨닫게 되었다.

후연은 385년 고구려군이 요동, 현도 2개 군에서 자진 철수한 이래, 점차 거대 제국을 형성해 중원에서 패자의 자리를 넘보고 있었다. 그러나 고구려가 배후에 있는 관계로 그 꿈을 실행하지 못하고 호시탐탐 기선을 제압할 기회만 엿보고 있었다. 그런 탓에 고구려도 경계를 늦출 수 없었고, 진 장군이 그런 후연을 경계하는 임무를 도맡아 수행하고 있었다.

후연은 거란 원정을 단행한 고구려의 움직임을 예의 주시하고 있을 터였다. 계속 군사를 이끌고 남쪽으로 내려온다면 그들을 자극할 수도 있었다. 그런데도 대왕은 보란 듯이 군사적 시위를 벌임으로써 감히 고구려를 넘보지 못하도록 엄포를 놓는 과감한 결정을 내린 것이다.

루라는 담덕의 두둑한 배짱에 더욱 빠져들었다. 대왕을 조금 더 뵐 수 있게 되었다는 마음에 가슴이 설레었다. 이미 서부 변방에 남겠다고 차무에게 약속했음에도 설레는 마음을 그녀 자신도 어찌할 수 없었다.

대왕을 따르는 순행길은 정말 꿈만 같았다. 누가 알아주지 않아도 상관없고, 누구도 알 수 없는 그녀만의 마음이었다. 그런데 대왕께서는 여기서 멈추지 않았다. 후연과 맞닥뜨릴 수도 있는 곳에서 위력적인 군사 행진을 전개하라고 명한 것이다.

루라는 군사 행진을 준비하라는 명을 전해 받고는 누구보다도 감동에 젖어 들었다.

국경지대에서 군사적 행진을 전개한다는 것은 아무리 봐도 일전을 불사하겠다는 각오가 없이는 불가능했다. 그런데도 과감히 군사적 시위를 전개해 딴 뜻을 품으면 그냥 두지 않겠다는 강한 의지를 전달하고 있었다. 국토를 한 치라도 침범한다면 용서치 않겠다는 입장 표명이었고, 외적의 침략으로부터 백성이 더 이상 고통받게 하지 않겠다는 단호한 의지의 천명이었다. 실상 이것은 또 다른 의미의 전쟁이나 다름없었다. 군사적 시위로 적을 제압하는 고도의 전략적 차원의 전쟁 수행이었다.

지금까지 백제와 벌인 전쟁은 남방의 방어선을 확보해 대국으로 비상하기 위한 교두보를 마련하고자 함이었다. 물론 여기에는 벼 경작지를 확보해 경제적 역량을 강화하려는 의도도 포함되어 있었다. 교두보가 마련되자 대왕께서는 거란 원정을 전격 단행했다. 지난날의 수모를 갚으면서 대국으로의 도약을 선포하는 것이었고, 이것 또한 목초지를 확보해 군사 역량을 비약적으로 강화하고자 함이었다.

이런 와중에 서부 국경지대에서 군사 행진을 하겠다는 것은 무력 시위를 통해 대국으로 우뚝 섰음을 만방에 선언하는 것이었고, 만약 이에 도전해 온다면 가만두지 않겠다고 으름장을 놓은 것이었다. 이는 후연의 군사적 움직임에도 제동을 거는 일이었다. 이것은 결국 거란 원정의 마지막 대미를 장식하는 작업이었다. 이미 대왕께서는 거란 원정을 단행할 때부터 이를 계산에 넣고 있었던 모양이었다.

루라는 이 일련의 과정을 떠올리며 대왕께서 얼마나 비범한 예지력과 통찰력을 갖고 국정을 운영하고 있는지 직접 확인할 수 있었다. 물론 그 과정이 순탄한 것은 아니었다. 백제 원정 때에는 국상을 당한 지 얼마 되지 않은 상태에서, 그것도 두 달여에 걸쳐 전쟁을 수행해야 했고, 거란 원정을 준비할 때는 백제의 침공을 수시로 받은 상황에서 진행해야 했다. 거란 원정을 단행할 때도 주력을 서부로 빼돌린 상황에서 직접 백제의 침략에 맞서 싸워야 했고, 곧바로 수천 리 길을 쉴 없이 달려와야 했다.

나라의 영광과 백성에 대한 행복을 가슴에 불태우지 않고서는 결코 해낼 수 없는 일련의 과정들이었다. 난관에 봉착할 때마다 이를 극복해 온 대왕의 용력은 가히 신의 경지라고 말할 수밖에 없었다. 이렇게 대담한 담력을 지닌 대왕 앞에서 그녀는 그분이야말로 용광검의 계승자로서 천손의 나라를 세울 천손의 상징이라고 생각하는 것 외에 달리 표현할 길이 없었다.

루라는 군사 행진을 전개하려는 담덕의 의도를 헤아려 보며 연정보다 더한 격동에 휩싸였다. 그럴수록 대왕의 뜻을 앞장서서 수행하고 싶었고, 뭔가 의미 있는 일을 하고 싶었다. 그런 그녀에게 천손의 기치가 떠올랐다. 대왕 폐하는 그녀에게 하늘로 다가왔고, 분명 하늘이었다.

마침내 11월 고구려의 서부 변성 북풍에서 군사 행진이 전개되기에 이르렀다. 맨 앞에는 여러 악기를 든 고취악대가 분위기를 돋우며 이끌었다. 그 뒤로는 철갑기병과 경마기병, 창과 검을 든 부대, 도끼와 활로 무장한 부대 등이 뒤따랐다. 끝없이 행진하는 병사들의 진군 소리는 절도 있고 일사불란했다. 무장된 군사들의 모습에서 천군의 위용이 엿보였다.

루라와 차무는 맨 선두에서 경기병의 대열을 이끌었다. 늠름하게 행진해 나가는 모습을 본 백성들은 '대왕 폐하 만세!', '대제국 고구려 만세!'를 힘차게 외쳤다. 이에 군사들도 화답하면서 형성된 거대한 함성은 하늘을 울리며 널리 퍼져 나갔다.

루라도 목청껏 외쳤다. 그동안의 답답함에서 벗어나 맘껏 외쳤다. 결코 후연 따위가 덤벼들 나라가 아니라는 것을 온몸으로 느끼고 있었다. 아니 서부의 주인은 바로 고구려라는 것, 동북아의 패자는 바로 고구려라는 드높은 기개가 여장부의 가슴에 절로 심어졌다. 물론 모든 고구려 군사들의 가슴에도 루라가 그러한 것처럼 대고구려인으로서의 자긍심이 뜨겁게 달아올랐다.

열띤 군사 행진이 이어지며 각 부대들이 드넓은 벌판으로 속속 집결되었다. 각종 병장기로 무장한 군사들의 무기가 빛에 반사되어 반짝거렸고, 하늘로 치솟은 울긋불긋한 깃발들은 백성과 군사들의 함성에 따라 하늘 가득 휘날렸다.

담덕이 단상에 모습을 드러내자 우렁찬 함성이 울렸다. 그 기세가 가히 하늘과 땅을 진동시켰다. 이때 대열의 중간에서 대형 깃발을 휘날리며 말을 탄 병사 하나가 단상을 향해 달려 나왔다. 루라였다. 삽시간에 사위가 쥐 죽은 듯 조용해지며 모든 시선이 그녀에게로 쏠렸다.

루라는 하늘을 나는 삼족오三足鳥(세 발 달린 까마귀, 봉황)가 새겨진 대형 깃발을 들고 담덕 앞에 당당하게 나섰다. 삼족오三足鳥는 천손을 상징하는 것이고, 그러기에 그 깃발은 하늘의 자손만이 사용할 수 있는 깃발이었다. 그녀는 그동안 대형 깃발에 삼족오를 직접 수놓아 준비해 왔던 것이다.

하늘을 상징하는 삼족오기의 등장에 모두들 하늘 앞에 엎드린 양 숨을 죽였다. 잠시 후 루라의 목소리가 당차게 울려 나왔다.

"대왕 폐하! 천손의 깃발이자 하늘의 깃발이옵니다. 받으시옵소서."

담덕이 삼족오기를 지긋이 응시하다가 이내 루라를 바라보았다. 그리고는 고개를 끄덕이며 그 깃발을 받아 쥐었다. 그와 동시에 군사와 백성들의 입에서 또다시 함성이 터져 나왔고, 담덕은 그 함성에 답례하듯 깃발을 힘차게 흔들었다.

드넓은 벌판은 일순간에 용광로처럼 활활 불타올랐다. 천손의 나라를 세워 가려는 천지개벽의 열풍이었다. 하나같이 목메어 외치는 목소리에는 이 세상에 오직 단 하나, 하늘의 자손으로서의 자긍심이 힘 있게 표현되고 있었다.

마침내 담덕이 입을 열었다.

"용맹스런 고구려 군사들이여, 그리고 자랑스러운 고구려 백성들이여! 이 깃발은 보시다시피 바로 천손의 깃발입니다. 우리나라는 한인(환인), 한웅(환웅), 단군, 그리고 추모성왕을 이은 하늘 백성의 나라입니다. 하지만 수많은 외세의 침략으로 온갖 환란을 겪었습니다. 이제 선언합니다. 그런 암울한 시절은 끝났다고⋯⋯ 나는 여러분과 함께 오직 세상에 하나밖에 없는 가장 긍지 높은 백성의 나라, 천손의 나라를 세우기 위해 달려갈 것입니다. 이에 이 기쁨을 만백성과 함께하고자 축제를 선포하며, 아울러 군과 민이 모두 참여하는 축제의 사냥대회를 개최할 것입니다."

광개토호태왕릉비문에는 영락 5년 을미乙未 해에 왕이 비려를 토벌한 후 ⋯⋯이곳에서 수레를 돌려 돌아오는 길에 양평도襄平道를 지나 동쪽으로 ⋯⋯성성城, 역성力城, 북풍北豊으로 ⋯⋯국경을 시찰하면서 ⋯⋯사냥을 하고서 돌아왔다고 하였다.

담덕의 선언에 군사 행진은 민과 군이 하나로 어우러지는 축제로 이어졌다. 모두가 기쁨에 들떠 춤추며 천손의 나라로 우뚝 설 그날을 열정적으로 노래했다. 그러다 보니 대제국을 건설하고자 하는 패기가 흘러넘쳤고, 어떤 침략 기도도 용서치 않겠다는 결의가 충만되었다.

사냥대회의 날이 다가오자 천손의 백성으로서 긍지와 자부심으로 부풀어 오른 사람들은 너나없이 그 준비로 들썩거렸다. 동물 몇 마리 잡는 사냥놀이가 아니었다. 가깝게는 나라의 위력을 만방에 과시해 후연의 침략 의도를 짓뭉개 버리는 것이었고, 멀게는 천손의 나라를 건설하려는 웅지를 펼쳐 보이는 대회였다. 사기가 충천한 만큼 사냥대회의 분위기는 더욱 달아올랐다.

루라의 가슴은 벅차올랐다. 삼족오기를 통해 대왕 폐하께 자신의 마음을 전달했다는 것뿐만 아니라, 이런 분위기를 고양하는 데 자신이 한몫했다는 자부심에 만족하고 있었다.

사실 그녀는 하늘처럼 우러러보이는 대왕 폐하께 그저 자기 성심을 표현하고자 한 것뿐이었다. 그런데 대왕께서는 거기서 한발 더 나아가 군과 백성이 함께하는 축제의 마당으로 그 판을 더 크게 만드신 것이었다. 이것은 그녀가 예상치 못한 바였다.

역시 담대한 대왕 폐하의 결정에 그녀는 또 한 번 감동에 빠져들었다. 이번 사냥대회에서도 멋지게 솜씨를 내보이고 싶었다. 이런 그녀의 마음을 알았는지 차무가 찾아와 물었다.

"이번 사냥대회에서도 멋지게 기량을 보여 주어야지요."

"아니 무슨 말씀을……."

"무슨 말이라니요? 지난번에 아무도 몰래 삼족오기를 준비해 바치고서는……. 그래 이번에는 무엇을 준비하고 있소이까?"

차무는 그녀가 삼족오기를 만들어 바친 것을 장하게 여기면서

부러워했다.

"그만 놀리시지요. 이번 대회는 사사로운 기량을 견주는 대회가 아니라, 천손의 백성으로서 웅지를 드러내는 대회라는 것은 차무 장수께서도 잘 아시면서 왜 이러십니까?"

"그야 그렇지요. 허나 그 누가 있어 루라 장수의 활 솜씨를 따라가겠습니까? 사냥대회의 우승이야 따논 당상이겠지요."

"이번 사냥대회는 우승이 목적이 아니라는데도요. 그리고 설마하니 이 나라에 저만한 인재가 없겠습니까?"

루라가 여전히 딴청을 피웠다. 그런데도 차무가 그 말을 곧이듣지 않았다.

"알아요. 알고말고요. 그래도 준비해야 할 것 아닙니까? 그만나가봅시다."

밖에서는 자신의 무술 기량을 맘껏 뽐내 보이려는 사람들로 북적거렸다.

루라와 차무는 서로를 보며 빙긋 웃었다. 그들 또한 장수로서 당연히 이번 사냥대회에 관심을 가지지 않을 수 없었다.

그들도 각기 머릿속을 재며 걸었다. 그러던 중 한 노인네와 앳된 소년이 활과 화살을 다듬고 있는 것이 눈에 띄었다. 그들이 보기에 사냥대회에 참가하기에는 어림없어 보였다. 노인네는 반백의 수염이 덥수룩한 거로 보아 말을 타기에도 힘들어 보였다. 차무가 호기심에 한마디 여쭸다.

"노인장께서도 이번 사냥대회에 참석하시려고 그러십니까?"

"그렇다네."

"저도 참석할 겁니다. 할아버지 그렇지요."

앳된 소년이 자랑스럽게 나서며 말했다.

"뭐 너도 참석하겠다고?"

차무가 가당치 않다는 듯이 물었다. 아무리 봐도 열 살 남짓밖에 안 되어 보이는 애가 사냥대회에 참석하겠다니 어이가 없었다.

"그럼요. 지금 대왕 폐하께서도 열두 살 때 후연 원정을 하러 가셨잖아요. 저도 그 나이는 먹었단 말예요. 저는 커서 나중에 장수가 될 거여요. 그래서 대왕 폐하의 교지를 받들어, 다시는 외적의 침략을 받지 않게 만들 거예요."

"고놈, 그 뜻이 가상하구나. 그래도 더 큰 다음에 해야 하지 않겠느냐?"

차무의 말이 못마땅한 듯 노인장이 끼어들었다.

"젊은이는 이 애가 참가하는 게 뭣이 잘못되었다고 그러는가?"

"그건 아니지만, 그래도 나이가 아직 어려서…… 그리고 노인장께서도 연로하신 것 같아서……."

"허-허. 대왕 폐하께서는 우리들보고 하늘의 백성이라고 하시면서 먹을 것을 나눠주고 축제까지 베풀어 주셨네. 그리고는 다시는 외침을 받지 않게 하시겠다고 선언하셨네. 이런 대왕 폐하를 위해 우리가 뭘 못 하겠는가? 어떤 처자는 천손의 깃발까지 만들어 바쳤다는데…… 그런데 나는 뭐 가진 것도 없고……. 그래서 사냥대회에 참가해 마음을 바치고자 하는 것인데, 그게 뭐 그리 잘못되었는가?"

"아, 에−예!"

"보아하니 젊은이들은 무예를 익힌 군사들인 모양인데, 그런 사람들이 어찌 그래서야…… 젊은이들도 마음 단단히 먹고 이번 대회에 잘 준비해서 참가하게."

"어르신 말씀 명심하겠습니다. 아무쪼록 이번 사냥대회에서 실력을 보여주십시오."

괜히 참견했다가 핀잔은 들었지만, 기분이 나쁘지는 않았다. 그들은 다시 길을 걸었다.

"저런 것이 백성들의 마음인 것 같습니다. 그러고 보면 루라 장수의 공이 크구려."

"아니오. 내 노인장의 말씀을 듣고 보니 부끄럽기만 합니다."

루라는 마음을 바치려고 한다는 노인네의 말이 계속 귓전에 맴돌고 있었다. 그것은 한순간이나마 연정에 사로잡혀 지냈던 자신의 모습을 질책하는 소리로 들렸다.

"아−니, 무슨 말씀을 그리하오? 루라 장수가 어째서요? 루라 장수의 공으로 백성들이 저리되었지 않습니까?"

"차무 장수, 고맙소. 나를 믿어줘서 말이오. 그런데 나는 그 사람들보다도 못하다는 생각이 드는군요."

담덕은 영웅 중의 영웅이지만, 그 영웅은 백성을 진정한 영웅이라고 선언하며 하늘의 백성으로 치켜세웠다. 이번 축제도 백성들의 축제로 만들었다. 그러기에 그 소년과 노인네는 그들의 가장 숭고한 마음을 담아 대왕께 바치고자 하는 것이다. 이것을 보면 그들이 오히려 대왕의 뜻을 더 잘 받들고 있는 격이었다.

"원 무슨 말씀을······. 사실 부끄러운 것은 바로 나지요. 나도 많은 것을 느꼈소이다. 과연 나는 저들처럼 내 마음을 다해 대왕 폐하를 받들고 있는지. 어쨌든 이번 사냥대회에서 우리의 의기를 한번 펼쳐 보입시다."

"그래요. 마음을 다해 대왕 폐하를 받들어야지요."

마음을 다해 바친다는 말에서 루라는 자신의 감정을 되짚어 보았다. 그것이 원래 그녀의 마음이었다.

초심으로 돌아가자, 헷갈린 감정이 정리되고 모든 것이 확연하게 보였다. 대왕 곁에 있느냐가 중요한 것이 아니었다. 어디에 있느냐가 아니라 그 정신을 얼마나 잘 섬기느냐가 핵심적 요체였다.

담덕의 정신을 잘 받들겠다고 다짐하자 그의 곁에서 모시지 못할까 봐 초조했던 마음은 가뭇없이 사라졌다. 도리어 사랑을 듬뿍 받는 것 같은 느낌이었다. 마음을 비우니 다시 모든 것을 얻는 것과 같은 심정으로 편안해졌다.

마침내 축제의 절정기에 이르러 사냥대회 날이 다가왔고, 사람들은 그 장소에 모여들기 시작했다. 찬 바람이 조금 불어댔지만 사냥하기에는 더없이 좋은 날씨였다.

루라는 담덕의 마음으로, 아니 대왕의 뜻을 받드는 전사의 마음으로 사냥대회에 참가하였다. 무예인만이 아니라 자신의 의기를 드러내고 싶은 사람들이 대대적으로 참가한 모양인지, 사냥대회 장소는 발 디딜 공간도 없어 보였다.

담덕은 사냥 복장을 한 채 백마를 타고 사냥대회 장소에 나타 났다. 뒤이어 모든 장수들이 담덕을 호위하고 뒤따랐다. 그의 모 습을 본 사람들이 '대왕 폐하 만세!'를 소리쳤다. 수많은 사람이 일시에 뿜어대는 함성에 벌써부터 산짐승들이 놀라 뛰었나. 이에 담덕이 백마를 탄 채 앞으로 나섰다.

"오늘의 사냥대회는 하늘 백성의 나라로서 기상을 뽐내는 자리 입니다. 모두 무예와 기량을 맘껏 발휘하여 기백을 유감없이 뽐 내어 주기 바랍니다. 단군조선을 계승한 영광된 나라, 고구려대 제국의 기치를 높이 치켜드는 사냥대회로 만들어 봅시다."

쩌렁쩌렁한 담덕의 연설이 끝나자 북과 나팔소리가 울렸다. 사 냥대회가 개시되었음을 알리는 신호였다.

담덕은 말을 타고 장수들과 같이 앞으로 나아갔다. 그 순간 그 들의 머리 위로 꿩 한 마리가 날아갔다. 이를 본 담덕은 허리춤에 서 화살을 꺼내어 활시위를 당겼다. 그 순간 꿩이 빙그르르 한 바 퀴 돌며 땅에 떨어졌다. 화살이 꿩의 목을 단번에 꿰뚫은 것이다.

담덕이 맨 처음으로 사냥감을 건져 올린 것을 본 사람들은 '와—아—아' 함성을 질렀다. 그 소리는 산과 들을 들썩거리며 단 번에 사냥대회의 열기를 고조시켰고, 이내 사람들은 앞다퉈 말을 달렸다.

루라는 선두에 서서 질풍처럼 말을 달렸다. 그녀는 사슴이 나 타나자 곧바로 쏘며 달렸다. 명사수답게 그녀가 쏜 화살에 사슴은 그 자리에서 거꾸러졌다. 그녀는 만족하지 않고 계속 앞으로 나갔다. 그런 와중에 사슴은 물론이고 멧돼지도 사냥했다. 그러나 이에 멈추지 않고 계속 전진했다. 대왕의 정신을 받들려는 마음은 여기서 안주하지 않게 했다. 차무를 비롯해 여러 장수들도 루라의 뒤를 따라 달렸다.

루라가 한참 달려 으슥한 골짜기에 이를 즈음, 갑자기 말이 앞발을 높이 들고 '히히힝' 소리치며 멈춰 서려고 하였다. 순간적인 상황인지라 말타기의 달인이었던 루라도 몸을 가누지 못하고 말에서 튕겨 나갔다. 그 순간 루라의 눈에 아가리를 크게 벌리고 달려드는 호랑이가 보였다. 일촉즉발의 위기였다.

루라는 당황하지 않고 즉시 활을 뽑아 활시위를 힘껏 당겼다. 그녀의 화살은 정통으로 호랑이의 입을 꿰뚫었다. 루라의 활을 맞은 호랑이는 소리도 못 지르고 땅에 곤두박질쳤다. 실로 아슬아슬한 순간이었다.

차무는 그녀가 위기에 처했음을 알고 재빨리 검을 뽑아 들었다. 호랑이가 제아무리 무섭다 한들 동료를 호랑이의 먹잇감으로 내줄 수는 없었다. 그러나 그가 탄 말 또한 호랑이에 기겁하며 놀라 뛰는 바람에 땅으로 내동댕이쳐졌다.

그는 재빨리 일어나 루라에게 다가갔다. 루라는 벌써 옷의 흙먼지를 털고 있었다. 뒤따른 사람들도 그녀에게 다가갔다.

"어디 다친 데는 없소?"

"보시다시피……."

루라가 다치지 않았음을 확인하고서야 사람들은 그녀 앞에 쓰러져 있는 호랑이를 발견하였다. 황소보다도 더 큰 호랑이였다. 비록 죽은 호랑이지만 간담이 서늘할 정도였다. 이런 호랑이가 단 일격의 화살에 맥도 추지 못하고 고꾸라지다니, 눈으로 보지 않았다면 믿기지 않을 일이었다.

"호랑이를 잡았다."

"루라 장수가 호랑이를 잡았다."

어느 누군가 소리치자 또 다른 사람이 그것을 외쳐 대었다. 그 소식은 순식간에 퍼져 나갔다. 여자의 몸으로 호랑이를 잡았다는 소식에 사람들은 놀라워했다. 그것도 단 일격에 호랑이를 요절냈다는 소식에 사람들은 믿지 못했다. 사냥대회는 그런 가운데 절정을 향해 치닫고 있었다. 해가 서쪽으로 설핏 기울면서 흩어진 사람들이 하나둘씩 모여들기 시작했다.

마침내 북이 둥둥 울리며 사냥대회의 폐회를 알렸다. 사람들은 저마다 잡은 사냥감을 내놓으며 자랑했지만, 단연 돋보인 것은 루라였다. 루라는 사람들의 부러움을 한 몸에 받으며 사냥대회의 우승자로 뽑혔다.

담덕은 사냥대회에서 잡은 포획물로 성대한 축제를 치르게 하면서 연회를 베풀었다. 또 한바탕의 뒤풀이 축제가 걸판지게 벌어졌다.

담덕은 사냥대회의 우승자 루라를 불러 포상을 내린 다음 직접 잔에 술을 따라 주었다.

"그대는 참으로 여장부시구려. 지난 거란 원정 때는 거란 추장 사우마래를 체포하더니, 다음은 천손의 깃발을 만들고, 이번에는 황소만 한 호랑이까지 잡았으니…… 과연 대단하오. 우리 고구려에 이런 여전사가 있다니 기쁘기 한량이 없소."

"황은이 망극하옵니다."

루라는 날아갈 것 같은 기분이었다. 대왕께서는 잊지 않고 자신의 일을 낱낱이 기억해 주는 것만으로도 심장이 마구 쿵쿵 뛰었다. 그럴수록 대왕의 뜻을 따르겠다는 결의가 더욱 확고해졌다.

그녀가 잔을 쭉 들이키자, 담덕이 다시 한번 술을 따라주었다.

"여기 상무정신으로 무장한 여장부가 태어났소이다. 이 기쁨이 어찌 루라 장수만의 기쁨이겠소. 우리 고구려의 기쁨이지요. 자, 우리 고구려의 기상을 유감없이 뽐낸 루라 장수를 위해 다 함께 건배합시다."

담덕이 좌중을 보며 하는 말에 모두가 환호하며 잔을 들었다. 이 순간만큼은 모두의 부러움을 한 몸에 받는 루라였다.

"내 그렇지 않아도 상을 내리려 했는데……. 자, 이 활을 받으시오."

담덕이 물소뼈로 만든 궁을 루라에게 내밀었다. 원래 활은 탄력이 좋아야 했다. 고구려에서 사용하는 맥궁貊弓은 그 위력이 대단했다. 맥궁 중에서도 물소뼈로 만든 활은 그중에서도 가장 탄력이 좋았다. 궁수라면 누구나 탐내는 궁이었다.

"대왕 폐하의 황은에 몸 둘 바를 모르겠사옵니다. 소장 목숨이

붙어있는 한 이 궁과 함께 대왕 폐하의 은혜에 기필코 보답할 것
이옵니다."

활을 받아 안은 루라의 가슴은 기쁨으로 벅차올랐다. 대왕으로
부터 직접 선물까지 하사받았으니 더 바랄 것이 없었다. 그녀는
활을 가슴으로 품었다. 활을 품었다기보다는 담덕의 사랑과 뜻을
가슴으로 품었다.

"대왕 폐하, 루라 장수의 무예가 참으로 뛰어나옵니다. 그런
무예를 변방에서 썩히기보다는 국성으로 데려가심이 어떻겠사옵
니까?"

진이 루라의 재주를 아끼는 마음에 여쭈는 말이었다.

"그래요? 루라 장수는 어떻소?"

그녀는 순간적으로 어떻게 대답해야 할지 망설였다. 이미 마음
을 정리한 바였지만, 또다시 흔들렸다. 벌써 속마음은 그러겠다
고 대답하고 있었다. 그러나 이내 노인네의 말을 떠올렸다. 대왕
에 대한 사랑은 그 정신을 진정으로 섬기는 것에 있었다. 그것은
결국 대왕께서 이 나라를 천손의 나라로 세울 수 있도록 이곳에
서 준비하는 것이었다.

"소장은 대왕 폐하의 전사이옵니다. 소장의 마음은 오로지 대
왕 폐하의 뜻을 잘 받드는 것밖에 없사옵니다. 대왕 폐하께서는
용광검의 계승자로서 천손의 나라를 건설하시겠다고 이미 선언
하셨사옵니다. 국성에는 이미 훌륭한 장수들이 많이 있사옵고,
소장은 여기서 할 일이 있사옵니다. 서부의 안전을 지키는 방패

가 되어 언젠가 대왕 폐하께서 천손의 나라를 우뚝 세울 수 있도록 그 밑거름이 되고 싶사옵니다. 윤허하여 주시옵소서."

"참으로 가상하오. 무예만이 여장부가 아니라 그 뜻 또한 여장부이구려. 그대의 숭고한 마음은 만인의 귀감이 될 것이오. 그리고 보니 진 장군께서 루라 장수가 샘이 난 모양이십니다."

담덕이 루라의 뜻을 수용하며 진과 함께 서부의 안전을 든든히 지키라고 당부한 말이었다.

"황은이 망극하옵니다. 대왕 폐하!"

진과 루라가 동시에 대답했다.

루라는 사모하는 연정에 연연하지 않고 대왕의 참뜻을 따르는 자신이 스스로 대견스러웠다.

"자! 모두들 축배를 듭시다."

담덕이 연회의 분위기를 돋우기 위해 모두에게 건배를 청했다. 그러자 모두들 잔을 높이 들고 단숨에 마셨다. 거기에는 천손의 깃발을 치켜든 열정과 하늘 백성으로서의 자부심이 당당히 새겨져 있었다.

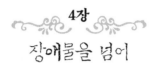

4장
장애물을 넘어

36

대국으로서의 위용을 갖춘 영락 5년(395년)의 한 해도 막바지로 접어들었다. 이를 시기했음인지 밤이 깊어지자 바람이 더욱 세차게 불었다. 쌩쌩 부는 칼바람에 세상은 온통 꽁꽁 얼어붙었다.

황궁 또한 칼바람 소리만이 건물을 휘돌아 치며 소용돌이쳤다. 살아있는 모든 생물들이 자신의 소굴에서 깃털을 세우며 몸을 움츠리듯, 황궁 사람들도 포근한 이불 속에서 다리를 구부렸다. 하지만 이런 추위에도 아랑곳없이 대전 안에서는 아직도 불빛이 새어 나오고 있었다. 담덕이 일을 보고 있음이었다.

담덕은 대부분의 나날을 국성을 떠나 머나먼 전장에서 보냈고,

황궁으로 돌아와서는 그때까지 밀린 국사를 보았다. 밤을 낮 삼아 처리해야 할 과제였다. 백제 방어에 이어 거란 원정을 끝내고 돌아온 이후, 그동안 밀린 일감 때문에 두 다리 뻗고 잠을 청할 수가 없는 형편이었다.

청년장군들은 담덕이 하루도 편히 쉬지 못한 것을 보고 옥체를 염려하며 여러 차례 간언했다. 그래도 듣지 않자 황후를 찾았다.

"황후 마마! 여쭈옵기 황송하오나 대왕 폐하께서 국사에 너무 과중하신지라……. 옥체가 심히 염려되옵니다."

"그러게 말입니다. 밤을 새우는 날이 많으시니…… 장군들의 뜻은 잘 알아듣겠습니다."

청년장군들이 고하는 말에 누리도 수척해진 용안을 떠올리며 근심스러워했다. 그녀도 한두 번 진언한 것이 아니었다. 그럴 때마다 담덕은 알았다고만 대답할 뿐이었다. 그녀가 밤늦게까지 국사를 처리하는 그를 찾아가는 것은 이제 하루의 중요 일과가 되었다.

오늘은 거련 왕자라도 대동할까 생각했지만 이내 그만두었다. 어린 왕자를 내세운다면 고집을 꺾지 않을까 해서이지만 아무래도 그건 도리가 아닌 듯싶었다.

야심한 시각에 이르러 그녀는 담덕을 찾을 채비를 했다. 그런데 오늘따라 매섭게 몰아쳐 부는 바람에 왠지 불안스러운 마음이 들었다. 뭔가 좋지 않은 일이 벌어질 것만 같은 불길한 예감이었다. 그녀는 그것을 애써 떨쳐버리며 담덕을 위해 마련한 야식거리를 들고 방을 나섰다.

그녀의 걸음걸이에는 사랑과 그리움이 담겨 있었다. 그녀에게
있어서 담덕은 하나밖에 없는 남편이자 동지였고, 천손의 나라를
가장 앞장서서 일으켜 세울 영도자였다. 다른 사람은 몰라도 그
녀에게만큼은 그건 서로 떨어져 있는 게 아니라 하나였다.

그녀는 담덕을 알 때부터 그것을 느꼈다. 청년장수들의 모습에
서도 확인된 바였다. 청년장수들은 담덕을 그들의 지도자로 받들
어 모셨으며, 황성에 혼자 있는 그녀를 찾아와 위로해 주곤 했다.
그것은 그녀에게 큰 힘이 되어 주었다.

처음 국성에 올라왔을 때만 해도 그녀는 무척 외로웠다. 담덕
이 비록 옆에 있기는 했지만, 국사로 다망한 데다가 국성을 떠나
있는 날이 많았다. 혈육이라고는 단 하나뿐인 그녀의 오라비 다
기 또한 평양성에 내려가 있었다.

여인네로서 남편과 오순도순 살고 싶은 마음이 없는 것은 아니
었다. 하지만 전쟁 없이 단군족이 하나로 모여 풍요롭게 사는 것
은 오랜 소망이었고, 이를 위해 불철주야 노력하는 담덕은 그녀
의 희망이었다. 그녀는 그런 담덕을 옆에서 적극 돕고 싶었다.

이런 마음가짐으로 노력했지만, 처음 황궁 생활에는 많은 아쉬
움이 남았다. 황궁 생활의 현실이 그러했다. 황궁에서의 삶은 자
유롭지 못했다. 평양성에 있을 때는 마음대로 밖을 나다닐 수도
있었고, 늘 백성들을 만날 수 있었다. 하지만 황궁에서는 그렇게

할 수 없었다. 수많은 사람이 그녀의 일거수일투족을 주시하는 속에 황후로서의 체통도 지켜야 했다. 이 모든 것이 그녀를 옭아매는 족쇄였다. 그럴 때마다 평양성에 있을 때가 그리웠다. 다기 오라비가 있고, 며칠에 한 번씩 찾아 주는 담덕이 있었으며, 또 오라버니 같은 청년장수들이 있었다.

이런 누리의 처지를 이해하기에 청년장수들은 자주 찾아와 안부 인사를 올렸다. 그것은 담덕을 지도자로 모시는 신하의 예였고, 다기에 대한 동지적 의리였다.

황후가 되었어도 그들과의 관계는 예전처럼 허물이 없었다. 아니 부인들과의 관계로 더욱 돈독해졌다. 누리는 그들의 부인들을 자주 황궁으로 초대했다. 그것은 그들이 베푼 사랑을 다시 갚는 것이었고, 그들이 하고자 하는 일을 부인들이 잘 보좌하게 하려는 마음이었다. 사내들의 의리에 버금가는 부인들의 정리는 남정네들에게도 좋은 영향을 끼쳤다.

청년장수들은 대부분 늦게야 결혼했다. 나라의 부름에 따르다 보니 그렇게 세월이 흘러 버렸다. 부살바가 먼저 달래와 결혼하였고, 그 뒤를 혜성과 모두루가 이었다. 혜성의 아내는 미나라는 여자였고, 모두루의 아내는 귀주라는 여인이었다. 창기는 결혼하지 않고 있었다.

달래가 몸은 유약해 보이나 심지가 굳은 여인이었다면, 미나는 소탈하고 복스러운 얼굴에 정이 많았고, 귀주는 귀티가 나면서도 재기발랄했다. 달래는 후연과 접하는 국경에서 부살바를 만났다.

둘은 거란의 침략으로 천애 고아가 된 이력이 비슷해 서로 자연스레 교감이 이뤄졌다. 반면에 미나는 혜성과 오랫동안 정을 나눈 여성이었다. 귀주는 모두루의 집안과 가약을 맺은 약속에 따라 결혼했다.

누리는 이들과 교류하면서 쉽게 황궁 생활에 적응했다. 처지보다도 만나는 사람에 따라 생활이 달라진다는 것을 실감할 수 있었다.

거련이 태어나면서부터는 황후의 지위도 확고해지고, 이들과 만남도 잦아졌다. 이들은 거련을 진심으로 아껴주었는데, 그 관계가 얼마나 긴밀한지를 아는지 거련은 이들을 보면 방긋 웃곤 했다. 이것은 행복이었다. 남편들이 맺은 동지적 관계에 보탬이 되고, 서로 의지하는 사이가 되었기에 흐뭇했다.

행복한 나날을 보내고 있던 어느 날 누리가 부인들을 보고 입을 열었다.

"우리가 친자매처럼 지내는 것은 대왕 폐하와 장군들이 서로 맺은 혈맹의 동지관계 때문이라고 생각합니다. 내 그래서 말씀드리는 얘기지만, 국성에 있는 장수들 중에서 아직 창기 장군께서 장가들지 않았습니다."

"저희들은 미처 거기까지 생각하지 못했는데……. 부끄럽사옵니다. 황후 마마의 세심한 배려에 감읍할 따름이옵니다."

모두가 이구동성으로 자책하자 누리가 다시 말을 이었다.

"그런 뜻이 아니었는데…… 나는 다만 창기 장군께 좋은 배필을 주선해 주는 것이 어떨까 해서 말한 것입니다. 이런 일이야 중이 제 머리 못 깎는다고 옆에 있는 사람들이 나서서 해주어야 하지 않겠습니까?"

"맞사옵니다. 저희들이 한번 찾아보겠사오니, 이제 심려 놓으시옵소서."

미나 부인이 황후의 명을 따르겠다고 대답했고, 이에 귀주가 조심스럽게 입을 열었다.

"제가 소문을 들은 한 처자가 있사온데, 말씀 올려도 될지……."

"그러시다면 뭘 망설이십니까? 어서 말씀해 보세요."

"진녀라는 처자이온데……."

귀주의 얘기에 미나가 호기심을 보이며 되물었다.

"진사골에 효녀가 났다고 하던데, 그 처자를 말하는 건가요?"

"그렇지요."

"그 처자라면 저도 들었사옵니다. 홀아비를 지극정성으로 모시는 데다 재색까지 겸비했다고 소문이 자자하옵니다."

"그래요. 두 분께서 그리 말씀하시는 것을 보니 일이 잘 풀릴 징조인가 봅니다."

"하오나 부친의 몸이 불편한 데다 가문이……."

귀주가 얘기하려다 말고 말을 멈추었다. 인물을 생각하기보다는 집안을 따지는 것이 별로 좋아 보이지는 않았으나, 그 누구도 아닌 창기 장군과 연을 맺어 주자면 솔직하게 알려 드리는 것이 도리라고 여긴 것이다. 그런데 막상 황후의 면전에서 가문을 거론한 것이 아차 싶었다.

"크게 걱정할 일은 아닌 듯합니다. 사람 됨됨이가 중하지 다른 무엇이 중요하겠습니까? 가문을 따지자면 나도 그리 내세울 것은 없는데요."

"송구하옵니다. 황후 마마."

"한번 이리 데려와 보는 것이 어떻겠습니까? 마지막 결정이야 창기 장군께서 하시겠지만, 먼저 만나보는 것이 좋겠습니다."

"그리하도록 하겠사옵니다."

"다른 분들도 함께 보는 것이 좋을 듯한데……. 그리해 주시겠는지요?"

"저희들이 무슨 도움이 되겠사옵니까만 황후 마마의 뜻에 따르겠사옵니다."

귀주는 황후의 뜻을 전하기 위해 진녀의 집을 찾아갔다. 초가집에 지나지 않았지만 깐지게 살림을 꾸려간 듯 깔끔하고 단아하였다.

"계십니까?"

귀주를 따르는 시녀가 외쳤다.

"뉘신지요?"

한 노인네가 거동이 불편한지 방안에서 문고리를 잡은 채 물었다.

"여기가 진녀라는 처자의 집이 맞습니까?"

"그렇긴 하온데 무슨 일로 그러신지요?"

이때 밖에서 한 처자가 안으로 들어섰다. 순박하나 기품을 잃지 않은 여인네의 얼굴이었다. 귀주가 눈여겨보며 물었다.

"혹시 처자가 진녀가 아니오?"

"그렇사온데, 무슨 일로 찾으시는지요?"

"나는 모두루 장군의 아내 되는 귀주라고 하오."

"예—에? 그런데 어인 일로……."

진녀가 놀란 눈으로 되물었다. 이들의 행차를 보며 보통 세력가가 아님을 직감했지만, 설마 모두루 장군의 부인되는 사람이라고는 생각지 못한 것이다. 그런 귀부인이 자기 같은 사람을 찾을 이유가 없었다.

"이렇게 밖에서 얘기할 일은 아닌 듯싶은데……."

"아—예. 그럼 누추하지만, 안으로 드시옵소서."

처음엔 당황한 빛을 보이던 진녀는 이내 침착하게 작은방으로 안내했다. 그리고는 차 한 잔을 대접해 올렸다.

"살림이 궁색하여 변변히 대접해 드릴 것이 없사옵니다."

"대접받자고 온 것이 아니니 그리 마음 쓰지 마세요. 어쨌든 고맙게 잘 마시겠습니다."

귀주는 다시 진녀를 꼼꼼히 훑어보았다. 역시 소문대로 그녀의 자태는 청순하고 품위가 있었다.

"그런데 소녀에게 무슨 볼일이 있으신지요?"

"그리 물으니 단도직입적으로 말하겠습니다. 황후 마마께서 보자고 하셔서 그 명을 전하려고 들렸습니다."

"황후 마마라니요? 소녀 같은 사람을 왜…….”

"좋으면 좋았지 나쁜 일은 아니니 걱정하지 마세요. 잘만 되면 경사스러운 일이 생길 수도 있을 것이니까요.”

진녀는 도무지 모르겠다는 듯 두 눈만 껌뻑거렸다. 이런 그녀를 보고 귀주는 황후전으로 들르라고 알려 주었다.

귀주 일행이 떠난 후 그녀는 몹시 불안했다.

'황후께서 왜 찾으실까? 필시 아버님 곁을 떠날 수밖에 없을 것인데…….'

그녀는 어머니를 일찍 여의고 아버지를 모시며 살고 있었는데, 그녀의 아버지는 백제와의 전투에서 부상당해 거동조차 못 하는 상태였다. 아무리 자기에게 좋은 일이 생긴다고 해도, 제 앞가림도 하지 못하는 아버지를 두고 떠날 수는 없었다.

그녀의 어두운 표정을 알아본 아버지가 불안스레 물었다.

"왜 무슨 일이 있는 게냐? 보아하니 보통 사람들이 아닌 모양인데, 너에게 뭐라고 그러더냐?”

"그것은 아니옵고, 황후 마마께서 소녀를 찾는다고 하옵니다.”

"황후 마마께서? 무슨 일로…….”

"그건 잘 모르겠고요. 그저 좋은 일이라고만 하네요.”

"그럼 우리 집에 경사가 난 것 아니냐? 그런데 왜 네 얼굴이 그 모양이냐?”

"저야 어찌 되든 상관없지만 아버님은…….”

"애비 걱정할 것 없다. 아직 이렇게 멀쩡하지 않으냐? 괜한 걱정 말거라. 너만 잘 된다면 이 애비는 아무래도 좋다. 네가 고생하는 것을 보고도, 애비가 되어 가지고 어떻게 해주지도 못했는데, 이제 한시름 덜게 되는가 보구나."

진녀 아버지는 애써 환한 표정을 지었다. 그는 죽기 전에 하나밖에 없는 딸이 좋은 사람을 만나 행복하게 사는 것을 보면 원이 없을 것 같았다. 하지만 몸이 성치 않으니 어떻게 해줄 도리가 없었다. 하지만 이번 일이 잘되어…… 어차피 떠나게 된다면 잘 되기를 빌어주는 것이 부모 된 도리였다.

"그런 말씀 하지 마셔요. 소녀는 아버님을 두고 절대 혼자 떠나지 않을 것이옵니다."

이건 빈말이 아닌 진녀의 진심이었다. 전장에 나가 다치신 아버지를 비록 누가 알아주지 못하더라도 그 딸만큼은 알아야 한다고 다짐해온 바였다.

"쓸데없는 소리! 거기 가서 잘해야 한다. 알겠느냐? 이런 기회가 다시는 올 것 같지 않으니……. 내 말 명심해라."

아버지의 얘기를 귓전으로 흘려보낸 며칠 뒤, 진녀는 몸을 단정히 하고 황후를 찾아 예를 올렸다. 그 자리에는 다른 여인들도 함께 있었는데, 이들은 달래와 미나, 귀주였다.

"올해 나이가 몇이오?"

"스물이옵니다."

"그래요. 그런데 부귀공명을 누리고 싶지 않소이까? 내 말만 잘 들으면 그리해 줄 것인데……."

"어느 안전이라고 황후 마마의 명을 거역할 수 있겠사옵니까? 분부만 내려 주시옵소서. 하오나 소녀는 부귀공명은 바라지 않고 그저 홀아버지를 모시고 살았으면 하는 꿈이 다이옵니다."

"아버지를 모시고 살고 싶다고요? 듣자 하니 부친께서 몸이 불편하시다 들었네만, 한 몸 희생하면 편안하게 여생을 보낼 수 있지 않겠습니까?"

누리가 진녀의 마음을 떠보고자 재차 물었다.

"말씀드리기 황공하오나 아버님을 욕되게 하고 싶지는 않사옵니다. 몸이 그리된 것은 나라를 위해 싸우다 그리되신 것이라, 소녀는 이를 자랑스럽게 여기고 있사옵니다. 그런데 어찌 그 마음에 누가 되는 일을 할 수 있겠사옵니까?"

"효녀라고 하더니만…… 부친께서는 나라를 위하다 그리되셨으니 이 나라의 충신이 맞습니다. 내 그대의 마음을 알고 싶어 그리 얘기했으니 이해해 주세요."

"황공하옵니다. 그것도 모르고……. 소녀의 무례함을 용서해 주시옵소서."

"아니요. 이렇게 된 이상 내 편히 얘기하리다. 내가 보고자 한 이유는 그대에게 연을 맺어 주고자 함이오."

아버지 곁을 떠나지 않아도 된다는 생각에 진녀는 우선 안도의 한숨을 쉬었다. 그러나 이내 과년한 처녀로서 혼사 문제가 거론되니, 아무리 태연한 척하려고 해도 얼굴이 빨개졌다. 더구나 황후께서 관심을 두시니 그런 영광이 또 있을 수 없었다. 하지만 황후의 뜻을 그대로 받아들일 수만 없었다.

"한낱 미천한 소녀에게 이런 은혜를 베풀어 주시려 하니 몸 둘 바를 모르겠사옵니다. 하오나 황후 마마께서 이러시는 것은 소녀에게 너무나 과분하고 분에 넘치는 일인지라 심려를 거두어 주심이 마땅한 줄로 사료되옵니다. 더욱이 소녀의 부친은 몸이 불편하옵니다. 그러니 제가 없다면……."

"그러면 부친 때문에 시집가지 않겠다는 겝니까? 호호호! 하기야 처녀가 시집가지 않겠다는 말은 거짓말 중의 거짓말이라 하더이다."

"부끄럽사옵니다. 하오나 소녀는 이미 아버님을 모시기로 결심하고 있사옵니다."

"지극한 효심이요. 그 뜻이 가상하구려. 허나 연을 맺어 주려고 하는 사람이 누군지는 알아야 하지 않겠소?"

"……."

"모르는 모양인데……. 황궁 수비대장이신 창기 장군을 알고 있겠지요? 바로 그분이라오."

"네에?"

진녀가 화들짝 놀라면서 누리를 빤히 쳐다보았다. 두 사람의 처지는 하늘과 땅만큼이나 차이가 큰지라, 자기 신분으로서는 언감생심 꿈도 꿀 수 없는 일이었다. 도무지 황후의 속심을 모를 일이었다.

"이제 마음에 드오?"

"아뢰옵기 송구하오나 소녀는 미천하기 이를 데 없는 여인네이옵니다. 그런 제가 어찌 그리 지체 높으신 분과 어울릴 수 있단 말이옵니까? 소녀를 그만 놀리시고 말씀을 거두어 주시옵소서."

"황후 된 몸으로 어찌 빈말하겠습니까? 이거야 원……."

"황후 마마, 소녀는 아버지를 모셔야 하고, 또 설사 혼약을 하더라도 어느 정도 형편이 맞아야 한다고 생각하옵니다. 절대 그런 일은 있을 수 없는 일이오니, 다른 여인을 찾아보시옵소서."

"내, 알아들었습니다."

누리가 빙그레 웃었다. 그녀의 마음을 이해할 것 같았다. 누리 또한 담덕과 처음 사귈 때 가졌던 마음이었다. 그럴수록 그녀가 미덥게 보였다.

진녀가 물러간 다음, 누리가 만족스러운 얼굴로 다른 사람들을 향해 물었다.

"다른 분들은 어찌 보셨습니까?"

"마마께서 마음에 들어 하신다면 창기 장군께 운을 띄워도 무방할 듯싶사옵니다."

미나가 동의를 표하자 나머지 사람들도 이에 동감을 표시했다. 이리하여 누리는 창기 장군을 불러 그 뜻을 전했다.

"황후 마마께서 이렇게 관심 써 주시니 뭐라고 감사해야 할지 모르겠사옵니다."

창기는 연신 싱글벙글해 하며 벌어진 입을 다물지 못했다.

"그래도 장군께서 한번 만나는 봐야 하지 않겠습니까?"

"제 눈보다야 황후 마마의 안목이 백번 더 나을 것이옵니다. 뭘 따지고 말고 할 게 있겠사옵니까?"

그리하여 누리는 그들의 만남을 주선하였다. 그들은 그 후 몇 번을 더 만났는데 오히려 창기가 적극성을 보였다.

진녀는 창기를 좋아하지 않는 것은 아니었으나, 삶의 환경 차이가 너무 크다는 것에 부담스러워했다. 창기는 수수하면서도 기품을 잃지 않는 진녀의 모습에 끌렸다. 그래서 마음이 통하면 되지 무엇이 상관이냐고 하면서 부친 또한 나라를 위한 길에서 그리되었으니 자랑스러운 일이라며 같이 모시자고 설득했다. 결국 진녀도 마음이 움직여 두 사람은 서로 혼인하기로 약조했다.

이후 창기와 진녀는 청년장수들의 축하 속에 혼례를 올렸고, 이후 그녀 또한 부인들의 자리에 함께하게 되었다. 지난날 연을 맺게 되는 과정을 떠올리며 서로 웃기도 했고, 그들이 직접 만든 음식으로 담덕과 청년장군들을 초대해 그들의 몸과 마음을 풀어주기도 했다. 그러면서 부인들의 조그마한 노력이 사내들의 동지적 사랑에 보탬이 된다는 것에 자부심도 일었다.

한 가족이 되어 어울리는 시간들은 그야말로 기쁨이고, 행복이었다. 그녀는 이런 기분에 취해 청년장수들의 가족뿐만이 아니라, 온 백성이 모두 하나의 가정처럼 살게 된다면 얼마나 좋을까 하는 생각이 들었다.

이제 청년장수들도 30대 초반의 나이를 넘기면서 지난날의 혈기왕성한 시절에서 원숙한 단계로 접어들게 되었고, 나라 또한 대국의 길로 약진하고 있었다. 이런 상황에서 부인들의 역할은, 특히 담덕을 옆에서 모시는 누리의 역할은 막중했다. 이렇게 즐거운 나날이 이어지게 된 그 중심에는 담덕이 듬직하게 서 있었기 때문이다.

그런데 거란 원정 이후 담덕이 노독도 풀지 못한 상태로 국사에 시달리면서 한 번도 제대로 자리를 갖지 못하고 있었다. 거기에다 근래 들어 몸도 급격히 안 좋아지고 있었다. 아무리 20대 초반의 한창나이라고 해도, 대왕에 즉위한 이래 하루도 쉴 날이 없었으니, 피로가 누적되어 나타나는 것은 당연한 귀결이었다. 백제와 전투를 끝내자마자 수천 리를 달려 거란을 정벌하고, 또 후연 국경을 시찰하는 등 그야말로 철인의 여정을 보낸 담덕이었다. 아무리 강골이라지만 결국 병마에 휩싸이게 된 것이다.

담덕의 건강이 악화되면서 누리의 가슴은 무겁고 답답해졌다. 아내로서의 걱정 때문만이 아니라, 지금까지 누려온 모든 행복과 기쁨이 사실상 흔들리고 있다는 느낌 때문이었다. 그녀에게 있어서 담덕은 누가 뭐라 해도 단군족의 지도자이고 세상의 중심이었다.

누리는 담덕이 얼마나 소중한 존재였는가를 다시금 절감하며 옥체를 위해 휴식을 취할 것을 간했다. 그러나 그 말을 듣지 않으니 그녀 또한 그이 곁에서 함께할 수밖에 없었다.

그녀는 담덕의 기력 보강을 위해 여러 가지 것을 준비하며 심혈을 기울였다. 탕제도 정성을 다해 직접 달였다. 하지만 건강이 약제로 해결될 성질의 것이 아니라는 것을 알기에 그게 걱정이었다. 그래서인지 오늘따라 유난스레 불길한 예감이 들면서 매서운 바람마저도 심상치 않게 느껴진 것이다.

　누리는 대전 안으로 곧장 들지 않고 잠시 걸음을 멈추었다. 어두운 공간을 마구 휘젓는 사나운 겨울바람에도 아랑곳하지 않고, 안에서는 환하게 불빛이 이글거렸다. 온갖 난관 앞에서도 굴하지 않고 횃불을 치켜들고 나가는 담덕의 모습이었다.
　'백성과 나라를 위해서라면 자기 한 몸을 돌보지 않는 저분의 뜻을 어찌 꺾을 수 있겠는가? 허나 옥체도 생각하셔야 할 터인데…….'
　누리가 잠시 이런 생각에 젖어 있을 때, 거세게 소용돌이치던 바람이 갑자기 바깥 문짝을 후려쳤다. 누리가 화들짝 놀랐고, 그런 그녀를 알아본 내관이 담덕에게 보고하였다.
　"대왕 폐하! 황후 마마 드셨사옵니다."
　"드시라고 하라."
　안으로 들어선 누리는 담덕의 얼굴부터 살폈다. 담덕이 건재하게 앉아 있다는 것에 우선 안심이 들었다. 하지만 이내 상한 얼굴을 보니 마음이 언짢아졌다.
　"잠깐만 기다리시구려."
　담덕이 하던 일을 마저 끝내려는 요량으로 얘기했다. 그 앞에는 문서들이 아직도 겹겹이 쌓여 있었다.
　누리는 탕약과 약간의 약과류, 차 등을 차린 다음, 그가 하는 일을 물끄러미 지켜보았다. 사실 그녀는 담덕과 담소하는 것을 좋아했다. 대화를 나누다 보면 그의 뜻을 잘 이해할 수 있었고, 어떻게 보필해야 할지도 깨달을 수 있었다.

이제나저제나 나눌 대화를 생각하며 한참을 기다렸는데도 끝내지 않음에 누리가 말을 건넸다.

"폐하! 그만 쉬시옵소서. 이리 날마다 밤을 새우신다면 무쇠라도 견디지 못할 것이옵니다."

"기다리게 해서 미안하오. 알겠소이다."

담덕이 일어나려다가 몸을 가누지 못하고 비틀거리더니 뒤로 넘어졌다. 이를 본 누리가 벌떡 일어났다.

"폐하! 이게 어인 일이시옵니까? 여봐라, 게 누구 없느냐?"

담덕이 누리의 부축을 받고 일어나며 얘기했다.

"아—아. 괜찮소. 잠시 현기증이 나서 그랬을 뿐이오. 별일 아니니 걱정하지 마시구려."

"부르셨사옵니까?"

대전 내관이 곧바로 대령하며 여쭈었다.

"당장 어의를 불러오라."

"아니요. 그냥 물러가라. 내 정말 괜찮으니 소란스럽게 하지 마시구려."

"정말 괜찮으시옵니까?"

"물론이지요. 정말 괜찮습니다."

누구의 명을 따라야 할지 어찌할 바를 몰라 하는 내관을 보고 담덕이 다시 지시하자, 그제야 내관이 물러갔다.

담덕의 얼굴을 바라보는 누리의 눈에는 눈물이 맺히고 있었다. 오늘 왠지 예감이 안 좋더니만 이런 일이 생기려고 그런 모양이었다. 하기야 이렇게 몸을 혹사하고서 지금까지 버텨온 것만으로도 놀라운 것이었다. 지금까지 담덕의 하루하루는 쇳덩이라도 녹여낼 만한 강인한 집념과 의지 없이는 불가능한 생활이었다. 안일하게 대처했다는 죄책감에 그녀는 파르르 몸을 떨었다.

불안에 떠는 누리를 보며 담덕이 아무렇지 않다는 표정을 지으며 말했다.

"놀라게 해서 미안하오. 정말 별일 아니니, 걱정하지 마오."

누리가 담덕의 말에 대꾸하지도 않고 그렁그렁한 눈망울로 탕약을 내밀었다.

"폐하! 어서 드시옵소서."

약사발을 들고 난 후 담덕이 다시 입을 열었다.

"번번이 나 때문에 황후마저 밤잠을 설치게 하니, 미안하기 짝이 없구려."

"진정 그러하시옵니까?"

누리가 작정한 듯 되물었다.

"진정이고말고요. 내 어찌 황후의 애틋한 마음을 모르겠소."

"그럼 제 청을 하나 들어주시옵소서."

담덕은 누리가 무슨 말을 하고자 하는지 눈치채면서도 모른 척 딴청을 피웠다.

"새삼스레 청이라니요? 그런 것이 있었으면 진작 얘기하시지 이제야 말씀하십니까? 내 다 들어줄 터이니 말씀해 보세요."

"폐하! 국사가 중한지 아오나 옥체를 돌보시옵소서. 폐하께서는 아직 노독도 풀지 못하셨사옵니다. 그리하시옵소서."

"또 그 말씀, 알겠습니다. 그러나 왕이 제 한 몸을 사리면 수많은 백성들이 불행하게 되지요. 내 한 몸 고생해 온 백성이 복되고 평안한 삶을 산다면 그만한 기쁨이 어디 있겠소?"

"신첩이 그것을 어찌 모르겠사옵니까? 하지만 이 나라의 미래는 대왕 폐하의 어깨 위에 달려 있사옵니다. 폐하께서 흔들림 없이 버티고 계셔야 하옵니다. 폐하 없는 이 나라를 생각할 수 없음이옵니다. 이건 여러 장군들의 뜻이고, 백성들의 한결같은 바람이옵니다. 이 점을 유념해 주셔야 하옵니다."

"백성을 생각지 않는 대왕이 무슨 소용이 있겠습니까? 황후께서도 지난날 단군족의 행복을 바란다고 하지 않았습니까? 내 그 약속을 잊지 않고 있어요. 또한 용광검을 움켜쥐면서 맹세한 바가 있습니다. 이를 저버릴 수는 없지요. 어떤 경우에도 말입니다."

이건 바로 담덕의 결심이자 의지였다. 그도 한 인간으로서 쉬고 싶은 마음 간절했다. 그러나 천손의 나라를 세우기 위한 여정은 결코 여유롭지 못했다.

누리가 이런 마음을 모르는 것은 아니었다. 그러기에 지금까지 과중한 업무에 시달리는 것을 보면서도 차마 막지 못했다. 그러나 지금 몸에 이상이 있음을 안 이상 결코 물러날 수 없었다.

"폐하, 폐하께서 옥체를 보존하셔야 그 약속을 지킬 수 있을 것이옵니다. 이번만큼은 신첩의 청을 무조건 들어주시옵소서. 신첩의 청을 들어주지 않으시면 신첩은 청년장군들은 물론이고, 이나라 백성들에게도 씻을 수 없는 죄악을 짓게 될 것이옵니다. 신첩이 더는 죄를 짓게 하지 마시옵소서."

"황후께서 어찌 그런 말씀을……. 알았어요, 알았습니다."

"폐하."

누리가 담덕의 품에 몸을 기댔고, 담덕이 그녀를 포근히 끌어안았다. 서로에 대한 사랑과 존경의 마음이 하나로 포개지는 속에 촛불이 심지에 불꽃을 튀기며 타들어 갔다. 타다 넘친 촛농이 촛대를 따라 조용히 흘러내렸다.

37

연말 들어 계속해서 거센 바람이 불어대더니 끝내 불길한 소식이 국성에 전달되었다. 고연 욕살의 부음이었다.

고연은 평양 성주로서 고국양왕 때부터 신명을 다 바쳐 온 충신이었다. 그의 결정적인 도움으로 담덕은 평양성에서 기반을 확고히 다질 수 있었고, 그것이 밑천이 되어 오늘날 대제국 건설에 대한 꿈을 키울 수 있었다.

물론 연로한 관계로 어제오늘을 가늠할 수 없었으나 그의 부음은 큰 슬픔이었다. 나라의 원로가 쓰러졌음에 담덕은 크게 상심하며 후히 장사지내도록 조치하였다.

고연의 죽음을 계기로 조정은 술렁거렸다. 고연 성주의 자리를 누가 차지하는가 하는 문제는 그동안 조용했던 조정의 자리다툼에 신호탄이 되었다.

담덕은 지금껏 왕당군의 직제 개편을 제외하고는 이렇다 할 인사 개혁을 추진하지 않았다. 슬픔에 젖어 어떤 지시도 내리지 않았지만, 어차피 처리해야 할 문제였다. 왕권도 안정된 상황에서 후속 인사의 임명은 바로 권력 변화에 대한 그의 의중을 드러내는 것일 수 있었다.

부살바가 혜성과 바기 앞에서 조심스럽게 입을 열었다. 이들은 왕당군의 지휘 성원으로서 올 한 해를 마무리 짓고 내년의 일정 등을 거론하기 위해 한자리에 모인 것이었다.

"많이 도와주신 어르신이신데 그리 돌아가시다니, 참으로 애석한 일입니다. 그리고 앞으로의 일도 걱정되는군요."

"슬픈 일이기는 하지만 그렇다고 앞일을……. 그렇게까지 걱정할 필요가 있겠습니까? 그 자리는 다기 장군이 이어받으면 될 것이고, 크게 염려할 바가 없는 것 같은데요."

바기가 괜한 노파심이 아니냐는 투로 반문했다. 그러자 부살바가 다시 입을 열었다.

"그게 단순히 후임 성주를 임명하는 것으로 끝나지 않으니까 하는 말이지요."

"자리가 공석이 되었으니 그 자리에 새로운 사람을 임명하면 되는 것이지, 그 외에 또 다른 문제가 있다는 겁니까?"

"지금 고연 성주의 죽음을 계기로 조정이 술렁거리고 있잖아요. 그게 무엇 때문이겠소? 권력의 지각 변동과 관련이 있기 때문이겠지요."

"하기야 평양성은 국성에 버금가는 성이니 누가 그 자리에 임명되는가는 중요하겠지요. 그렇더라도 우리 왕당군이 버티고 있는데 누가 감히 맞설 수 있겠소이까?"

바기가 동의하면서도 왕당군의 참군으로서의 자부심을 표현하며 여전히 걱정할 게 없다는 투로 얘기했다.

이 시기 왕당군의 위력은 실로 대단했다. 거란 원정의 성공 이후로는 그 어떤 세력도 대항할 수 없을 정도로 막강해졌다. 국성의 중심부에 왕당군의 건물이 위용을 자랑하며 웅장한 자태를 드러낸 것에서도 상징적으로 나타났다.

"그거야 맞는 얘기지요. 허나 앞으로 헤쳐가야 할 일이 좀 막중한가요. …… 지금 우리에게는 조그마한 분열도 결코 허용되어서는 안 되는 것이지요. 지금 많은 이들이 우리 왕당군의 움직임에 촉각을 곤두세우고 있는 것이 무엇 때문이겠소? 그것을 보면 그런 우려가 된다는 것이지요."

"어찌하든 그런 사소한 혼란이야 생길 수밖에 없을 것인데, 그것을 어떻게…… 그럼 그것을 막을 방안이라도 있다는 건가요?"

바기가 답답하다는 투로 얘기하면서 혜성의 얼굴을 쳐다보았다. 그라면 좋은 방안을 얘기할 수 있을 것 같았다. 그때까지 조용히 지켜보기만 하던 혜성이 입을 열었다.

"두 분의 얘기 중에 해답은 다 나와 있는 것 같습니다."

"네에? 그게 무슨 말씀인지 모르겠습니다. 좀 속 시원하게 얘기해 주시지요?"

바기가 되물었다. 사실 그는 부살바처럼 깊게 고민하지 않았다. 그저 빈자리 하나 채우면 된다는 단순한 생각이었다. 그런데 부살바의 얘기를 듣고 보니 세력 간의 갈등이 빚어지고 있는 꼴이었다. 이런 게 싫었지만, 권력의 생리상 피할 수 없는 모양이었다.

"지금까지 얘기하시길, 왕당군에 직접 대놓고 반대하지는 못하겠지만, 어차피 원치 않더라도 세력 싸움으로 혼란이 일 거라고 말하지 않았습니까? 그렇다면 자리다툼으로 변질하지 않을 방책을 찾으면 될 것 아니겠습니까?"

"그거야 맞는 말씀이지만, 그 방안을 못 찾아서 묻는 것 아닙니까? 정말 서로 아귀다툼하지 않을 그런 묘안이 있기는 합니까?"

"있지요."

혜성의 분명한 대답에 바기의 눈이 동그랗게 커졌다.

"그래요? 어서 말씀해 보시지요."

"간단하지요. 지분 싸움이 왜 일어나겠습니까? 권력이 일원화되어 있지 못하고 서로 땅따먹기 식으로 나뉘어 있기 때문이겠지요. 그러니 그걸 해결하면 되겠지요."

"권력의 일원화라? 일사불란한 지휘체계를 세우자는 말씀이군요. 과연 훌륭하십니다."

부살바가 무릎을 치며 반겼다. 그러나 바기는 알듯 말듯 한 표정을 지으며 다시 물었다.

"일사불란한 지휘체계라니…… 누구나 다 대왕 폐하의 지휘를 받고 있지 않습니까? 그런데 그리 말씀을 하시니 무슨 뜻인지 잘 모르겠소이다. 대왕 폐하의 명을 받지 않는 자가 있다는 말씀이 신가요?"

"큰 틀에서 보면 바기 참군의 말씀도 옳지요. 그러나 명령 체계가 다르다는 거지요. 대왕 폐하의 명을 직접 받드는 우리 왕당군과 각 부가 거느린 군사의 위상이 같다고는 할 수 없지요."

부살바가 설명하는 말에 혜성이 거들며 말을 이어갔다.

"지금 우리나라는 군사 체계만이 아니라 행정 또한 일원적으로 잡혀 있지 못합니다. 대왕 폐하의 직접적 지시를 받는 부분도 있지만, 아직도 각 부에 의해 이끌어지고 있는 부분이 많습니다. 각 부가 거느린 사병은 엄밀히 말하면 대왕 폐하의 군사가 아니라 문벌들의 부대입니다. 이를 정비해 관군으로 다 편입시켜야 하지요."

고구려는 처음 5부 체제로 다스려질 때 대왕만이 관리를 둔 것이 아니라 각 부의 대가大加들도 자기 직속의 사자使者, 조의皂衣, 선인先人들을 임명할 수 있었다. 왕권이 강화되자 각 부의 권한은 약화되고, 오직 대왕만이 관리를 임명하는 방향으로 나아갔다. 그러나 이런 전통이 완전히 사라지지 않고 있었다. 그 옛날 두우가 전횡을 일삼을 수 있었던 것도 이 때문이었고, 자리다툼이 수시로 벌어지게 된 것도 여기에 그 원인이 있었다.

"각 문벌들의 사병을 없애고 명령 계통을 일원적으로 정비하자는……."

바기가 그제서야 감을 잡았다는 표정을 지었다. 그런데 이번에는 부살바가 고개를 갸웃거리고 되물었다.

"전국적인 차원에서 그 일을 진행하자면 만만치 않을 것인데, 과연 혼란스럽지 않게 추진할 수 있을까요?"

"성城을 단위로 해서 해결하면 어렵지 않을 것입니다. 우리 고구려는 지금까지 행정과 군사 체계를 성을 중심으로 해서 다스려왔습니다. 이 이점利點을 살려 나라 전체로 체계화하면 될 것입니다."

"성이 한두 개가 아닌데, 그 많은 것을…… 어떻게?"

"일괄적으로 총괄하려고 하면 힘들지만, 남부와 서부, 북부 등 각 방면에 중심 거점을 두어 진행하면 어렵지는 않을 것입니다. 국성國城만이 아니라 각 방면에 별성別城(부수도)을 구축하여 그 단위로 완결시키고, 그것을 다시 하나로 연결하자는 것이지요. 이리하면 환난 시기를 맞이해서도 국가적 차원에서 대비할 수 있고, 또 별성이 언제든지 국성의 역할을 담당케 함으로써 외적을 효과적으로 막아낼 수도 있을 것입니다."

혜성의 의견은 성을 중심으로 외적을 방비해 왔던 이점을 살려 별성체계로 정비하면서 행정과 군사 등 모든 방면에 걸쳐 전국적인 차원의 일원적 명령 계통을 수립해 내자는 안이었다.

고구려는 성을 이용해 외적을 막았다. 수도에도 평지성과 산성이 함께 수도성으로 구축되었다. 그래서 정원숙은 당 태종에게 동이(고구려 사람)는 성을 잘 지키기 때문에 쉽게 함락할 수 없다고 했다.

고구려의 성 방위체계는 지역 방위체계와 전국 방위체계로 나눠볼 수 있다. 지역(국지) 방위체계는 한 개 주 또는 군을 단위로 몇 개의 성들이 긴밀한 연관 속에서 적군의 공격에 대처하기 위한 체계이고, 전국 방위체계는 수도, 부수도를 중심으로 전국적 범위에서 형성된 방위체계이다. 전국 방위체계는 수도성을 중심으로 전연 및 전방방위체계, 차단성을 포함한 종심방위체계, 수도방위체계 등으로 건설되었다.

별성別城체계라는 것은 기본 수도성(국성)이 존재하는 조건에서도 3~5개의 부수도(별성)를 건설해 언제든지 부수도가 수도의 역할을 다할 수 있게 하는 체계이다. 3경이니 5경이니 하는 것이 바로 그것이다. 그래서 기원 3년 국내성으로 수도성을 옮긴 이후, 고구려 역대 왕들은 그 전의 수도인 졸본성을 고도(옛수도), 별도別都로 불렀고, 중천왕 이후 고국원왕 12년 342년까지 국왕들이 기본수도인 국내성에 있으면서 별도인 환도성에 자주 갔던 것이다.

고구려는 427년 기본 수도를 평양성으로 옮겼는데 이때의 5경은 평양성, 국내성, 남평양성(한성), 봉황성(북평양성, 제2환도성), 졸본성 등이었다. 주서周書(북주, 후주 557~581년)에는 고구려에서 평양성, 국내성, 한성이 3경으로 불리었다고 하였다.(『고구려사의 제문제』, 손영종, 신서원)

"탁견이오. 별성체계를 튼튼하게 꾸린다면 백제나 후연 등의 침략에도 걱정을 덜 수 있겠소. 그야말로 만년대국의 초석이 될 수 있겠소이다."

부살바의 말에 바기도 공감하며 고개를 끄덕였다. 그러나 다시 생각해보니 그게 만만치 않다는 판단이 들었다. 바기가 다시 조심스럽게 입을 열었다.

"동감합니다만, 각 문벌들이 사병을 갖는 것이야 지금까지의 관례인데, 그것까지 없애려고 하면 반발이 일지 않겠습니까?"

"그게 걱정입니다. 그들을 반대하는 것은 아닌데, 충분히 그렇게 여길 수 있으니 말입니다. 더욱이 대왕 폐하께서는 모든 신료들이 힘을 합쳐 나가기를 바라시고 있기에 허락하지 않을 수도 있고요."

혜성이 솔직하게 인정하자, 바기가 다시 입을 열었다.

"그렇다면 꼭 사병을 없애는 방식으로 추진해야 하겠습니까? 점진적으로 하거나 다른 방법을 찾을 수는 없을까요?"

"무슨 말씀이신지는 알겠습니다만, 대국의 앞날을 위해서는 결코 물러서거나 미룰 수 없는 문제입니다."

"조정의 앞날을 생각하면 차라리 분란을 조성하기보다는 힘을 모아가는 편이 더 바람직할 것 같은데……."

"힘을 합쳐도 나라의 전도를 보고 행해야지요. 지금 당장 눈앞의 상황에 굴복해 절충하려고 한다면, 그것이 바로 땅따먹기가 되고 나눠먹기가 되는 것입니다. 그건 나중에 두고두고 우환거리가 될 뿐입니다."

"듣고 보니 그렇습니다. 어떻게 하면 서로 자리다툼 하는 것을 없앨 수 있을까 얘기해 왔는데, 다시 원점으로 되돌려 놓았으니……."

바기가 머쓱한 듯 머리를 긁적거렸다. 하지만 조정에 소용돌이가 몰아칠 것 같다는 생각에 마음은 심히 복잡했다. 이런 그의 심리를 알았는지 혜성이 덧붙여 얘기했다.

"부작용이 일어나도 밀고 나가야 하는 이유는 그것이 만년제국의 초석을 다지는 길이기 때문입니다. 천손의 나라를 건설하려면 내부부터 대국의 면모를 갖춰야 합니다. 우리가 거란 원정을 성공적으로 끝내고 대국으로 일어서게 된 것은 왕당군의 직제 개편의 힘이었지만, 그것만 가지고서는 어림도 없습니다. 전국적인 차원에서 일사불란한 지휘체계를 세워야 가능합니다. 여기에 우리 고구려가 나갈 길이 있기에 적극 추진해야 한다고 말하는 것이지요."

"맞소이다. 이런 막중한 과제를 눈앞에 두고, 어찌 조금의 혼란이 인다고 하여 물러설 수 있겠소이까? 구더기가 무서워 장을 못담근다면 말이 안 되지요. 우리가 누구입니까? 대왕 폐하의 정예 사단인 왕당군의 직책을 맡은 사람들이 아닙니까? 우리가 응당 먼저 나서야지요. 대왕 폐하께 진언하고 이를 추진할 수 있도록 우리가 적극적으로 앞장서야 할 것입니다."

바기는 이들의 대화를 들으며 고개를 끄덕이고 있었다. 구구절

절 옳은 소리였다.

"두 분의 말씀을 듣다 보니 내 부끄럽기 짝이 없소이다. 내 미력하나마 여러분들과 함께하겠소이다."

바기는 대왕 폐하를 위해 나름대로 노력했으나, 미래를 내다보고 일을 추진하는 이들의 말을 듣고 보니 뭔가를 깨닫게 되었다

이날 이후 그는 이들과 어울려 별성 방위체계를 세우기 위해 준비를 했다. 이런 그의 행동이 이상했는지 하루는 아버지 돌벼가 그를 불러 물었다.

"요즈음 뭐가 그리 바빠 얼굴도 보기 힘든 게냐? 도대체 무슨 일을 하고 다니는 것이냐?"

"별일 없사옵니다. 그저 왕당군의 일을 하다 보니……."

바기가 아무 일도 없다는 듯 태연하게 대답했다. 자기가 하는 일을 안다면 분명 아버지가 노여워할 것이 분명했기 때문이다.

"왕당군에서 뭔가 준비하고 있다는 소문이 돌던데, 도대체 무슨 일이 벌어지고 있는 게냐?"

돌벼의 집요한 물음에 바기는 어차피 피할 수 없다고 여기며 간단하게 대답했다.

"왕당군에서는 만년대국의 초석을 다지고자 준비하고 있사옵니다."

"뭐, 만년대국의 초석이라고……. 그게 뭔 소리냐?"

돌벼가 눈을 커다랗게 뜨며 되묻는 말에 바기는 혜성, 부살바와 나눈 얘기를 차분하게 들려주었다.

바기의 말을 들은 돌벼는 직감적으로 드디어 올 것이 왔다는 생각이 들었다. 성 방위체계를 정비해 군사와 행정의 일원적 지휘 체계를 세운다는 것인데, 그것은 결국 문벌들의 힘을 약화시키는 것이었다. 이제 왕권을 더욱 강화할 시기가 도래했다는 판단 아래 청년장수들이 앞장서서 나서겠다는 의미였다.

돌벼는 사병을 없앤다는 것은 원로들이 의지하고 있는 힘을 아예 뿌리째 뽑겠다는 것이기에 일정 정도 혼란이 일 것으로 생각했다. 물론 그것에 동의할 수 없었다. 그런데 난감한 것은 그들에게 대항할 힘이 없다는 점이었다.

"그래서 너는 거기에 동참하겠다는 게냐?"

"사병 제도를 폐지하겠다는 것이 원로들을 반대하는 것도 아니고, 그 진의는 대제국의 초석을 쌓겠다는 것인데, 그것이 틀린 것은 아니지 않사옵니까? 소자는 그들이 하는 대로 따르고자 하옵니다."

"뭐라?"

"아버님, 우리가 사병을 내놓은 것이야 아쉽기는 하지만, 그래도 그것이 궁극적으로 나라를 위한 길이 아니옵니까?"

"무어라? 이런 못난 놈. 이놈아, 사병은 우리의 최후 보루야. 그런데 그걸 그렇게 달랑 내줘. 그리해서 이 가문을 어떻게 이끌고 가겠다는 게야!"

돌벼는 세상 물정을 모르고 얘기하는 바기가 한심스러워 보였다. 저런 바보 같은 놈이 가문을 이끌고 간다니 암담하기 짝이 없었다.

"그럼 대왕 폐하께 맞서겠다는 것이옵니까? 그럴 수도 없잖습니까?"

돌벼는 대꾸하지 못했다. 문제의 관건은 바로 그것이었다. 차라리 담덕에게 대항하지 못할 바에는 그냥 세상 좋은 내로 따라가는 것이 현명한 방법이기도 했다. 바기 같은 처신이 가문을 지킬 수도 있다는 판단에 돌벼는 더 말하지 않았다.

돌벼는 며칠 동안 이 일을 어떻게 처리할까 궁리했으나 별다른 묘안이 떠오르지 않았다. 하지만 그저 넋 놓고 사병을 뺏길 수도 없기에 이대로 앉아 있을 수만은 없다고 판단했다. 그렇다고 담덕에게 대항할 생각도 없었다. 강력한 왕당군을 상대로 싸움을 거는 것은 저 스스로 무덤을 파는 길임을 그는 너무나 잘 알았다.

저항할 의사도 없지만, 그렇다고 기반을 넘겨줄 수도 없다고 생각하니 자연스럽게 떠오르는 사람이 있었다. 장협과 달삼이었다. 이런 문제에 있어서 그들은 이해관계를 같이할 수 있는 사람들이었다. 특히 장협이라면 적극 반대할 게 분명했다.

왕당군의 의견대로 한다면 가장 타격을 받을 사람이 장협이었다. 장협은 국상에 오른 이후 계속 사병을 확대하고 있었다. 강력한 군사력을 갖추는 것이 자기의 취약성을 보완해 줄 것이라 여기고 강력하게 추진해 왔기에, 이제 그의 주위에는 사병이 엄청나게 불어나 있었다.

'가만히 앉아서 당할 수는 없고…… 아니 이러고 있을 때가 아

니야! 일단 국상을 찾아가 봐야지!'

돌벼는 밑져야 본전이라는 생각에 장협을 찾아가 왕당군의 의도를 알리고, 이에 공동 대처해야 한다는 판단을 내렸다. 설사 성공하지 못하더라도 바기가 왕당군과 함께하니 마지막 보루는 갖춰진 셈이었다. 장협이 나서면 따르면 될 것이었다. 먼저 앞장서고 싶은 마음은 추호도 없었다. 일단 원로들의 의견을 하나로 모으는 것이 절실했기에 시간을 지체하고 있을 수는 없었다.

돌벼는 부랴부랴 옷을 입고 나갈 채비를 서둘렀다. 쫓기듯 허둥대며 장협의 처소를 향했다. 장협의 문을 두드리니 반갑게 맞아 주었다.

"사돈어른께서 집을 찾아 주시다니……. 이게 얼마 만입니까?"

"그러게요. 그동안 제가 무심했습니다. 귀한 딸을 보내주시고 그랬는데, 진작 찾아뵈어야 했습니다만……."

"불민한 자식이 속이나 안 썩히는지 걱정이었는데, 그리 말씀하시니 안심입니다. 마침 술 생각이 나서 한잔하려던 참인데 잘 오셨습니다."

장협의 안내를 받아 돌벼는 안으로 들어갔다. 장협의 거처는 의외로 조용했다. 아직 왕당군의 움직임을 모르고 있는 것이 분명했다.

그들이 자리를 잡자 이내 술상이 들어왔다. 돌벼가 장협의 잔을 채워주며 말을 꺼냈다.

"왠지, 요 근래 부쩍 술 생각이 많이 났는데, 국상께서도 그러신다니 잘 됐습니다그려."

"무슨 걱정이 있으신 것은 아니지요? 우리 서로 술이 동했나 본데, 한잔 쭈욱 들이키시지요. 술을 마시는 데는 옛 사람이 최고지요."

"그렇지요. 안주 중에서 최고는 역시 오랜 인연을 쌓고 살아온 두터운 정이라 할 수 있지요."

"맞는 말씀입니다. 그리고 보니 우리가 함께 부대끼며 살아온 지가 어언 오륙십 년이 되어 가니…… 우리 인연도 어지간한 게 아닙니다."

장협은 돌벼의 말에 맞장구치며 무엇 때문에 이렇게 불쑥 찾아왔는지 궁금했지만 알 도리가 없었다. 지금까지 발길을 뚝 끊었던 그가 무슨 급한 사연이 있지 않고서는 올 리가 없는 것이다.

돌벼는 어떻게 말을 꺼내야 할지 난감했다. 장협의 말마따나 원로대신들이 힘을 합쳤다면 이런 상황까지 밀리지 않을 수도 있었다. 이제 와서 그런 얘기를 한다는 것이 왠지 속 보이는 짓 같았다. 그러나 말해야 했다.

마침내 장협의 눈치를 살피던 돌벼가 입을 열었다.

"요즈음, 내정 개혁이 거론되고 있다고 하던데, 국상께서는 어찌 생각하십니까?"

"내정 개혁이라니요? 처음 듣는 소식인데, 그게 무슨 소리입니까?"

장협이 놀란 듯이 되물었다. 기필코 올 것이 왔다는 낭패감에 젖은 표정이었다. 이를 본 돌벼가 대수롭지 않은 일이라는 듯 흘려 얘기했다.

"자세한 내막이야 모르겠지만, 왕당군 내부에서 행정과 군사를 대왕 폐하의 명을 직접 받드는 일사불란한 지휘계통으로 개혁해야 한다고 말들이 많은 모양입니다."

고개를 끄떡이며 듣는 장협의 얼굴은 다시 차분하게 바뀌고 있었다. 벌써 그의 뇌리는 이런 상황에 대해 이해득실을 따지고 있었다.

그는 왕당군의 직제 개편을 추진할 때부터, 그것은 앞으로 전국적 차원의 직접적 지휘계통을 확립하려는 사전 작업이라고 예측했다. 그래서 원로대신들에게 힘을 합치자고 주장했건만, 그들은 당장 기반이 위협당하지 않는 것에 안도하며 담덕 앞에 굴복했다. 이제 기반이 송두리째 뽑힐 처지에 놓이게 되었으니, 자기를 중심으로 뭉칠 수밖에 없을 것이라고 생각했다.

돌벼가 다시 조심스럽게 말을 이었다.

"일사불란한 명령 체계를 세우자는 것은 각 부가 가지고 있는 사병들을 없애겠다는 것이겠지요."

"아마 그렇겠지요."

장협의 어조는 담담했다. 그가 나서지 않아도 이제 원로대신들이 달라붙게 된 상황이었다.

"각 부가 사병을 거느리고 있는 것은 나라의 관례인데 말입니다."

"말해 뭐 하겠습니까? 그거야 당연한 말씀이지요."

장협이 맞장구치며 돌벼의 다음 말을 기다렸다. 이윽고 돌벼가 속내를 내비쳤다.

"그러면 지금이라도 우리가 힘을 모아 관례를 지키도록 해야 하지 않겠습니까?"

"그야 여부가 있겠습니까? 우리가 서로 힘을 모은다면 그렇게 만만히 추진하지는 못할 겁니다. 이 나라가 대체 누구의 나라입니까? 바로 우리 귀족들의 나라이지요. 아니 그렇습니까?"

서로의 공통적인 이해관계 앞에 그들은 손쉽게 합의했다. 그런 속에 돌벼가 장협의 등을 떠밀었다.

"국상께서 그리 말씀하시니……. 국상께서 나서신다면 나도 적극 밀어 드리겠습니다."

"제가 무슨 힘이 있겠습니까만 대인의 의견도 있고 하니 내 최선을 다해 보지요. 그러면 대인께서 달삼 대인을 만나 주시면……."

장협도 돌벼의 요구를 흔쾌히 수용하면서 그의 적극적인 움직임을 요청했다. 서로 상대방이 먼저 나서 주기를 기대한 것이었다.

"그거라면……. 내 그리하지요."

돌벼도 만족스럽게 대답했다. 그가 바란 바가 완전히 실현된 것 같았다. 장협이 나서 주고 원로대신들이 뭉친다면 담덕과 청년장군들이 아무리 강력하다 하더라도 쉽게 그들의 의도대로만 끌려가지는 않을 것이었다.

그로부터 얼마 후, 돌벼는 달삼을 찾았다. 달삼은 두우 국상 시절과는 달리 가세가 점점 기울어져 가는 세력이었다. 그래서 더욱 사병에 의존해 어떻게든 기반을 유지하려 할 것이었다. 앞에 나서지는 못할지라도 분위기만 조성하면 같이할 수 있었다.

그를 본 달삼이 놀란 듯한 소리로 얘기했다.

"대인께서 이 누추한 집을 찾아오시다니, 어인 일이십니까? 어서 안으로 드시지요."

"이리 환대해 주시니 고맙소이다."

달삼의 집은 예전과 달리 적막했다. 세상을 적적하게 보내고 있는 것 같았다. 권력의 무상함이었다. 힘이 있을 때는 연줄을 대는 사람들로 바글바글하더니, 별 볼 일 없을 때는 언제 그랬냐는 듯 모른 척하는 것이 냉혹한 현실이었다. 그럴수록 자기 기반을 갖는 것이 더욱 절실해졌다.

단출한 술상 앞에 돌벼가 먼저 가볍게 입을 열었다.

"그동안 별고 없으시지요? 몸은 여전하시고요?"

"보시다시피 만사태평하게 지내고 있지요. 세상일에 거리를 두고 사니 마음이 편안하기만 합니다. 왜 이런 이치를 이제야 깨달았는지 아쉬울 따름입니다."

달삼이 복잡한 세상사에 관심이 없으니 자기는 끼워 넣지 말라고 선을 긋고 나왔다.

"그러고 보니 대인께서 크게 도통하신 모양입니다."

"그리 말씀하시니 민망합니다. 도를 깨우치려면 아직도 멀었지요. 하지만 지금의 생활이 마음에 듭니다."

"대인이 참 부럽습니다. 대인의 말씀을 듣다 보니 나도 대인처럼 세상을 살았으면 하는 마음이 생깁니다. 허나 세상이 그걸 허락하지 않는구려."

"세상이 허락하지 않는다니요? 무슨 일이라도……."

달삼이 되물었다. 돌벼가 찾아온 것은 뭔가 하고 싶은 얘기가 있다는 뜻이었다. 그것은 생각하지 않아도 알 수 있는 바였다.

"요즈음 세상일이 아주 급박하게 돌아가고 있습니다. ……글쎄요. 이 얘기를 어떻게 꺼내야 할는지……."

"……."

"요 근래에 왕당군 내부에서 각 문벌들의 사병을 없애야 한다는 얘기가 있는 모양입니다."

"그래요? 그게 대왕 폐하의 뜻입니까?"

"그런 움직임이 있다는 것이지 그 내막이야 잘 모르지요. 대왕 폐하의 의중인지도 알 수 없지요. 하지만 그쪽 사람들과 대왕 폐하의 관계를 생각하면 짐작 못 할 바는 아니지요."

"하긴 그렇지요."

달삼이 평상심을 되찾았다. 아직도 권력에 미련이 있는 것처럼 보여서 좋을 것이 없었다. 더욱이 대왕은 아들 달기를 황실 수비대 부장에 임명했다. 비록 한때는 두우와 함께했을지라도 새 길에 나선다면 같이하겠다는 암시였다. 나서지 않는 것이 상책이었다.

"각 가문이 사병을 거느리는 것이야 우리 고구려의 오랜 전통인데, 그것을 폐한다면 이 나라가 어떻게 흘러갈지……."

"글쎄요. 내 보기에 왕당군이든 뭐든 간에 이제 대세는 청년장군들에게 있는 것 같습니다. 그런데 그것을 어찌 인력으로 막으려 해서야……."

달삼이 그런 것에는 별로 관심이 없고 대세가 흘러가는 대로 따라가겠다는 뜻을 넌지시 내보였다.

"대세가 무엇인지 저는 우둔해서 잘 모르겠습니다만, 우리 원로들이 힘을 합친다면 청년장군들이 그렇게 쉽게 독주할 수는 없겠지요."

"그럼 대왕 폐하께 맞서겠다는……."

"그 무슨 말씀을……. 그저 각 문벌들이 사병을 데리고 있는 것은 관례라는 것이지요."

달삼의 물음에 돌벼가 깜짝 놀라며 그게 아니라는 뜻을 분명히 밝히면서도, 또한 사병을 잃고 싶지 않다는 뜻을 완곡하게 덧붙였다.

"그거야 맞는 말씀입니다만……."

"그러니 이를 존속시켜야지요. 상황이 이렇게 된 이상 보고 있을 수만은 없지 않습니까? 우리가 서로 힘을 모아 간언해야지요. 장협 국상도 뜻을 같이하기로 했습니다. 달삼 대인도 여기에 함께 하십시다."

"저야 무슨 힘이 되겠습니까?"

"힘이 안 되다니요? 우리 원로들이 힘을 모으면 많은 귀족들이 여기에 동참할 것인데……."

"글쎄요. 저는……. 어쨌든 대인들의 뜻이 아무쪼록 반영되었으면 하는 생각은 듭니다."

달삼은 나서고 싶지 않았다. 대왕의 은혜에 충성으로 보답하지는 못할망정 결코 맞서고 싶지는 않았다. 하지만 기반도 잃고 싶지 않았다. 그래서 내심 다른 원로들이 나섰으면 하는 마음이었다.

돌벼도 달삼의 의도를 즉각 알아차렸다. 그 또한 마찬가지인 것이다. 사병을 거느리고 있는 사람들로서 사병이 갖는 의미가 서로 다르지 않기 때문이었다.

"고맙소이다. 우리 원로들의 뜻이 반영되어야 할 터인데……."

돌벼가 달삼의 손을 잡아끌었고, 달삼은 엉거주춤 손을 내맡겼다. 나서고 싶지는 않았으나 기반을 잃고 싶지 않은 마음이 여전히 내면 깊숙이 잠재해 있었다. 바야흐로 상황은 청년장군들과 원로대신들 간에 접전이 벌어지는 형국으로 치달아 갔다.

38

장협은 '백관 신료들은 입궐하라'는 황명을 받고 안절부절못했다. 필시 대왕께서 조정 백관들을 한자리에 부른 것은 내정 개혁을 밀고 나가려는 의도라고 짐작되었다.

돌벼가 왕당군의 동태를 전해줄 때만 해도 원로들의 반발을 우려해 조금의 시간적 여유를 줄 것이라고 생각했다. 그런데 그 허를 찔러 전격적으로 실시하려는 뜻이 분명했다.

장협은 지금의 세력 관계를 계산해 보았다.

돌벼와 달삼 등의 원로들은 이제야 움직임을 보인 반면에 청년 장군들은 대왕을 중심으로 굳게 단합되어 있었다. 아직 대적하기에는 일렀다. 시간을 끌기만 한다면 승산은 있었다. 청년장군들의 힘은 보이는 힘이지만 원로대신들의 힘은 보이지 않는 잠재적 힘이었다. 원로대신들이 하나로 뭉치기만 한다면 대세를 만들어 갈 수 있었다. 고구려는 귀족들의 나라인 만큼 자연스럽게 원로들의 편에 설 것이기에 세력 관계는 얼마든지 뒤바뀔 수 있었다.

'시간을 끌기만 하면 좋으련만. 시간이 없구나. 시간이 없어!'

장협은 상황이 여의치 않게 돌아감을 한탄하며 입궐 채비를 갖췄다. 그때 밖에서 소리가 들렸다.

"양기 부장이 급히 뵙자고 청하옵니다."

양기는 황실 수비부장을 맡고 있는 자로서 장협이 신임하고 있는 자였다. 입궐해야 할 이 시각에 그가 무슨 일로 보자고 할까 생각하며 맞이했다.

"들라고 하라."

양기가 급보라는 듯 장협에게 예를 취한 후 다급한 목소리로 여쭈었다.

"대왕 폐하에 관한 소식을 들으셨사옵니까?"

"무슨 소식 말인가?"

"폐하의 신변에 이상이 있는 듯하옵니다."

"그게 무슨 말인가? 자세히 말해 보게."

장협이 다그쳤다. 하늘이 자기를 버리지 않았다는 생각에 그의 얼굴은 벌써 생기가 감돌았다.

"확실한 것은 모르겠사오나 대왕 폐하께서 몸져누운 것이 분명하옵니다. 어의가 급히 불려가고, 혜성 중외대부 겸 장사와 창기 장군이 대전으로 급히 들어가는 것을 목도했사옵니다."

"그래! 다른 일 때문에 그럴 수도 있지 않은가? 대왕 폐하가 어떤 분이신데……. 그럴 리가 없을 것이네."

장협이 사건의 진상을 더욱 분명하게 확인할 요량으로 다시 물었다.

"소장도 처음에는 그리 생각했습니다만 그게 아닌 듯하옵니다. 어의가 대왕 폐하를 찾는 것이 이번만이 아니옵고, 전에도 몇 번 있었사옵니다. 그런 것으로 봐서 대왕 폐하의 옥체에 큰 이상이 있는 게 분명하옵니다."

"전이라…… 전에도 그랬단 말인가?"

"소장이 보기에는 분명 그렇사옵니다. 확실할 것이옵니다."

담덕의 몸에 이상이 있다면 왕당군과 청년장군들의 계획은 일단 물 건너간 것을 의미했다. 그의 몸이 정상이 아닌 상황에서 행정과 군사 체계를 새롭게 정비할 수는 없었다.

장협의 얼굴은 환해졌다. 담덕에게 불상사가 생긴다면 거련 왕자는 아직 세 살에 불과하니, 국상인 그가 모든 전권을 행사할 수 있는 위치에 있었다. 그래도 돌다리도 두드리고 간다는 심정으로 조심스럽게 다시 물었다. 상황을 잘못 파악해 일을 그르칠 수 없음이었다.

"그럼 입궐하라는 명은 무엇인가? 그렇게 옥체에 이상이 있다면 말일세."

"그건 정확히 모르겠사옵니다. 하오나 이번 일은 입궐을 명하고 난 이후의 일인지라……."

"그러면 지금 입궐 시각이 얼마나 남았지?"

조정 백관 회의가 연기될 수 있는가를 묻는 질문이었다.

"상황이 어떻게 변할지는 모르겠사오나 지금 출발하셔야 할 것 같사옵니다."

"하긴 두고 보아야 할 일이군. 어쨌거나 빨리 황궁으로 들어가 봐야겠군."

"그럼 이만 물러가겠사옵니다."

"수고가 많았네. 앞으로도 계속 상황을 파악하고 수시로 보고토록 하게. 내 양기 장수의 공을 잊지 않을 것이네."

"황공하옵니다. 소장은 국상 대인만 믿사옵니다."

양기가 물러간 후 장협은 다시 정리해 보았다.

담덕의 몸이 아프다니, 그토록 담대하고 강건했던 대왕이 어의를 부를 정도로 건강이 악화되다니, 이건 그가 생각지 못한 횡재였다. 도저히 믿을 수 없는 일이기도 했다.

장협은 자신감이 충만한 표정으로 집을 나섰다. 일이 안 되려면 뒤로 넘어져도 코가 깨지지만, 잘 풀어지려면 이렇게 하늘이 도와준다는 생각이 들었다. 그러고 보면 자신은 참 재수가 좋은 놈이라는 생각마저 들었다. 모든 것이 잘 풀어질 것 같은 기분에, 손에 힘이 들어갔다.

장협은 황궁 앞에서 연신 헛기침을 했다. 입궐하라는 전갈을 받고 괜히 마음 졸였던 일을 완전히 떨쳐 버리고 입궐하고자 함이었다. 하늘마저 그의 편이니 만사형통으로 일이 풀어질 것 같았다. 대왕이 몸져누우면 다시 국상의 권력이 강화될 것은 필연적 이치였다.

장협이 황궁으로 들어가니 벌써 국성에 있는 대신들은 도착해 있었다. 그들은 삼삼오오 모여 말들을 나누고 있었다.

장협은 이들을 쭉 훑어보며 청년장군들을 찾았다. 모두루와 부살바는 도착해 있었으나 혜성과 창기는 보이지 않았다. 분명 양기가 보고한 게 맞는 것 같았다. 그러나 완전히 마음을 놓을 수는 없었다. 대왕 폐하가 쓰러졌다면 백관 신료들과의 만남을 연기할 것인데 그런 소식이 전달되지 않고 있었다.

"국상 대인께서 나오셨구려."

"다들 잘 지내셨지요?"

"잘 지내다마다요. 요즈음 같은 태평성대에 무슨 근심이 있겠습니까?"

"나야 별 탈 없이 잘 지내고 있지요."

장협을 아는 신료들이 한마디씩 건넸다. 그는 이들의 말에 건성건성 대답하며 돌벼를 찾아보았다. 그도 벌써 당도해 있었다.

장협을 보더니 그가 먼저 아는 척 다가왔다.

"대왕 폐하께서 조정 신료들을 부르신 것을 보면 단행하시겠다는 뜻이겠지요."

"그럴 것으로 보입니다만……."

"대왕 폐하께서 이토록 빨리 처리하실 줄은 미처 생각지 못했습니다."

"그러게 말이오. 그런데 달삼 대인은 만나보셨습니까?"

"만났지요. 달삼 대인도 우리와 똑같은 처지인데 달리 생각할 게 뭐 있겠습니까?"

"그럼 되었습니다."

"되었다니요? 그게 무슨 말씀이신지……."

돌벼가 긴장된 얼굴로 장협을 쳐다보았다. 대왕 폐하와 정면으로 대적하겠다는 뜻인지 의아했기 때문이다. 지금 그럴 수 있는 처지가 아니라는 것을 약삭빠른 장협이 모를 리 없는데, 되었다니? 도대체 감을 잡을 수가 없었다. 혹시 이 사람이 자기를 물고 늘어지려는 것이 아닌가 하는 의구심마저 들었다.

"아직 소식을 듣지 못한 모양이구려."

"소식이라니요?"

"확실한 것은 잘 모르겠지만 대왕 폐하의 신변에 무슨 일이 생긴 듯합니다."

"아니 무슨! 어느 누가 감히 대왕 폐하를……."

"아─아! 그게 아니라 대왕 폐하께서 어디 편찮으신 모양입니다."

"대왕 폐하께서요?"

돌벼의 목소리가 갑자기 커졌다. 원체 기골이 장대한 데다 무
공으로 단련된 분이 아프다니 있을 수 없는 일이었다.

"쉿! 목소리를 낮추세요."

"그게 사실이라면 이번 일은 없었던 일로 되겠습니다그려."

"그럴 가능성이 크지만, 아직 속단할 수는 없지요. 어쨌든 시간
을 차일피일 미루면 될 것 같습니다. 이제 시간은 우리 편이니까
요. 흐－흐!"

돌벼가 시름이 한순간에 걷힌 듯 환하게 웃었다. 두 사람은 다
시 아무 일 없다는 듯 태연하게 일상사를 주고받았다. 이때 혜성
과 창기가 들어왔다. 그 순간 두 사람의 눈동자가 그들을 향했다.
긴장하고 있는 듯한 모습을 확인한 두 사람은 분명 뭔가 있다는
눈짓을 서로 보냈다.

"대왕 폐하! 납시오."

담덕을 모시던 내관이 고하자, 모두들 대왕에 대한 예를 취했다.

담덕은 자리에 앉으며 문무백관들을 둘러보았다. 문무백관들
은 담덕을 주시하며 다음 하명이 있기를 기다렸다. 그 시간은 한
순간이었으나 꽤 긴 시간처럼 느껴졌다.

담덕은 다시 머리가 어지러움을 느꼈다. 계속 무리한 것이 도
진 모양이었다. 몸에서 기력이 다 빠져나가 쓰러질 것만 같았다.

담덕이 백관 회의를 준비하다가 의식을 잃고 정신을 되찾았을 때, 혜성과 창기가 사색이 되어 어전으로 들어왔다. 황후가 이들에게 급히 알린 모양이었다.

"대왕 폐하! 이게 어찌 된 일이시옵니까?"

"아아, 괜찮습니다. 잠시 어지러워 그런 모양이오. 이제 다 괜찮아졌습니다."

"신들이 대왕 폐하를 잘못 모셔서, 이리되시다니……."

　주군을 모시는 신하로서 대왕의 옥체가 이런 지경인지도 모르고 있었다는 것에 창기가 고개를 떨구며 자책했다. 이에 혜성이 울먹거리며 덧붙였다.

"폐하께서 이러신 줄도 모르고 신은 주청만 하고 있었으니……. 소신을 책망해 주시옵소서."

　혜성은 얼마 전 담덕에게 개혁을 단행할 것을 주청했다. 그때 담덕은 묵묵히 듣고만 있었는데, 오늘 백관회의를 소집한다는 명을 알려 왔다. 이것을 보고 혜성은 그 부작용을 최소화하고자, 전격적으로 단행하시려는 것으로 생각했다. 혈색이 안 좋아 보였지만, 건강이 이리 악화된 상태라는 것은 미처 파악하지 못했다. 그 당시 대왕의 심정이 어떠했겠는가를 생각하니 목이 메어 온 것이다.

"그런 말씀 마시구려. 내 혜성 중외대부의 충정을 어찌 모르겠소? 내 그래서 그리하고자 함이 아니오?"

"아니옵니다, 대왕 폐하! 먼저 기력을 회복하시옵소서."

　어찌 됐든 대왕의 건강이 중요했다. 대왕께서 건재해야 그들이 있고, 고구려의 앞날이 있을 수 있었다.

"그러하옵니다. 옥체만을 먼저 생각하셔야 하옵니다."

"내 그 마음 압니다. 허나 이제 걱정하지 않으셔도 됩니다."

"아니 되옵니다. 대왕 폐하! 오늘 조정 백관회의를 미루시옵소서."

"그렇게 하시옵소서."

"괜찮습니다. 정말 괜찮아요."

담덕이 예정대로 밀고 나가려는 것을 본 혜성은 여기서 물러설 수 없다고 판단했다.

대제국의 건설은 대왕께서 굳건히 서 있어야 가능한 일이었다. 대왕의 어깨에 고구려 운명이 달려 있는데, 이리된 것만 해도 먹구름이 몰려오는 격이었다. 여기서 더 무리해서 정말 쓰러지기라도 한다면 각 문벌 세력들이 또 들고 나설 것이고, 그러면 나라는 한바탕 회오리바람이 일 수 있었다. 절대 양보할 수 없는 일이었다.

"대왕 폐하! 천손의 나라로 우뚝 설 그날을 생각하셔야 하옵니다. 오늘의 이 사사로운 일에 얽매이신다면 큰 과업을 그르칠 수 있사옵니다. 조정 백관회의는 연기해도 무방하옵니다. 지금은 먼저 옥체를 보살피는 것이 급선무이옵니다. 신의 청을 가납하여 주시옵소서."

"통촉하시옵소서."

담덕은 혜성과 창기를 조용히 바라보았다. 이들은 언제 봐도 믿음직했다.

"내 이런 모습을 보여주어 미안하오. 허나 조정 백관들과 한 약속은 지켜야 할 것입니다. 괜찮아졌으니 너무 염려하지 않아도 됩니다. 자, 보십시오."

담덕이 팔을 걷어붙이고 불끈 주먹을 쥐어 보였다. 물론 마음속이야 쉬고 싶었다. 그러나 이를 받아들일 수 없었다. 이미 대제국 고구려를 건설하겠다고 만백성들에게 약속한 몸이었다. 그렇다면 자기 자리를 지켜야 했다.

담덕이 간언을 받아들이지 않자 그들도 물러서지 않았다.

"대왕 폐하! 통촉하시옵소서."

"자—자, 그만하면 됐습니다. 내 그렇게 쉽게 쓰러질 사람이 아닙니다. 설사 쓰러진다고 해도 내 있어야 할 자리에서 쓰러져야지요. 그렇지 않습니까? 아—아, 그리고 다른 장군들께는 이런 사실을 알리지 마시구려. 괜한 걱정을 할까 봐서 그렇습니다."

"대왕 폐하!"

혜성과 창기는 일어나지 못하고 소리 없이 흐느꼈다. 결의에 찬 대왕 폐하 앞에서 절로 목이 메었다.

"신료들과의 회의를 준비하도록 하시오."

"대왕 폐하!"

"어서 일어나 나가 보도록 하세요. 내 곧 가겠소."

이제 나라의 기틀을 잡았기에 나래를 펴고 전진해야 했다. 사부께 맹세하고 혈맹동지들과 함께 다짐한 그 꿈의 실현은, 오늘의 이런 어려움을 극복하는 데 있었다. 난관이 조금 있다고 뒤로 미룬다면 대제국의 꿈은 희망 사항에 지나지 않을 것이었다. 그래서 담덕은 강행할 결심을 늦추지 않았던 것이다.

담덕은 가까스로 조정 백관회의 자리에 왔으나 벌써 몸은 녹초가 되었다.

담덕은 입술을 깨물었다. 여기서 주저앉을 수 없었다. 만약 지금 제대로 내정을 정비하지 못한다면 앞으로 대제국을 향한 그 길에 차질이 빚어질 수밖에 없을 터였다. 만백성이 평안하게 사는 세상을 펼치기 위해서는 이 고비를 넘겨야 했다.

"조정 백관 신료들은 들으시오."

담덕이 잠시 멈추었다가 숨을 길게 내쉰 다음 다시 말을 이었다.

"지금 우리는 대제국으로 비상해야 합니다. 그런데 안타깝게도 이런 때 평양 성주 고연 장군이 돌아가셨습니다. 참으로 가슴 아프기 짝이 없습니다. 후임으로 평양성에 나가 있는 다기 장군에게 그 직책을 맡기고자 합니다. 아울러 대제국으로 비상하기 위한 대책을 강구하고자 여러분을 보자고 했습니다. 기탄없이 의견들을 고해 주시기 바랍니다."

장내는 조용했다. 담덕의 목소리가 예전처럼 활기차지 못한 데다 병자처럼 낮게 가라앉아 있었기 때문이었다. 대신들은 이를 의아하게 여겼다.

장협은 강인한 의지로 버티고 앉아 있는 담덕의 얼굴을 유심히 살펴보았다. 조금만 기다린다면 상황이 유리하게 전변될 것 같았다. 하지만 그 생각을 비웃기라도 하듯 혜성이 나섰다.

"신 중외대부 혜성 아뢰옵니다. 대제국으로 비상하려면 내정부터 대국의 면모로 혁신시켜야 할 것으로 사료되옵니다."

"내정이 안정되어 있지 못하다는 말이오?"

장협이 반문하고 나섰다.

"그것이 아니라 대제국의 면모로서 아직 부족하다는 것이지요. 우리 고구려는 사방이 외적으로 둘러싸여 있는데, 이를 막을 중심 거점이 튼튼하지 못하고 행정과 군사 체계도 일원화되어 있지 못하옵니다. 그런데다 각 부가 거느린 사병이 모두 직접적으로 관군에 편입되지도 않고 있어 군사 지휘체계도 통일되어 있지 않습니다. 이를 해결하지 않고서는 외적의 침입을 효과적으로 방어할 수 없을 뿐만 아니라, 위력한 나라로 거듭날 수 없사옵니다. 이제 천손의 나라로 우뚝 서자면 그에 걸맞게 내정의 기본 토대를 손색없이 정비해야 하옵니다. 그러자면 별성체계를 수립하여 행정과 군사 등 모든 방면에 걸쳐 일원적 지휘계통을 세워 내는 것이 그 방안이 될 것이옵니다."

장내는 순식간에 얼어붙었다. 대왕을 중심으로 군사와 행정을 개혁하자는 의견이었으나, 그 주장의 핵심에는 각 문벌들의 사병을 폐지하라는 요구가 담겨 있었다. 이것은 원로대신들의 이해관계와 직접적으로 상충되었기에 모두들 민감하게 반응했다.

"다른 분들의 의견은 어떠합니까?"

"신 장협, 아뢰옵니다. 내정을 정비해야 한다는 주장은 일리가 있사옵니다. 그러나 지금까지 각 부가 사병을 거느려 왔던 관례가 있고 하니, 순리적으로 해결하심이 옳을 듯하옵니다."

어떻게든 시간을 끌어 보고자 하는 술책이었다. 이에 돌벼가 장협을 거들고 나섰다.

"맞사옵니다. 오랜 전통을 당장 폐지하면 큰 혼란이 야기될 수도 있사옵니다. 순차적으로 하자는 국상의 의견이 타당하다고 사료되옵니다."

서로 양보할 수 없는 이해관계의 대립이 갈등으로 번져가면서 분위기는 점차 험악해져 갔다. 그런 가운데 부살바가 일어섰다.

그는 담덕의 몸이 심상치 않다는 것을 느끼고 있었다. 논의를 빨리 매듭지었으면 하고 바랐는데, 상황이 여의찮게 돌아가자 그 또한 밀고 나가기로 작정한 것이다.

"순리를 따진다고 해도 내정을 획기적으로 바꾸는 것이 옳사옵니다. 고구려는 온 백성의 나라이옵고, 백성의 중심에는 대왕 폐하가 서 계십니다. 그러니 마땅히 대왕 폐하를 중심으로 군사와 행정 체계를 일원적으로 바로 세워야 할 것으로 사료되옵니다."

"내정을 정비하자는 것에 반대하는 것이 아닙니다. 다만 시간을 두고 해 나가자는 것이지요."

장협이 또 나서서 물고 늘어졌다. 이에 모두루가 두루뭉술 넘어가려는 장협의 태도에 쐐기를 박고자 물었다.

"장협 국상께서도 반대하지 않는단 말씀이십니까? 그럼 묻겠습니다만 국상께서도 사병을 내놓을 수 있다는 말씀으로 받아들여도 된다는 것입니까?"

"그거야……. 그렇지요. 나라를 위하자고 하는 것인데, 어찌 나라고 내놓지 않겠습니까? 단지 지금까지 관례도 있고 하니, 그것을 갑자기 없애려고 하면 혼란이 일어날 수도 있는지라, 그 점을 고려해서 순리적으로 추진해야 한다는 것이지요."

신료들의 의견은 겉으로 보면 하나로 조율되는 것처럼 보였다. 하지만 내심은 서로 달랐다. 원로들은 어떻게든지 차일피일 시간을 끌어 무산시키려는 의도였다. 그들의 마음을 모르는 바는 아니지만, 어떻게든 사병 문제는 이들과 함께 일을 추진해야 했다. 힘으로 밀어붙이려고 했으면 이런 회의를 열 필요조차 없었다. 칙서를 내리면 그만이었다.

담덕은 머리가 어지러워지면서 눈앞에 희뿌연 안개가 서려 왔다. 그러나 자세를 흐트러뜨릴 수 없었다. 경청하려면 할수록 윙윙거리는 소리만 들려왔다.

담덕은 더 이상 듣고 있기가 힘에 겨워 조용하게 입을 열었다.

"신료들의 의견은 잘 들었습니다. 순리적으로 추진하자는 의견으로 모아졌으니 그렇게 하도록 합시다. 그러나 명심해야 할 것은 대제국의 초석을 쌓기 위해 내정을 정비한다는 것입니다. 이 사실을 추호도 잊지 말아야 할 것입니다. 그러면 국상을 위시한 원로대신들과 청년장군들은 서로의 지혜를 모아 이를 추진해 주기 바랍니다."

원로대신들과 청년장군들이 서로 의견을 하나로 모아 추진하

라는 담덕의 명이었다. 신료들은 서로의 입장이 일정 부분 반영
된 것에 만족했다.

"대왕 폐하의 명을 받들겠사옵니다."

이제 공은 바야흐로 이를 어떻게 추진하느냐에 달려 있게 되었
다. 그러나 여기에는 꿍꿍이가 서로 달랐다.

담덕이 말을 마치고 일어서려고 하다가 다시 자리에 털썩 주저
앉고 말았다.

"대왕 폐하!"

이를 본 신료들이 엎드려 부복했다. 담덕을 수호하는 오골승이
재빨리 다가가 그를 부축하며 나갔다.

장협은 담덕의 뒷모습을 유심히 지켜보았다. 그가 생각했던 것
보다 건강이 매우 안 좋은 상태인 것이 분명했다.

제아무리 담대한 웅지를 품고 있다손 치더라도 저토록 몸이 상
했으니 어찌하겠는가? 원로대신들도 저 모습을 보았으니 이제 서
서히 고개를 들 것이다.

'아, 이제 장협의 시대가 오는구나. 담덕이 없는 청년장군들이
야 이빨 빠진 호랑이에 불과한 것. 아직 왕자는 젖먹이니 감히 누
가 나를 넘보겠는가.'

장협의 얼굴에는 회심의 미소가 피어올랐다.

5장
아신왕의 항복을 받고

39

국성의 겨울은 유난히 얼어붙었다. 혹한 때문이 아니라 원로대
신들과 청년장군들의 대립이 날로 더해 갔기 때문이다.

담덕이 조정 신료들의 의견을 모아 내정을 정비하라는 지시는
서서히 물 건너가고 있었다. 청년장군들은 그 명을 따르려 하였
으나, 원로대신들의 미루기 작전으로 합의점을 찾지 못하고 원점
만 맴돌고 있었다.

이런 분위기가 답답했던지 길동은 영무를 불러 놓고는 잠시 말
이 없었다.

영무는 길동의 태학 후배였다. 길동이 국성의 수비대 부장에

오르면서 데리고 온 청년이었다. 길동은 여전히 태학 같은 곳에서 비지땀을 흘리며 수련하는 젊은 청년들의 기상을 배워야 한다고 여기고, 태학의 후배들과 여러모로 교우하고 있었다. 후배들 또한 그런 그를 잘 따르고 있었다.

"왜 그러십니까? 하실 말씀이 있으면 편히 하시지요."

평시와 달리 바라보기만 하는 길동을 보며 영무가 조심스럽게 물었다.

길동은 의태가 비명횡사한 후 친구의 원수를 갚기 위해 헌칠과 뇌도를 찾아 헤맸다. 그들의 죄를 묻지 않는다면 의태가 구천을 떠돌 것 같았기 때문이다. 그들을 찾을 수가 없자, 그는 분노를 삭이지 못하고 두우를 따르던 그 졸개들에게나마 죄를 물으려 했다.

그때 대왕께서 사적인 보복을 금하고 죄과에 따라 벌을 받도록 하라고 엄명하셨다. 대왕의 지시를 받고 보니 감정적인 분에 이끌려 행동했음을 깨달았다. 그것은 의가 아니라 의를 앞세운 보복이었다. 의기를 세워 의로운 세상을 만들어 보자는 의태와의 약속과도 배치되는 행위였다. 그는 다시금 새롭게 마음을 다잡았다.

그 이후 그는 태학에서 젊은애들을 규합하기 위해 앞장섰고, 상무정신을 함양하기 위해 노력했다. 또 백제의 전략적인 거점을 장악하려는 대왕의 의지를 받들어 전장에 참여하였고, 관미성을 함락하는 데 공을 세웠다.

국성 수비대 부장직에 임명된 후 길동은 국성의 안전을 돌보기 위해 만전을 기했다. 특히 대왕이 전장으로 떠났을 때, 후방의 안전 보장은 대왕의 뜻을 펴게 하는 담보라는 것을 자각하며, 혜성과 모두루의 지시를 받아 적극 움직였다.

그런데 대왕이 거란 원정을 마치고 돌아온 이후 국성의 상황은 의외로 좋지 않았다. 대국 건설의 내적 기반을 완비하자는 방안을 놓고 청년장군들과 원로대신들의 알력이 더욱 깊어 갔다. 엎친 데 덮친 격으로 대왕의 건강마저 악화되면서 더욱 어렵게 돌아갔다.

진퇴양난 속에서 처음엔 청년장군들의 조치를 기대하였다. 그들이라면 뭔가 뚝심 있게 추진해 나갈 것이라고 본 것이다. 그러나 시일이 흘러가도 아무런 후속 조치가 없자, 이러다간 대제국의 꿈도 중도반단 될 수 있다는 위기감이 들었다.

이리저리 모대기다가 그는 혜성 중외대부를 찾아가 타개책을 물으려 하였다. 그러나 이내 혜성이 왜 나서지 않는가에 대한 의문을 갖게 들었다.

"필시 이유가 있을 것인데……."

계속 고민하다 보니 이 문제는 자신들이 해결해야 할 과제라고 여기게 되었다.

더욱이 청년장군들은 지난날 두우 국상이 있을 때에도 청년대회를 개최하여 나라의 기상을 세워 내지 않았는가? 그때보다 더 유리한 조건에 있는 지금에서, 그런 문제 하나 처리하지 못한다면 열혈남아로서의 수치라는 생각까지 들었다. 그래서 해결책을 모색해 보고자 영무를 부른 것이다.

"아무래도 우리가 나서야 할 것 같네."

자신의 결심을 피력하듯, 길동이 단숨에 결론부터 꺼내 들었다.

"어찌하자는 말씀이신지······."

"내정을 완비하자는 말이 나온 지가 언제인데 원로대신들은 허송세월 시간만 낭비하고 있네. 그들은 사병을 내놓고 제대로 된 개혁을 할 뜻이 없는 게 분명해. 이렇게 차일피일 미뤄지다가는 정말 개혁이 좌초되고 말 것이네. 뭔가 결단을 내리도록 해야 하지 않겠는가?"

"그 점에는 저도 동감입니다. 하오나 청년장군들도 가만히 있는데, 우리가 나선다고 해서 될 일인지 그게 걱정입니다."

"나도 처음에는 그리 생각했네. 그러나 아닐세. 그분들이 힘이 없어서 그걸 못 밀어붙이겠는가? 아니면 그 무슨 지혜가 모자라서 그러겠는가? 필시 그것은 아닐 것일세."

"그렇다면 무슨 이유 때문이라고 보시는지······."

"그건 분명 때를 기다리고자 함일 것이네."

"그거야 이해됩니다만, 원로대신들이 저러는 것은 대왕 폐하의 옥체 때문이 아닙니까? 우리가 나선다고 해도 회복되시지 않는다면 과연 가능하겠는지 그것도 우려가 됩니다."

"대왕 폐하께서 왜 옥체도 돌보지 않고 밀고 가려고 했겠는가? 여기에 나라의 활로를 걸고 있음이 아니겠는가? 이를 안다면 우리가 나서야 할 것일세. 원로대신들이 반발하지 못하도록 분위기를 조성하면 분명 돌파구가 마련될 것이네. 지난날 청년장군들은 우리보다 더한 악조건에서 그리했지 않는가? 지금은 그때보다 훨씬 상황이 좋네. 그런데 이를 못 한다고 해서야 어찌 우리가 고구려의 남아라고 할 수 있겠나?"

"좋습니다. 우리도 한번 기개를 보여줘야지요. 그리하겠습니다. 그런데……."

영무가 흔쾌히 찬성해 놓고도 뭔가 걸리는 것이 있는지 우물쭈물했다. 길동이 다시 물었다.

"무슨 문제라도 있는가?"

"젊은애들을 나서게 하는 것이야 어렵지 않습니다. 하지만 지금 태학을 비롯해 여러 곳이 은연중에 두 패로 갈려 있습니다. 이를 어찌해야 할지…… 잘못하면 그 분열이 표면화될 수도 있는지라……."

영무의 말은 지금 젊은이들의 상황을 정확하게 지적해 낸 것이었다. 청년장군들이 권력의 핵심에 등장하면서 많은 젊은이들이 의기를 드높이는 대로 나아갔다. 하지만 이런 흐름 속에서 서서히 자리다툼의 기류가 나타났다. 흥덕이 태학을 맡으면서 나타난 현상이었다.

흥덕은 장협이 국상임을 강조하며, 장협을 지지하면 그에 상당한 대우가 있을 것처럼 행동하며 젊은 생도들을 부추겼다. 사실 그쪽에 있었던 석재와 양기는 국성 수비대부장과 황실 수비대부장으로 임명되어 빠른 출세 가도를 달리고 있었다. 그러다 보니 많은 젊은애들이 겉으로는 그러지 않은 척해도 그들의 주위로 모여들었다.

상황이 이러하니 잘못 움직였다가는 둘로 쪼개지는 모습이 나타날 수도 있었다. 그러면 더욱 심각해질 수가 있었다.

"무슨 말인지 알겠네. 그런 불상사가 벌어지면 안 될 일이지. 우리들마저 분열된다면 그야말로 더 큰 혼란에 빠지는 격이 아닌가? 그 대책은 내 다시 생각해 보겠네. 하지만 어떤 경우가 있더라도 우리가 나서서 돌파구를 열어야 할 것이네."

당장 마땅한 대책이 떠오르지는 않았지만, 그 과제는 분명 자신들이 담당해야 할 일인 것만은 분명해 보였다. 영무 또한 그 점에 동감을 표시했다.

"그야 여부가 있겠습니까? 설사 무슨 일이 있다손 치더라도 밀고 나가야지요."

"그러면 우선 자네는 주위 사람들을 먼저 모아 보도록 하게나. 나머지 일은 내 더 알아보겠네."

"예, 그러면 저는 그리 알고 추진하겠습니다."

흔연히 대답하고 떠나가는 영무의 뒷모습을 보는 길동의 마음은 복잡했다. 열정은 있되, 그 열정을 풀 방법이 묘연했다. 사실 지금 어느 누구도 쉽게 나서지 못하고 있는 것은 상황 자체가 미묘하고 복잡하기 때문이었다.

길동은 고민 끝에 혜성을 찾아갔다. 길동이 단도직입적으로 입을 열었다.

"대왕 폐하의 옥체가 미령하신 것을 기회로 삼아 여러 세력들이 폐하의 명을 따르지 않고 시간을 지체하고 있사옵니다. 이런 현상이 오래간다면 결코 득이 될 것도 없고……."

혜성이 고개를 끄덕였다. 이미 예상하던 바였다. 그러나 이를 계기로 자기들이 꿋꿋이 버티고 있다는 것을 보여 줄 기회이기도 했다. 인내만이 서로 분열되지 않고 함께해 나갈 수 있는 길이었다. 이것은 대왕 폐하의 주문이기도 했다.

길동이 계속 말을 이었다.

"그래서 여쭙는 말씀이온데, 젊은애들을 내세워 이런 분위기를 반전시켜 보는 것이 어떠할까 하옵니다."

"으ー음. 청년들의 기개야말로 이 상황을 풀 수 있는 돌파구가 될 수 있겠지. 하지만 그들 또한 갈라져 있을 것인데, 이에 대해서는 생각해 보았는가?"

"실은 그게 걱정이 되어 찾아뵈었사옵니다. 무슨 좋은 방도가 없겠는지요?"

"해법이라? 글쎄……. 젊은 사람들의 가장 큰 무기라면 열정과 패기가 아닌가? 그거면 충분할 것 같은데 뭐가 더 필요하겠는가?"

길동은 어안이 벙벙했다. 모든 문제를 지혜롭게 풀어나갈 것을 강조하던 혜성의 입에서, 이런 원론적인 말이 나올 줄은 생각지 못했다. 묘책이 정말 없어서인가 해서 길동이 다시 조심스럽게 물었다.

"네ー에? 무작정 밀고 가라는 말씀이십니까? 만약에 그리하다가…… 혹시 서로 간에 충돌이 벌어지기라도 한다면 어찌해야 할 것인지……."

"걱정부터 하고서야 무슨 일을 할 수 있겠는가? 대왕 폐하께서 명분과 힘이 없어서 이를 밀어붙이지 않고 계시겠는가? 아닐세. 원로대신들과 끝까지 함께하려는 마음을 가지고 있기 때문일세. 이를 안다면 차라리 자네들답게 일을 풀어나가는 것이 순리일 것일세. 도리어 무슨 묘책을 생각하고 에돌아 가려고 하는 것이 더욱 문제를 꼬이게 만들 것이네."

혜성의 말은 청년장군들과 대왕께서 뒤를 받치고 있는데 무엇을 걱정하냐는 질책이었다. 그냥 두둑한 배짱을 갖고 정공법으로 밀고 가라는 말이었다. 묘책이 중요한 것이 아니라 그것을 풀려는 의지와 열정이 그 해결책이라는 것이었다.

길동은 이런 호기와 배짱이 어디서 나오는지 감탄스럽기도 하면서도 젊은이답지 못한 자기 자신이 부끄럽기도 했다.

"알겠사옵니다. 이번에야말로 기대를 저버리지 않고 청년들의 의기를 보여주겠사옵니다. 한번 믿어 보시옵소서."

"장하네. 그대 같은 젊은이들이 있는 한, 그 어떤 경우에도 우리의 웅지는 꺾이지 않고 반드시 실현되고야 말 것이네."

"과찬이십니다. 이번 기회에 꼭 뭔가를 보여주겠사옵니다. 그런데 대왕 폐하의 옥체는 어떠하신지……."

혜성이 긴 한숨을 쉬었다.

대왕께서 쓰러지신 사실이 쉽게 믿기지 않았다.

'이래 놓고 지도자로 받들어 모시겠다고 입으로만 떠들었으니.'

마음 같아서는 모든 직을 내놓고 불충의 벌을 달게 받고 싶었으나, 현실은 이를 용납하지 않았다. 대국의 앞날을 위해서는 우선 내정을 굳건하게 정비해야 했다. 대왕의 건강이 안 좋은 상황을 기회로 삼아 다시 전세를 역전시켜 보려는 세력 앞에서 흔들림 없이 더욱 굳건히 자리를 지켜야 했다.

이것이 대왕의 뜻이었다. 대왕의 뜻이 그러하건대 어찌 자책감에 젖어 있겠는가? 그래서 그들은 대왕의 뜻에 따라 인내심을 갖고 때를 기다리기로 다짐한 것이다.

"대왕 폐하가 어떤 분이신데, 다시 일어나실 것이네. 걱정하지 않아도 될 것이네. 오히려 명심해야 할 것은 내정을 정비하여 고구려를 대제국으로 우뚝 세우려는 대왕 폐하의 의지는 단호하다는 것이네. 이를 안 이상 우리 또한 결코 흔들려서는 아니 될 것일세."

길동은 혜성의 말을 들으면서 수세가 아니라 공세적으로 일을 전개해야겠다고 다짐했다. 그 길로 그는 절친한 동무인 무실을 찾았다.

무실은 경당에서 차출되어 태학에서 교육받았을 정도로 문무를 고루 갖추고 있는 자였다. 그는 태학의 수련 과정을 마친 다음 태학의 교관으로서 근무하고 있었다.

무실은 무예를 수련하고 있었다. 얼굴에 땀방울이 송골송골 맺혀 있었다. 무실은 언제나 자기 수련을 게을리하지 않는 노력형 수재였다.

"자네는 여전하네그려."

"이리 수련하지 않으면 요즘 애들을 당할 수가 있어야지."

무실이 칼을 거두며 하는 말에 길동이 웃으며 한마디 거들었다.

"자네가 그런 말을 할 정도라면 나는 어쩌란 말인가? 벌써 퇴물이 다 되었겠네그려. 이제야 뭐 좀 해보려고 하는데 말이네. 허— 참."

"자네의 명성이야 세상 사람들이 다 아는데 웬 엄살을 그리 피우는가?"

"허허, 이 사람…… 그런데 찾아온 사람을 계속 이렇게 세워 놓을 작정인가?"

둘은 호탕하게 웃으며 안방으로 들어갔다.

"자리에 앉게나. 내 자네에게 대접할 것은 없고, 차나 한잔 마시세."

무실이 차를 준비하는 동안 길동은 방안을 훑어보았다. 세간살이는 백성들의 삶을 그대로 드러낼 정도로 단출했다. 한 획의 칼바람처럼 깔끔했다. 그의 이런 부분이 든든한 믿음을 안겨 주었다.

이내 무실이 차를 준비했는지 들고 와서 앉았다.

"들게나. 그런데 오늘은 그냥 온 것 같지는 않고, 뭔가 심상치 않은 얘기를 하려고 온 모양 같은데……"

"어찌 내 속을 그리 잘 아는가? 염라대왕을 속이면 속였지 자네를 속일 수는 없겠구만. 그리 얘기하니 내 편히 얘기하겠네. 자네도 짐작하는 바이지만, 지금 국론이 분열될 조짐이 보이지 않는가?"

"그러게 말일세. 참 답답한 일이네. 사사로운 자기 이익 때문에 나라의 앞날을 망쳐 놓으려 하고 있으니 말일세."

"그래서 하는 말이네만, 우리가 나서야 할 것 같네."

"내 자네가 그리 얘기할 줄 알았네. 전적으로 동감하네. 그런데 일을 벌이자면 거창하게 하세나."

"자네의 호기는 여전하네그려. 어쨌든 이리 선뜻 찬성해 주니 고마우이."

"우리 사이에 그런 말이 뭐 필요한가? 그건 그렇고 어차피 일을 거창하게 벌이자면 불을 지피기 전에 땔감을 모아야 하지 않겠는가? 자네는 어찌 생각하는가?"

무실의 의견에 길동은 완전히 동의했다. 사실 그는 뜻을 같이하는 사람들을 규합해 이들만으로 일을 진행하려 했다. 그런데 혜성의 말을 듣고 보니 최대한 젊은 사람 모두를 대동해서 풀어 가야 한다는 것을 깨닫게 되었다.

"맞는 말일세. 내 그래서 자네와 함께 석재와 양기 장수를 찾아 가자고 이리 온 것일세."

"좋네그려. 쇠뿔도 단김에 빼랬다고 지금 당장 찾아가 보는 것이 어떤가? 석재 장수를 먼저 찾아가 보는 것이 좋을 듯한데……."

"그렇게 하세나."

둘은 최초 봉화를 올리는 각오로 길을 나섰다. 석재와 양기의 일이 어떻게 되느냐에 따라 앞으로 참가할 대오가 결정될 수 있었다.

석재는 자기를 찾아온 이들을 보고 놀라워했다.

석재와 길동은 같은 국성 수비대 부장이었으나, 서로 뜻이 달랐기에 내왕이 적었다. 그런데 혼자도 아니고 무실까지 함께 오니 더욱 의구심이 일었던 모양이다.

"아니 길동 장수께서 웬일이십니까? 무실 교관도 함께 오셨구려. 어서 안으로 드시구려. 마침 양기 장수도 집에 와 있는데……."

"그래요? 양기 장수도 보았으면 했는데 잘 되었습니다."

길동이 흔쾌히 대답했다.

양기는 황실 수비대 부장으로 있는데, 그는 장협과 흥덕의 사람이었다. 대왕 폐하와 황실 수비대장 창기는 양기가 장협에 줄을 대는 사람이라는 것을 알면서도 그대로 직책을 맡기고 있었다.

길동은 이것을 납득할 수가 없었다. 황실에 충성하지 않는 사람에게 황실 수비를 맡기고 있다는 것은 언제 화를 당할지 모르는 일이었다. 그런데도 대왕 폐하와 청년장군들은 그런 것에 전혀 개의치 않는 모습이었다.

석재의 안내를 받아 방으로 들어가니 거기에는 술상이 그대로 놓여 있었다. 방금 전까지 함께 술을 마셨던 모양이었다. 아마 이들도 시국을 논하고 있었던 것 같았다.

길동과 무실을 본 양기가 반가운 척 인사했다.

"어서 오시구려. 무실 교관은 참 오랜만에 뵙는구려."

이들은 모두 태학에 다닐 때 같은 동기들이었다. 그런데다 동년배 중에서 꽤 잘 나가는 축에 끼였고, 젊은애들에게 영향력이 큰 편에 속했다. 그런 그들이 모처럼 한자리에 모이게 되었다.

"그렇구려. 그동안 잘 지냈소이까?"

"물론이지요. 생도 시절이 엊그제 같은데 이렇게 세월이 흘렀구려."

"자, 인사는 그쯤하고 우선 앉으시구려. 보다시피 술 생각이 나서 양기 장수와 한잔하고 있었소이다."

석재의 겸연쩍은 듯한 소리였다. 길동은 석재 말을 듣고서야, 왜 그의 집에 들어서면서부터 어색한 느낌을 받았는지 그 이유를 알 수 있을 것 같았다.

귀하고 비싼 살림으로 치장된 방은 으리으리했고, 이런 분위기에서 술자리를 갖는 모습이 보통 백성들의 삶과는 너무나 멀게만 느껴졌다. 꼭 이 나라의 걸림돌이 되는 고관대작들의 행동에나 어울린다는 생각이 들자, 생리적 거부감이 벌써부터 작용하고 있었다. 하지만 그런 느낌을 애써 떨쳐 버리듯 제법 호탕하게 얘기했다.

"잘 됐구려. 이렇게 푸짐한 안주도 있고 하니 우리 거창하게 한잔하지요."

제법 술맛이 돈다는 식의 길동의 말에 모두 흔쾌히 잔을 들었다. 서로 오랜만에 동기를 보는데 술 한잔하는 것이야 당연지사였다.

서로들 잔을 채우고 단숨에 술을 마셨다. 그렇지만 왠지 서먹서먹했다. 동기였지만 서로의 뜻이 달랐고, 살아온 과정 또한 너무 차이가 났다. 예전처럼 스스럼없이 대할 수는 없었다. 하지만 길동이 조심스럽게 입을 열었다.

"우리가 생도 시절일 때 열렸던 청년대회가 기억납니까?"

"기억나지요. 어찌 그때의 일을 잊을 수 있겠소이까?"

석재가 시원스럽게 대답하면서도 눈동자를 굴렸다. 그때는 젊은 열정 하나만으로도 충분했지만, 지금은 서로 다른 입장에 서 있는 처지였다.

"그때 대단하지 않았습니까. 지금 생각해 보면 격세지감이 느껴질 정도니 말이오."

무실이 동의했고, 이에 양기가 반문했다.

"격세지감이라니요?"

"지금이야 그런 일을 벌이고자 마음만 먹으면 언제든지 가능하지 않습니까? 도리어 나라에서 더욱 청년의 기상을 세워야 한다고 주장하고 있을 정도이니…… 그런데 그때는 꿈도 꿀 수 없는 일이었지 않습니까?"

"하긴 그렇지요."

양기의 동의에 길동이 다시 입을 열었다.

"나는 그때 그 소식을 접하고 얼마나 가슴이 뜨겁게 달아올랐는지 지금도 생생합니다. 그때 여기 있는 분들도 모두 참가했으니 다 나와 똑같았겠지만 말이오. 그렇지 않습니까?"

"그때는 그랬지요. 안타깝게도 그때 그 일을 추진했던 사람들이 계략에 걸려 모진 고생을 많이 했지만…… 그리 보면 두우가 참 지독한 사람이었습니다."

청년대회 같은 집단적인 행동을 함부로 하려다가는 여러 문제를 일으킬 수도 있다는 양기의 가시 돋친 소리였다. 이에 길동이 다시 반문하고 나섰다.

"만약 그때 그 일을 추진한 분들이 몸을 사렸다면 이런 기풍이 이 나라에 뿌리내리는 데 더 많은 시간이 걸렸을 겁니다. 아니, 아예 그렇게 되지 못했을 수도 있고요."

"그럴 수도 있겠지요. 그러나 그때는 그때이고, 지금은 지금이지 않습니까? 지금은 그때와 상황이 많이 다르니까요."

석재가 길동의 말을 반박했고, 그러자 이번에는 무실이 직설적으로 되묻고 나섰다.

"물론 그렇지요. 하지만 젊음의 기백을 드러내는 데에 무슨 조건이 꼭 필요할까요? 지금이라도 하면 되는 것이지……."

"그야 맞는 얘기지만……. 지금의 상황에서 꼭 그럴 필요까지 있겠습니까?"

이들은 예전의 일을 떠올려 말하고 있었지만, 지금의 세력 관계에서 자기 입장을 반영하고 있는지라 일정한 견해 차이가 존재하였다.

"지금의 상황이라니…… 뭘 염두에 두고 말씀하시는 것인지……."

"잘 아시면서요."

석재가 난처하다는 듯 그냥 넘어가려 했다. 이에 무실이 어물쩍 넘어갈 문제가 아니라는 듯 분명하게 되짚으며 다시 얘기했다.

"지금의 현 상황을 어떻게 보시는지 그건 잘 모르겠습니다만, 우리들이 앞장서서 분위기를 쇄신하자는 것인데, 무슨 잘못이라도 됩니까?"

"좋은 생각입니다만 이모저모를 고려해야 할 듯해서……."

"무슨 일이든지 생각은 해야지요. 그러나 그 어느 때보다 우리들이 앞장서야 하지 않겠소. 국론의 분열을 보고서 우리 같은 젊은 사람들이 나서지 않으면 누가 나서겠습니까? 대국의 앞날을 생각한다면 말이오. 그렇지 않소이까?"

"글쎄, 그게 갈등을 부추길 수도 있고……."

"갈등을 부추기다니요…… 대왕 폐하를 중심으로 일사불란한 계통을 세워 만년대국의 토대를 쌓자는 것인데, 그것이 어찌 갈등을 부추긴다는 겁니까? 이것이야말로 갈등을 치유할 방안이 아니고 무엇이겠소? 설마하니 대왕 폐하를 중심으로 뭉치자는 것에 반대한다는 말씀은 아니겠지요?"

"아− 무슨 말씀을……."

석재와 양기가 난처해하며 당황스러워했다. 대왕을 중심으로 뭉치자는데 이를 거역한다면 그것은 곧 역모를 꾀한다는 말과 다름없었다.

이들의 표정을 보며 길동이 단도직입적으로 입을 열었다.

"이리 얘기가 나왔으니 내 솔직히 말하리다. 오늘 우리가 찾아온 것은 두 분께 이런 제안을 하기 위해서입니다. 두 분의 처지를 이해하지 못하는 바는 아니지만, 나라의 백년대계를 염려한다면 우리와 뜻을 같이해 줄 것이라고 믿소이다.”

“무슨 얘기인지…….”

석재가 길동의 말을 몰라서 묻는 것은 아니었다. 이해득실을 계산할 시간이 필요했다.

사실 대왕의 건강에 이상이 있어 앞으로 일어나지 못한다면 이들의 입장에 반대를 표명하는 것이 옳았다. 하지만 만에 하나 다시 건강을 회복한다면 앞으로 입지는 고사하고 목숨마저 지키기 어려울 수 있었다.

어차피 이들은 나설 것이고, 대왕을 반대하지 않는 이상 이들의 행동에 감히 뭐라 할 수도 없었다. 그렇다면 이들의 의도대로 흘러갈 것인바 아예 먼저 합류하는 것이 타당해 보였다. 하지만 장협 국상과 관계도 있고, 또 대왕이 일어나지 못할 경우도 생각하면 적극적으로 나설 필요가 없었다.

“내 말이 무슨 뜻인지 모른다고 생각하지는 않소! 하지만 잘 모른다고 하니 직설적으로 말하리다. 내 두 분의 처지도 있고 하니, 최소한 뜻을 같이한다는 의미에서 의견을 밝혀줄 수는 있지 않겠느냐 하는 것이오. 적극적으로 나서지 않고도 말이요. 내정을 개혁하는 데에 두 분이 함께했다는 것을 대왕 폐하께서 아신다면 크게 기뻐하실 것이 아니겠소?”

길동의 말은 석재와 양기가 취할 수 있는 최선의 방책이었다. 석재는 이미 고도로 발달된 동물적 감각으로 상황을 판단하고 결정을 내렸다. 그리고 양기를 힐끔 쳐다보았다. 양기는 여전히 여러모로 신중하게 재고 있는 표정이었다.

양기는 대왕의 신상을 가장 먼저 장협에게 고한 사람이었다. 대왕을 해할 것도 아닌 이상 문제 될 것이 없지만, 만약 대왕이 병약해진다면 국상이 권력을 잡을 가능성이 크기 때문에 그때를 생각해 먼저 알린 것이었다. 하지만 지금의 상황에서는 그 또한 별다른 방책이 없었다.

석재가 조심스럽게 입을 열었다.

"내 처지를 이해해 주니, 내 뭘 숨기겠소? 내 맘은 길동 장수와 전혀 다르지 않소이다. 그러나 내 처지도 있고 하니, 적극적으로 나서지 않더라도…….."

"그야 여부가 있겠습니까? 이리 허심하게 얘기해 주니 고맙소이다. 우리 한번 잘해 봅시다. 안 그렇습니까? 양기 장수."

길동이 양기에게 다시 동의를 구했다.

"석재 장수도 그리 얘기하니 나라고 뭐 다르겠습니까? 그런데 처지도 있고 하니 그 점을 고려해서…….."

양기도 순순히 동의했다. 그 또한 대왕이 살아 있는 이상, 지금 상황에서 반대하다가는 당장 요절날 수도 있기에 먼저 살아남고 봐야 한다고 판단한 것이다.

"우리가 비록 각자 서로 다른 위치에 있다고 하나, 이렇게 모두가 한마음 한뜻으로 함께하니 참으로 기쁩니다. 우리가 어찌 옛날의 그 기백을 잊을 수 있겠소이까? 그런 의미에서 한잔합시다."

무실이 흡족한 표정으로 건배를 요청했다. 모두가 기꺼이 술

잔을 부딪치며 시원하게 들이켰다. 그러나 그들의 마음은 그렇지 못했다.

석재와 양기는 마지못해 그렇게 할 수밖에 없었다. 길동과 무실은 이를 알고 그 점을 노린 것이었다. 배짱 좋게 일을 추진한 것의 결실이었다. 모두가 살길을 찾는 과정에서 합의를 이뤘기에, 서로는 생각이 다르면서도 같이 웃었다.

"나는 정말 여러분의 충정을 믿었소이다. 우린 지난날 청년대회를 열었던 시기의 그 생생한 감동처럼 잘해 봅시다."

"그럽시다."

길동의 제안에 나머지 사람이 화답함으로써 이들과의 만남은 성공적으로 매듭이 지어졌다.

길동과 무실은 이들을 만나고 난 후, 기개를 품은 젊은애들을 적극 추동해 나갔다. 물론 영무는 길동의 지시에 따라 적극적으로 활동했다.

석재와 양기가 청년의 한 축을 담당하고 있었는데, 이들도 무실과 길동의 일에 함께한다는 것이 알려짐으로써, 사실상 젊은 사람들은 하나로 움직이게 되었다. 청년장군들은 이들의 활동을 물심양면으로 도와주었다.

장협과 흥덕은 석재와 양기를 질책했으나 더는 손을 쓸 수가 없었다. 만약 이를 방해하고 나선다면, 그것은 곧 대왕을 반대하는 것으로 되는 이상, 두 눈만 멀거니 뜨고 지켜볼 수밖에 없었다.

한겨울의 추위가 무섭게 몰아치는 속에서 젊은애들은 거리 행진을 감행하며 외쳤다. 그 소리는 대왕을 중심으로 내정을 정비하여 대제국의 초석을 쌓자는 요지의 주장이었다.

대오를 지어 행진하며 외치는 소리에 국성의 백성들도 내정을 정비해야 하는 내막을 자세히 알게 되었다. 고관대작들의 사병확대가 외침을 받지 않을 강력한 나라를 세우는 데 걸림돌이 될 뿐만이 아니라, 그 부담을 백성이 고스란히 떠안게 된다는 주장이었기에 백성들은 이에 적극 화답하며 반기는 분위기였다.

처음엔 의기에 넘친 젊은애들의 성토로 시작되었지만, 점차 하루 이틀이 지나면서 현실적인 문제를 접한 백성들의 합세로, 그 지지 대열은 급속도로 불어났다. 그런데다 그 양상은 점차 원로대신들을 공격하는 방향으로 나아갈 조짐을 보이기에 이르렀다. 대왕을 거스를 수도, 백성들의 성토를 모른 척할 수도 없는 상황에서, 원로대신들은 마지못해 하나둘씩 사병을 내놓기에 이르렀다. 봉변당하지 않으려면 그 길밖에 없었다.

그리하여 내정 개혁의 명은 각 지방으로 하달되었고, 전국은 대왕의 명을 시행하기 위한 움직임으로 활기를 띠었다. 그토록 춥던 혹한은 대제국의 건설 열기에 의해 사그라졌다. 청년들을 앞세우고 백성의 힘을 동원하여 진행된 행정과 군사 체계의 개혁은 가장 빠르고도 철저하게 시행되었다.

일찍이 고구려에 없었던 거창한 개혁이었다. 그것은 행정과 군사를 일원화하면서도 국성(수도성)과 함께 3~5개의 별성(부수도)을 구축하고, 그것을 중심으로 해서 전 국토의 방어망을 구축하는 것이었다.

　내정 개혁의 물꼬가 터지자 담덕은 군사와 행정권을 완벽하게 장악해 나갔다. 평양성의 성주에는 다기 장군이, 남평양성의 성주에는 수라바 장군이, 환도성의 성주에는 진 장군이, 졸본성의 성주에는 황족 출신인 고부가 각각 임명되었다.

　모든 정비가 대략 끝나갈 무렵, 무척이나 추웠던 겨울도 끝나고 봄이 다가오고 있었다. 그런 가운데 사람들의 마음을 설레게 하는 소식이 전달되었다. 대왕께서 사냥을 다녀왔다는 소식이었다. 그것은 대왕께서 건강을 완전히 회복했다는 증거였다.

　사람들의 얼굴에는 더욱 생기가 감돌았다. 대제국의 희망이 서서히 동터 오르며 그 실상이 머지않아 드러날 것을 의심하지 않았다. 이제 대왕의 담대한 구상이 무엇으로 나타날지 기다리기만 하면 되었다.

　마침내 영락 6년(396년) 봄, 대왕의 명령이 하달되었다.

　이제 백제와의 기나긴 싸움을 끝장낼 원정을 단행하겠으니 그 준비를 진행하라는 명이었다. 대군을 이끌고 백제의 항복을 받기 위한 전면 공격을 개시하겠다는 뜻이었다. 내정을 쇄신해 대국의 면모에 걸맞게 탈바꿈시킨 상황에서 또 한 번의 진군을 밝힌 것이었다.

　백제는 고구려에 있어서 독소와 같은 나라였다. 같은 단군족의 후손이면서도 그들이 추모대왕을 이은 적통자라 자처하며, 고구려의 경계를 지속적으로 침략해 왔다. 특히 고구려가 서부, 서북부 등 외세에 전력을 기울일 때를 이용해 공격해 왔으므로, 고구려는 항시 양면 공격에 시달리는 형국에 빠졌다. 대제국으로 우뚝 서려면 이런 상황부터 타개해야 했다.

담덕은 이를 위해 지금껏 면밀히 준비해 왔다. 먼저 백제의 전략적인 거점을 공격하고, 그 이후 방어전을 펴면서 그들의 전력 소모를 유도했다. 그리고는 전면적인 공격을 단행하기 위한 여건을 조성하기 위해, 거란을 원정하여 서북부의 안전을 도모하고, 마침내 내정까지 정비하였다. 이제 그때가 되었다고 선언한 것이다.

담덕의 의지를 전해 들은 백성들은 백제와의 전쟁을 끝장내려는 대왕의 뜻에 적극적으로 동참하였다. 그것은 단지 희망 사항이 아니라 치밀하게 준비해 온 결과라는 것에서 그 성공을 확신하는 분위기였다. 그러다 보니 나라 전체에, 전에 없는 활력이 넘치며 거대한 화산이 꿈틀거리는 듯했다. 내정이 정비된 이후인지라, 한 줄기 폭포수가 쏟아지는 것 같은 형세로 분출되었다.

길동은 이런 분위기에 가슴이 뜨겁게 끓어오르며 전선에 나가고자 결심을 하였다. 가장 앞장서서 대왕의 뜻을 받들고 싶은 것이 그의 심정이었다. 그러나 혜성은 길동을 만류했다.

"누군가는 대왕 폐하께서 그 뜻을 이루시도록 국성의 안전을 도모해야 할 것이네. 나라가 사방의 적으로 둘러싸인 형편에 다 그곳으로 간다면 국성은 누가 맡을 것이며, 서북부와 동북부의 상황은 누가 예의 주시하겠는가?"

길동은 혜성의 말에 반박하지 못했다. 아쉽기 짝이 없었으나,

그가 해야 할 역할은 청년장군들이 자기 자리를 지켰던 것처럼, 그 또한 그렇게 하는 것이 대제국의 건설을 위한 중요한 역할이라는 것을 알았다.

물론 아쉬운 마음이 없는 것은 아니었다. 그래서 그 마음을 달래기 위해 길동은 영무와 함께 말을 타고 나섰다. 곳곳마다 대국의 원정길에 동참하려는 사람들로 들끓은 모습을 보니, 벌써 길동의 마음은 백제의 전선으로 가 있었다.

길동은 말을 타고 가면서 연신 부러움이 담긴 눈길로 원정대를 쳐다보았다. 그러나 이내 자리를 지키고 있는 사람들이 있어야 저 군사들이 활개를 칠 것이라는 생각에 애써 마음을 다잡았다.

"영무 장수! 백제와의 전쟁을 끝장내겠다니……. 대왕 폐하다운 결단 아니신가?"

"그러게 말입니다. 지금껏 대왕 폐하께서 백제의 공격에 왜 방어만 하고 계셨는지 이제야 알 것 같습니다. 바로 오늘을 기다렸다는 것 아니겠습니까?"

영무는 대왕께서 벌써 오늘을 내다보며 일을 풀어가고 있었다는 것을 생각하니 놀랍기만 했다.

"그러니 이번 원정은 이미 성공한 바나 다름없지 않은가?"

"맞습니다. 그전부터 오늘을 예견하고 준비하고 계셨는데 안 될 턱이 없을 것입니다. 백제와의 오랜 전쟁이 사라지리라 생각하니 정말 가슴이 벅차오르기만 합니다."

"그거야 두말하면 잔소리지. 지금까지 대왕 폐하께서 못 하신 것이 뭐가 있었던가? 이번에도 필시 성공하실 것일세."

"그렇습니다. 대왕 폐하께서 가시는 길에는 오직 승리와 영광
만이 있을 것입니다."

"맞는 말일세. 그런데 영무 장수는 괜히 나 때문에 전장에 가지
못하게 되었으니…… 지금이라도 늦지 않았으니 가고 싶으면 그
렇게 하게나."

"아닙니다. 어찌 저 혼자만……. 그런데 저보다도 더 아쉬워하
시는 것 같습니다."

"솔직히 말해 비록 몸은 여기 있으나 벌써 마음은 그곳에 가 있
네. 하지만 우리는 대왕 폐하의 전사가 아닌가? 비록 여기에 있
다 하나, 우리 역시 다른 자리에 있는 똑같은 전사일 뿐이네. 그
렇지 않은가?"

"맞습니다. 그래서 여기 남으려고 하는 것이 아니겠습니까?"

"그렇게 생각해 준다니 고맙네. 자, 우리 대왕 폐하의 전사답게
한번 힘차게 말을 달려 보지 않겠는가?"

"좋습니다."

길동과 영무는 말에 채찍을 가하며 힘차게 달렸다. 많은 사람
이 나서서 참여하는 전장에 나가지 못하는 것이 아쉽기는 하지
만, 그것이 전부가 아니라는 것을 그들은 잘 알았다. 그러기에 말
을 세차게 몰아가는 그들의 가슴에는, 벌써 대왕의 또 다른 명을
받드는 전사로서의 자부심이 솟아올랐다.

40

5월, 패수浿水가에는 대형 함대를 비롯해 수많은 선단이 곳곳에 진을 치고 있었다. 백제를 공격하기 위한 고구려 수군의 함대였다. 교묘히 위장하고 있어 눈에 띄지 않았으나, 고구려에 이런 수군이 존재한다는 것은 아마 어떤 누구도 상상할 수 없는 일이었다.

대형 선단이 감춰진 곳을 바라보는 선길의 표정은 이상야릇했다. 감회어린 듯하면서도 수심에 찼고, 수심에 찬 듯하면서도 의지에 불타고 있었다.

선길은 백제의 유능한 장수로서 군사와 백성의 신임이 두터웠다. 관미성의 성주 도밀 장군 또한 그를 중용하였다. 그는 관미성을 지키기 위해 결사 항전했으나, 고구려군의 완강한 공격을 막아 내지 못했다. 그때 그는 고구려에 포로로 끌려 왔다.

중앙에서 파견 나온 고굉 장군과 도밀 장군은 관미성을 사수하지 못한 수치심에 스스로 목숨을 끊었다. 선길 또한 그 뒤를 따르려 하였으나, 그만 고구려 군사에 의해 체포되어 결박되었다.

선길은 전쟁에 진 패장으로서 수모를 겪게 하지 말고 어서 목을 베라고 주문했다. 그러나 담덕은 그를 죽이지 않았다. 비록 적장이지만 충심을 높이 사 예우를 깍듯이 해주도록 조치하였다.

그는 그런 처사를 회유책으로 여기고 처음에는 단호히 거부하였다. 그런 과정에서 담덕이 직접 찾아왔다.

담덕은 선길을 고구려 편에 합류시키리라 결심하였다. 담덕은 관미성의 요새를 누가 방위했는지 궁금하게 여겼는데, 알고 보니 선길의 지략이었다. 그의 방어체계로 인해 담덕은 무려 이십 일 간에 걸친 치열한 공격을 하고서야 성을 함락할 수 있었다.

담덕은 백제에 이런 유능한 장수가 있다는 것을 알고 크게 기뻐했다. 거대 제국으로 발돋움하려면 이런 장수들이 절실히 필요했다. 더욱이 그는 백제에서 자랑해 마지않는 수군의 핵심 장수였다.

백제가 단군조선의 정통 계승자로서 자신감을 보이며 고구려에 맞설 힘의 요체는 강력한 수군이 존재했기 때문이었다. 그들은 강력한 수군을 통해 제해권을 장악하며, 한반도 서·남해는 물론 왜와 산동반도에 걸쳐 대제국을 형성하고 있었다. 이것이 바로 백제가 단군조선의 적통자라 자처하며 황위 열병식을 수행한 힘의 밑천이었다.

중국의 사서, 즉 송서 백제전이나 량서 백제전, 남사 백제전에는 370년대 무렵 백제가 요서 지방에 요서, 진평 2군 땅을 차지하여 백제군을 두었다고 하였고, 또 남제서 백제전에 의하면 백제는 그 후 오늘날 중국의 산동성 일대에 자기의 해외거점을 두고 북위와 맞서고 있었다고 하였다.(『광개토왕릉비문 연구』, 사회과학원, 중심)

휘황찬란했던 단군조선의 정통 계승자로서의 위치를 명실상

부하게 차지하려면 한반도와 만주 등 대륙에 걸친 지역과 유민을 하나로 통합하면서도 강력한 수군을 건설해야 했다. 제해권을 확보하지 못하고서는 언제든지 단군족의 내지가 침탈당할 수 있었다. 육로와 수로의 통로를 장악해야만 군사적 방위는 물론이고, 경제적 활성화도 담보할 수 있었다.

선길을 고구려 편에 합류시키기만 한다면 수군을 육성하는 데 큰 힘이 될 것 같았다. 또 고구려를 중심으로 단군족이 단합해야 할 정당성을 백제에 위력적으로 시위할 수 있었다.

담덕은 선길의 마음을 돌리는 일이 쉽지 않을 것이라 여겼다. 하지만 대제국을 건설하려면 선길과 같은 인재가 필요했다. 충신을 욕보이는 게 마음에 걸리긴 했지만, 대국의 미래를 위해서는 부딪쳐야 했다.

담덕을 처음 마주한 선길은 자기도 모르게 몸을 움츠렸다. 넉넉한 가슴에서는 대왕다운 풍모가 풍겨 나왔고, 젊고 패기에 찬 모습에서는 막강한 백제의 군사력을 파죽지세로 격파한 장군의 위용이 연상되었다. 그 이름만 들어도 백제 군사들이 벌벌 떠는 공포의 대상이 된 게 우연이 아니라는 생각이 들었다. 그러나 그런 느낌과는 달리 담덕의 자세는 겸손하고 부드러웠다.

"지내는 데 불편함은 없습니까?"

"포로 된 몸으로 어찌 그런 것을 따지겠습니까? 더 이상 수모를 느끼지 않도록 어서 죽여주소서."

"서로 적이었다 하나 어찌 장군의 충심을 모르겠소? 내 그 점을 깊이 헤아리고 있소이다."

"패장이 무슨 충신이며 할 말이 있겠습니까? 죽기를 바랄 뿐입니다."

"장군은 왜 죽으려고만 하오. 전쟁에 이기고 지는 것이야 병가지상사라고 으레 있는 일이 아니오?"

"패장으로서 더 할 말이 없습니다."

"장군의 인품을 익히 알고 있는바 내 그대로 보내고 싶지 않소이다."

"더 이상 들을 말도, 할 말도 없사옵니다."

"장군은 왜 이리 답답하십니까? 생각해 보시구려. 고구려와 백제는 원래 형제국의 나라로 서로 싸울 이유가 없지 않습니까? 지금 비록 서로 원수가 되어 싸우고 있지만 이제 단합할 방도를 찾아야지요. 언제까지 이래야 하겠습니까? 이 점을 생각해 봐야지요."

그렇게 돌아간 후 담덕은 다시 선길을 찾았다. 역시 선길은 담덕의 요구를 단호히 거부했다. 아무리 영웅적 기상을 가진 이라해도 그는 백제의 대왕을 모시는 신하였다. 신하 된 도리로 자기가 모신 주군을 배신할 수는 없었다.

담덕은 주군을 배반할 수 없다는 선길의 주장을 부정하지 않았다. 대신에 그보다 더 큰 대의를 생각할 것을 주문했다. 그 제안을 선뜻 받아들일 수는 없었으나, 담덕의 인품과 포부가 백제왕보다 훨씬 크다는 것을 인정하지 않을 수 없었다.

두 번에 걸쳐 선길을 방문한 데 이어 담덕은 또다시 그를 찾았다. 이런 행동에 선길을 흔들리기 시작했다. 과연 백제왕은 자신을 저토록 충심으로 알아주었던가.

"선길 장군! 장군의 충심을 욕보이고 싶지는 않소. 단지 내가 바라는 바는 단군족의 형제 나라인 고구려와 백제가 서로 화합할 방도를 찾아보자는 것이오. 이런 내 뜻을 외면하지 않았으면 좋겠소."

"말씀은 그리하시지만 그건 애초부터 불가능한 얘기가 아니옵니까? 소장더러 고구려에 협조하라는 것인데, 주군과 신하의 도리를 잘 아시는 대왕께서 어찌 이런 말도 안 되는 요구를 하시는지……. 그만 거두어 주시옵소서."

"그대가 백제의 신하라는 것을 인정하오. 내 그 입장도 잘 알고 있소. 하지만 고구려든 백제든 그보다 더 우선인 것은, 두 나라 모두 단군족의 뿌리로 이어져 오고 있다는 사실이오. 천손의 후예임을 자처하는 그대의 주군 또한 이 점을 부정하지는 못할 것이오. 그러니 미래를 위해 다 같이 복되게 살아갈 방도를 생각해 보자는 것이지요. 내 말이 어디 잘못된 얘기입니까?"

담덕은 결코 고구려라는 좁은 이익 때문에 단군족의 화합에 저촉되는 행위를 하지 않겠다고 분명하게 밝히고 있었다.

선길은 담덕의 말을 순순히 인정할 수 없는 처지였다. 백제의 신하로서 백제의 주장을 대변해야 했다.

"그럼 왜 백제를 공격하는 겁니까? 고구려도 자국의 이익을 위해 그런 것이 아닙니까? 고구려든 백제든 다 똑같이 자기 나라의 이익을 위해서 움직이고 있는데, 어찌 고구려의 행동은 옳고 백제의 행동은 잘못된 처사라고 할 수 있습니까?"

"그렇게 생각하면 그럴 수 있겠지요. 내……."

담덕이 고개를 끄덕였다. 그런데 선길의 말을 인정한다는 것인지, 그렇지 않다는 것인지 구분되지 않았다. 다만 여유가 가득 담긴 표정이었다. 담덕은 선길이 가슴을 열고 대화하는 단계에 이르렀음을 알고, 이제 가부간 결판이 날 것으로 판단했다. 담덕이 말을 이었다.

"그래서 두 나라가 다 이익을 보는 관계가 되면 얼마나 좋겠느냐고 거듭 말하는 것이었소. 그러나 알다시피 지금의 상황은 그렇지 못하오. 그렇다고 해도 같은 단군족으로서 그것을 지향해야지요. 그렇지 않소? 그런데 그리되지 못한 이유가 어디에 있겠소?"

담덕이 말을 하려다가 말고 선길을 지긋이 응시하였다. 이제 무엇이 옳고 그른가를 분명하게 듣고 판단하라는 눈길이었다. 선길도 담덕의 눈을 똑바로 쳐다보았다. 결코 자기주장에 대해 물러서지 않겠다는 의지가 서려 있었다.

두 사람의 눈이 마주치자 순간적으로 불꽃이 튀겼다. 결코 양보할 수 없는 기세의 대결이었다.

"장군께서 얘기했듯이 다 자국의 이익을 추구하는 것이야 당연합니다. 그런데 그것이 똑같은 행동으로 취급되어서는 안 되는 일이지요. 자국의 이익을 추구하는 과정에 그것이 얼마나 단군족의 이익과 합치되는가를 살펴보아야 한다는 말입니다. 그렇지 않소이까?"

선길이 '으—음' 하며 신음에 가까운 소리를 내뱉었다. 담덕의 말을 반박하기가 어려웠기 때문이었다. 그러나 물러설 수는 없었다.

"그렇다면 도대체 고구려가 행한 전쟁이 백제의 그것과 뭐가 다르다는 것이옵니까?"

"지정학적인 면만 보더라도 고구려는 단군족의 최전선에서 위치하고 있소. 그렇다면 고구려가 다른 외세의 침입을 막아 주고 있는 조건에서, 백제가 이에 도움을 주지는 못할망정 해를 끼쳐서야 되겠소? 하지만 백제는 그렇게 하지 않았소. 아니 도리어 우리가 외세의 침입으로 어려움을 겪고 있는 때를 이용해 침공해왔단 말이오. 이것을 보고 어찌 백제와 고구려의 행동이 똑같다고 할 수 있겠소. 더 정확하게 말해 백제가 고구려를 공격하는 것은 자기 땅을 넓히기 위한 것이라고 한다면, 고구려는 외세를 막아 내는 데 있어서, 후방의 안전을 공고히 하기 위해 어쩔 수 없는 선택이었다는 것이오."

"어찌 되었든 앞으로도 계속 단군족의 한 나라이자 형제국인 백제를 공격하겠다는 것이 아니옵니까?"

"나도 그 점을 가슴 아프게 생각하오. 그러니 이런 상황이 오래 지속되어서는 안 되겠지요. 서로 자기 나라가 정통 계승자라 자처하는 조건에서 그것을 해결할 방도를 찾아야지요. 나는 그런 점에서 장군이 협조해 주기를 바라는 것이오. 백제를 없애겠다는 뜻이 아니라 단군족의 나라로서 함께 협력할 방법을 찾아보자는 것이 내 솔직한 마음이라는 것입니다."

선길은 잠시 눈을 감았다. 담덕의 말에 진심이 어려 있음을 느끼자 갈등이 일었다. 담덕의 말은 결코 백제의 대왕에게서 들어볼 수 없는 얘기였다. 원대한 포부를 꿈꾸는 사람에게서만 맛볼 수 있는 매력이자 끌림이었다.

"장군! 내 진심을 받아주구려."

선길이 고민하는 것을 본 담덕이 힘 있게 손을 내밀었다. 이에 선길이 마침내 결심을 내린 듯 입을 열었다.

"그러면 소장에게 한 가지 약조해 주시옵소서."

"무엇이든지 허심하게 얘기해 보시구려."

"소장은 백제왕의 신하로서 백제의 멸망을 원치 않습니다. 설사 백제를 징벌한다고 하더라도 제 생전에는 백제를 존속시켜 주기를 바라옵니다. 약조해 주실 수 있을는지요?"

"좋소. 내 기꺼이 약속하리다."

"그렇다면 소장은 그 약조를 믿고, 앞으로 대왕 폐하의 신하로서 신명을 다 바치겠사옵니다."

선길이 무릎을 꿇으며 담덕에게 신하의 예를 갖췄다.

"고맙소이다. 대의를 위해 쉽지 않은 용단을 내려주시니 내 진심으로 경의를 표하는 바이오. 우리 한번 손잡고 모든 단군족이 단합하여 전쟁 없이 행복하게 사는 세상을 만들어 봅시다. 어서 일어나시구려."

담덕이 선길을 일으켜 세웠다. 그런 다음 선길을 수군의 총책으로 임명하였다. 이것은 또 하나의 새로운 시작이었다. 한때 적군의 적장이었다 해도 얼마든지 믿음을 나눌 수 있고, 단군족의 단합을 위해 함께하는 사람이라면 누구라도 손잡고 나가겠다는 뜻을 드러낸 것이었기 때문이다.

그 이후 선길은 담덕의 신임에 보답하기 위해 고구려 수군을 강화하는 데 전심전력을 다했다. 백제 수군의 이점을 활용한 선길의 노력은 고구려 수군을 반석 위에 올려놓았다. 무려 4년 동안에 걸친 대장정이었다.

이런 가운데 대왕은 올봄에 이르러 선길에게 백제와의 전쟁을 마감할 결정적인 공격을 개시할 것이니, 수군 또한 만반의 준비를 갖춰 놓으라는 명을 내렸다.

선길은 대왕의 지시를 받고 자기 모국을 공격하는 그날이 멀지 않았음에 착잡했다. 지금까지는 대제국의 위용을 갖추기 위해 수군을 강화한 것이지만, 이제는 가족이 살고 있는 백제를 직접적으로 공격하기 위한 준비였으니, 아무리 마음을 편히 먹으려고 해도 어쩔 수 없었다. 하지만 자신의 선택에 대해서 결단코 후회하지는 않았다.

백제는 담덕이 얘기한 대로, 고구려가 전력을 서부나 서북부쪽에 돌리면 꼭 그때를 택해 공격했다. 이것을 보면 백제가 단군족의 단합에 저해되는 행동을 저지르고 있다고 판단할 수밖에 없었다. 단군족끼리 계속 싸우지 않을 방안은 고구려가 압도적인 우위에 서는 것밖에 없었다. 그래서 형제 나라끼리 서로 전력을 소모하는 싸움을 마감하려는 대왕의 의지를 기꺼이 수용했고, 백제를 공격할 준비에 만전을 기했다.

마침내 5월에 이르러, 담덕은 수로와 육로로 협공하기 위해 고구려군을 크게 두 개의 대오로 나눴다. 그리고 육로의 책임자로 다기 장군과 수라바 장군을 임명한 다음, 전 전선에 걸쳐 백제를 공격하라는 명을 내렸다. 이런 관계로 육지에서는 고구려군과 백제군의 치열한 대접전이 벌어졌다.

전선의 상황이 시시각각 전해오는 가운데, 담덕이 부살바 장군을 대동하고 수군의 진지를 향해 달려온다는 전갈이 당도하였다. 그야말로 육군과 수군을 통한 입체적인 작전으로 백제를 일거에 격파할 태세였다.

선길은 대왕이 오고 있다는 소식을 듣고 즉시 출동 태세를 갖추라 명을 내렸다. 이미 여러 번 마음을 정리했는데도 출전을 앞둔 상황에서 만감이 교차되는 것은 어찌할 수 없었다.

'이번 원정으로 형제국 간에 힘을 낭비하며 수많은 인명을 빼앗는 전쟁이 사라지기를 바랄 뿐, 내 더 무엇을 바라겠는가? 그리만 된다면 조국을 배신했다는 소리도 기꺼이 받아들이리라.'

이것이 그의 심정이었다.

"장군! 대왕 폐하께서 곧 도착하신다 하옵니다."

눈에 띄지 않게 감춰진 선단 쪽을 바라보며 회한에 젖어 있는 선길을 보고 수하가 보고하는 소리였다.

"그래! 그럼 나가 보아야지."

선길은 대왕께서 오는 곳을 향해 나갔다. 얼마 가지 않아 삼족오기와 황색 깃발을 앞세운 대왕의 부대가 오고 있었다.

"대왕 폐하!"

"아, 선길 장군. 수고 많았습니다. 자! 갑시다."

선길은 대왕을 모시고 막사로 안내한 다음, 수군의 현황을 간단명료하게 보고했다.

"대왕 폐하의 명대로 언제든지 출동할 태세가 다 되어 있사옵니다."

"수고가 많았소이다. 이번 전쟁의 승패는 장군의 손에 달려 있소이다. 아시겠지만 이번 전쟁은 오랫동안 진행된 백제와의 전투를 마감하기 위함입니다. 단군족 간의 소모적 싸움을 끝내기 위한 전쟁이라는 것이지요. 각오는 되어 있겠지요?"

"물론입니다. 명만 내리시옵소서. 하온데 드릴 말씀이 있사옵니다."

"어서 말씀하시구려."

"전에 소신과의 약조를 기억하시옵니까?"

백제 존속의 보장을 확답해 달라는 말이었다. 이에 부살바가 선길을 못마땅하게 여기며 질책했다.

"장군! 다른 누구도 아닌 수군의 총책을 맡으신 분께서 전쟁을 수행해야 하는 이 시점에 그런 말씀을 입에 올리시다니……."

"아닙니다. 내 그리 약조했지요. 당연히 그리하리다."

"대왕 폐하! 그것은 아니 되옵니다. 만약 그리한다면 백제와의 전쟁은 절대로 끝나지 않는 싸움이 될 것입니다. 이참에 그 불씨를 완전히 정리해야 합니다."

부살바가 반박하고 나섰다.

"그 점 또한 일리가 있습니다. 하지만 단군족의 단합이 어찌 무력으로만 해결할 수 있는 문제이겠습니까? 우리가 백제를 원정한 것은 앞으로 단군족이 서로 다투는 것을 중지하고자 함인데, 백제왕이 이 길에 나서겠다고 한다면 그것을 꼭 고집할 필요는 없겠지요. 나는 백제왕에게 기회를 줄 것입니다. 선길 장군은 믿어도 됩니다."

선길은 담덕의 말에 가슴이 뭉클하였다. 약조를 지켜주는 것도 감격스럽기는 하지만, 어떻게 단군족이 단합해야 하는지를 내다보는 그 혜안에 탄복했고, 그 인간적 풍모가 너무나 넓어 보였다. 이런 사람 앞에서 약조나 지켜달라고 요구하는 자신이 부끄러워졌다. 그럴수록 충심이 우러나왔다.

"소신의 생각이 짧았사옵니다. 대왕 폐하의 뜻대로 하시옵소서. 하오나 소장은 이번에야말로 백제와의 오랜 구원을 끝내도록 만전을 기하겠사옵니다. 믿어주시옵소서."

"내 약조를 지키겠다는데 왜 그리 말씀하십니까? 그리고 장군을 믿지 않으면 누구를 믿겠습니까? 그런 말씀 마시고, 일단 병사들부터 푹 쉬게 하시구려."

"황은이 망극하옵니다. 그럼 소장은 이만 물러가겠사옵니다."

선길은 담덕의 명을 받고 물러 나와 병사들이 휴식을 취하도록 조치하였다. 강행군을 앞두고 먼저 병사들을 쉬게 하려는 의도였다.

패수가는 아무 일도 없다는 듯 여전히 적막감이 감돌았다. 육지의 전선에서 치열한 전투가 벌어지고 있는 것과는 대조적이었다. 이런 상황에서 담덕의 막사에 전령병이 급하게 찾아들었다.

"아뢰옵니다."

"무슨 일이냐?"

담덕의 경비대장 오골승이 물었다.

"다기 장군이 보내서 왔사옵니다."

"들라 하라!"

전령이 들어와 예를 취한 다음 보고했다.

"모든 전선에 걸쳐 공격하고 있으나 백제군의 반격이 예상 밖으로 강력하다 하옵니다. 백제군이 계속 증원되고 있어 더 이상의 전진이 어려운 형편이옵니다."

"백제군이 계속 증원되고 있다고……."

"그렇사옵니다. 백제군은 이미 전선의 사령부를 전방에 배치하면서까지 사활을 걸고 대항하고 있사옵니다. 모든 전선에 걸쳐 공격을 퍼붓는데도 일진일퇴를 거듭하며 교착 상태에 빠져 있사옵니다."

전령의 보고를 받은 담덕은 곧바로 답신을 써 내려갔다. 그의 얼굴에는 결연한 의지가 서렸다.

'어떤 어려움이 있더라도 계속 백제군을 전선에 붙잡아 놓으시오. 틈을 주지 말고 계속 공격하여……'라는 내용이었다.

이미 지엄한 군령으로 엄명한 바인데도, 이를 재차 명한 것은 이 전쟁의 승패가 백제군을 전선에 얼마나 붙들어 두느냐에 좌우되기 때문이었다.

"이 서찰을 직접 전하도록 하라."

전령이 서찰을 받아들고 나간 후 담덕이 다시 지시했다.

"전 지휘관들을 모이라고 이르시오."

"알겠사옵니다. 대왕 폐하!"

담덕은 수군이 움직일 때를 기다리고 있었다. 그는 백제군을 전선으로 끌어낸 상태에서 해상을 통해 그 허리를 잘라 섬멸하기 위한 작전을 머릿속에 그려 놓고 있었다.

백제는 그들의 수군을 믿고 감히 고구려가 바닷길로 공격하리라고는 생각지도 못할 것이었다. 그들은 전선에 군사를 투입하면서 고구려군의 공격을 막아내는 데 전력을 기울일 것이었다. 이 허를 찌른다면 작전은 성공할 수 있었다.

담덕의 지시를 전해 받는 장군들이 막사에 집결하였다. 이들을 보며 담덕이 입을 열었다.

"이제 출항할 때가 되었소이다. 준비는 다 되었겠지요?"

"물론이옵니다. 소장은 이미 백제 수군을 격파할 만반의 대책을 세워 놓았사옵니다. 명만 내리시옵소서."

선길이 힘찬 목소리로 대답했다.

"나는 장군을 믿습니다. 내 거듭 말하지만, 이번 전쟁의 승부는 수군의 활약에 달려 있다는 것을 명심해야 할 것입니다. 그럼 먼저 수군이 앞서 나아가 활로를 열어놓도록 하시오."

"신명을 다 바쳐 기필코 진군로를 열어놓겠사옵니다."

담덕의 명이 내려진 후 어스름한 저녁 무렵, 군사들이 하나둘 눈에 띄기 시작했다. 보이지 않던 고구려 선단도 그 실체를 드러냈다. 그 규모는 실로 대단했다. 선단이 즐비하게 늘어져 있는데 그 끝이 보이지 않았다. 고구려에 이토록 강력한 수군이 존재한다는 것은 아직 알려지지 않은 상태인 데다, 수만의 대군이 한꺼번에 선단을 통해 움직인다는 것은 이때까지 있어 보지 못한 일이었다.

수만의 군사들은 어둠 속에서도 일사불란하게 함대에 오르기 시작했다. 그들의 동작은 민첩하기 그지없었다.

군사들이 배에 오른 후 담덕도 부살바와 함께 배에 올랐다. 그리고 군사를 향해 명을 내렸다.

"자! 닻을 올려라."

담덕의 명에 고구려 선단은 백제 수군의 기지를 향해 소리 없이 나아갔다. 선두에는 선길이 고구려 수군을 이끌고 있었다.

백제 수군은 패수浿水(한강 하류) 길목에 집중 배치되어 있었다. 고구려 수군은 그곳을 향해 접근해 갔다.

선길은 백제의 수군을 격파해 제해권을 장악하고 고구려 군사가 상륙할 진입로를 열어야 했다. 그래야 백제군의 허리를 잘라 양면 협공으로 백제를 단숨에 몰아칠 수 있었다.

새벽녘이 될 무렵, 밤새 항해한 고구려군은 백제 수군의 본거지에 이르렀다. 백제 수군 진영은 조용했다.

선길은 백제 수군 쪽을 오랫동안 응시하였다. 백제 수군은 그가 힘을 들여 강력하게 구축한 군대였으니, 그 전형이야 손바닥보듯 잘 알고 있었다. 이제 자기 손으로 단련시켰던 군대를 공격해야 하는 처지였다. 이내 선길은 수군을 향해 명을 내렸다.

"속도를 늦추고 진을 펼치면서 계속 접근하라."

고구려 수군이 전진해 오는데도 백제군은 알아차리지 못한 듯 아무런 대응이 없었다. 백제 수군의 기지로 근접하자 전함이 어렴풋이 보이기 시작했다.

"자! 공격하라!"

선길의 명령에 고구려 수군은 북을 둥둥 울리고 우레와 같은 함성을 지르며 백제군의 함대를 향해 쏟아져 나갔다.

"불화살을 쏴라!"

"선단을 걸어라! 공격하라!"

연이어 명령이 떨어졌다.

"기습이다!"

"적군이 몰려온다."

"병사들은 자리를 고수하라!"

"배를 돌려라!"

백제군은 혼비백산했다. 고구려군의 전격적인 기습 공격에 백제 수군은 속수무책 무너져 갔다.

담덕은 백제 수군의 본거지를 장악한 상태에 이르자, 부살바 장군에게 기병과 보병 부대들을 이끌고 즉시 상륙하여 백제군의 허리를 자르라고 명을 내렸다.

 선길 장군에게는 한강 하류로 진입하여 상류로 거슬러 올라가라고 명했다. 그것은 백제 수군의 잔당을 소탕하여 제해권을 완전히 장악하면서도 연이어 군사들을 상륙시킴으로써 백제군의 허리를 완전히 자르기 위함이었다.

 상륙한 고구려군은 파죽지세로 전진해 나갔다. 백제군의 주력은 이미 예성강 연안의 전선으로 나가 있는 상태였다. 고구려와 백제군은 지금까지 예성강 연안에 걸쳐 서로 치열한 혈전을 거듭하고 있었다. 그런데 고구려군이 한강 하류로 대군을 상륙시켜 백제의 측방과 후방을 공략하니, 이에 백제군은 저항 한번 제대로 해보지 못했다.

 고구려군은 손쉽게 한강 연안에 걸쳐 있는 성을 장악한 다음, 독 안에 든 쥐 꼴이 된 백제군을 양면에서 협공하여 제압해 나갔다. 양면에서 공격을 받은 백제군은 쉽게 무너져 갔다. 이미 전쟁의 승패는 결정 나 있었다. 고구려의 완벽한 대승이었다.

 담덕은 전령을 불렀다. 이미 전쟁의 승패가 판가름 난 이상 더이상의 싸움은 무모한 짓이었다. 그래서 백제 아신왕에게 항복을 권하는 서찰을 보내고자 한 것이다.

 담덕은 일필휘지로 글을 써 내려갔다.

 "해모수와 하백의 자손인 나, 고구려 태왕 담덕은 백제 아신왕에게 이르노라! 고구려와 백제의 오랜 승부는 고구려의 승리로 결말이 났다. 백제 아신왕은 이를 받아들이고 항복하기 바란다. 이제 고구려와 백제는 지금까지의 은원 관계를 청산하고 새로운 관계를 모색해야 할 것이다. 지금껏 같은 단군족이자 형제국의 나라이면서도 서로 원수지간인 양 다투어 왔으나, 이제 단군족의 행복과 번영을 위해 대제국고구려의 거수국渠帥國으로 살아가기를 바라노라. 천손의 나라 고구려대왕, 영락 태왕."

"대령하였사옵니다."

"지금 이 길로 백제의 아신왕에게 이 서찰을 전하도록 하라!"

"명을 받들겠사옵니다."

담덕은 전령을 보낸 후 답신을 기다렸다. 이제 백제가 은원을 청산하고 단군족의 나라로서 고구려와 함께해 나가기를 바라는 마음 간절하였다. 이의 수용 여부는 아신왕에게 달려 있었다.

담덕은 백제 아신왕의 답변을 기다리면서 고구려 군사에게 대기 명령을 내렸다.

"진격을 멈추고 다음 명령을 대기토록 하라."

고구려군은 담덕의 지시에 수도성을 눈앞에 두고도 더 나아가지 않았다. 고구려 대군이 한곳에 모이자 그 수는 이루 헤아릴 수 없었다. 이번 백제 정벌에 기십만에 가까운 대군을 동원한 것이다. 이참에 백제와의 전쟁을 확실하게 끝내려는 단호한 의지였다.

승승장구한 고구려 군사의 사기는 하늘을 찌를 듯했다. 승리를 자축하는 함성이 울려 퍼졌다. 그러면서도 진격을 멈추라고 하는 명을 의아해했다. 백제의 수도성인 남한성을 공략한다면 충분히 함락하고도 남을 기세였다. 이를 누구보다도 잘 알만한 대왕께서 더 이상 진격하지 말라고 하니 이상한 것이다.

고구려군이 휴식을 취하는 중에 사신으로 보낸 전령이 도착했다.

"어찌 되었느냐?"

"백제의 아신왕은 서찰을 받아본 후, 얼굴이 붉으락푸르락하며 노발대발하였사옵니다. 그리고 서찰을 발기발기 찢어버렸사옵니다. 목숨을 부지하고 온 것만 해도 다행이었사옵니다."

담덕의 얼굴이 일그러졌다. 쉽게 항복하리라 생각하지는 않았지만, 아직도 대세를 파악하지 못하고 있다니 어리석기 짝이 없었다. 자신의 분노 때문에 승산 없는 싸움을 계속하자는 것을 보면 아주 끝장을 보자는 것이었다.

"대왕 폐하! 급보이옵니다."

"무슨 일이냐?"

"백제군이 수도성 밖으로 나와 아군을 향해 진격하고 있사옵니다."

"뭐라고?"

담덕의 얼굴이 분노로 벌겋게 달아올랐다. 마지막 기회를 주었음에도 이를 내팽개친 자에게 인정을 베풀고 싶지 않았다.

"고구려 군사에게 명하노니 즉시 반격하여 백제의 수도성인 남한성을 함락하라."

담덕의 명이 떨어지자 휴식을 취하고 있던 고구려 군사는 수도성 밖에 나와 있던 백제 군사를 격파하며 물밀듯이 남한성을 향해 나갔다. 담덕 또한 공격을 직접 지휘하기 위해 남한성으로 말을 달렸다.

백제 군사는 고구려군의 공세에 밀려 수도성으로 후퇴하였다. 남한성에서 수성전을 전개하며 대항하려는 의도였다. 남한성은 곧바로 고구려군에 의해 포위되었다.

"대왕 폐하께서 납시었다! 대왕 폐하! 만세!"

백제의 수도성을 에워싼 고구려군의 함성은 백제의 남한성을 들썩들썩 움직이고도 남았다.

"모든 장군들은 들으시오! 수라바 장군은 좌측을, 다기 장군은 우측을, 부살바 장군은 정면을 맡아주기 바라오."

담덕이 직접 전장에 나서며 독려하자, 고구려군의 사기는 하늘을 찌를 듯했다. 고구려 군사의 함성에 백제의 수도성은 저절로 무너질 듯했다. 백제 군사는 이미 전의를 상실해 버렸다. 고구려 군사들은 순식간에 성벽을 기어올랐다. 한 곳이 무너지자 굳게 닫혔던 성문이 열렸다. 곧이어 연속적인 소리가 들려왔다.

"백제의 아신왕이 항복하였다."

"아신왕이 끌려 나온다."

백제의 아신왕은 흰옷을 입고 머리를 풀어 헤친 상태로 성 아래에서 무릎을 꿇었다.

담덕은 아신왕이 있는 곳으로 나아갔다. 무릎을 꿇고 사죄를 청하는 모습을 보니 마음은 그다지 좋지 않았다. 그 전에 자기 제안을 받아들였다면 이런 수모를 겪지 않아도 되었을 것이었다.

아신왕이 담덕을 보고 사죄를 청하였다.

"신은 천손인 대왕 폐하를 알아보지 못하고, 오만방자한 행동을 일삼으며 감히 맞서려 하였사옵니다. 이에 신은 대왕 폐하께 사죄를 청하오며 하해와 같은 아량으로 용서해 주시기를 바라옵니다. 신은 앞으로 대왕 폐하의 노객으로 살아갈 것을 맹세하옵니다. 또한 남녀 생구(노비) 1천 명과 가는 베 1천 필, 백제의 영토 58성 700촌을 바치겠사오며, 제 아우와 대신 10명을 보내 대왕 폐하의 가르침을 받도록 하겠사옵니다. 대왕 폐하의 넓으신 아량으로 용서해 주시기를 거듭 청하옵니다."

담덕이 아신왕의 사죄에 대답했다.

"같은 단군족이자 형제국의 나라로서 이제 새로운 관계를 맺어가자는 내 제안을 그대가 거부하고 항거하였기에 용서치 않으려 하였다. 허나 이제나마 뉘우치고 참회한바 그대를 용서하노라. 내 그대 나라를 고구려의 거수국으로 인정할 것인바 내 뜻을 잘 알아서 처신하도록 하라. 앞으로는 같은 단군족이자 형제국의 나라로서 함께하기를 바라노라."

담덕이 아신왕을 일으켜 세웠다.

담덕은 백제의 멸망을 원치 않았다. 백제를 완전 멸망시켜 단군족의 단합을 힘으로 강제하면 더 많은 전쟁을 야기시킬 수 있었다.

실상 담덕은 단군조선의 통치방식을 연구하면서 백제와 자연스럽게 협력해 나가려면 거수국 체제가 적합하다고 판단하고 있었다. 거수국으로 인정하여 점차 화합의 분위기를 조성함으로써 백제 백성들에게 단군족이 하나로 모여 행복한 삶을 살아갈 수 있다는 것을 보여주고자 했다. 단군족의 협력이 백성들의 마음에서부터 세워지게 하려는 심산이었다.

제왕운기에는 요동遼東으로부터 만주와 한반도 전 지역이 고조선의 강역이었다고 설명한 후 그 가운데 사방 천 리가 조선朝鮮이었다고 표현하고 있다. 또 고조선이 붕괴된 후 한반도와 만주에 있던 한(삼한), 부여, 비류, 고구려, 남옥저, 북옥저, 예, 맥 등의 나라가 모두 단군의 후손이었다고 기록하고 있다. 또 후한서 예전에도 예와 옥저, 구려는 본래 모두 조선의 땅이었다고 했다.

이로 볼 때 단군조선은 왕이 직접 통치하는 직할지뿐만이 아니라 거수渠帥(제후)들이 지방을 다스리는 거수국渠帥國 체계를 두었다고 판단할 수 있다. 거수국 체제는 처음 중앙집권적인 통치가 불가능할 때 먼저 그들의 나라를 인정하고 중앙의 통치자에게 복종하게 하는 지배방식이다. 물론 중앙의 권력이 강화되고 서로의 공통점이 많아지면 중앙에서 사람을 보내 직접 통치하는 방식으로 전환하여 나갔다.(『고조선 우리의 미래가 보인다』, 윤내현 저, 민음사)

담덕이 아신왕을 친히 일으켜 세우자 더욱 황공함을 표시했다. 그러나 아신왕은 속으로 절치부심 이 원수를 갚겠다고 다짐하고 있었다. 대백제국의 황제로서 성 밑에서 노객으로 살겠다고 맹세한 이 수모를 절대 잊을 수는 없었다.

담덕은 이런 아신왕의 마음을 모른 척했다. 백제왕이 지금은 분노와 노여움을 갖고 대하더라도, 백제가 바친 58성 700촌을 단군족의 이념에 따라 다스려 나간다면 단군족 단합의 토대는 마련될 것이었다.

> 광개토호태왕릉비문에는 영락 6년 병신丙申년에 태왕太王이 직접 군을 거느리고 아리수阿利水(한강)를 건너 성을 포위하니 백잔 임금이 …… 무릎을 꿇고 …… 맹세하자 …… 어리석었던 허물을 용서하고 군사를 돌리어 수도로 돌아왔다고 쓰여 있다.

담덕은 백제왕이 바친 것을 이끌고 고구려로 다시 군사를 돌렸다. 물론 선길 장군의 가족들 중 살아 있는 사람들을 수소문해 데려왔으나, 일부는 이미 죽임을 당하거나 노비로 팔려 간 상태였다.

고구려 백성들은 백제 원정의 승리를 자축하며 축제의 분위기로 들끓었다.

담덕은 58성 700촌의 성주로 황족 출신의 만고를 임명했다. 그러면서 이에 덧붙였다.

"만고 장군은 이곳을 모든 백성들이 복을 누리고 살도록 잘 다스리시오."

"황은이 망극하옵니다."

"거듭 말하지만 첫째도, 둘째도 홍익인간의 정신을 실현한다는 일념으로 다스려 주시오. 이 점을 꼭 명심해야 할 것이오."

"명심 또 명심하겠사옵니다."

담덕은 만고에게 거듭 강조하며 국성으로 향했다.

대제국의 기치를 건 상태에서 단군조선의 계승자 자리를 놓고 패권을 다투었던 백제마저 제압하였다. 이제 단군조선의 정통 계승자로서의 원대한 꿈은 백제가 고구려에 바친 땅을 앞으로 어떻게 다스리는가에 달려 있게 되었다.

담덕이 국성으로 돌아오는 도중에, 모든 백성들이 길가에 나와 대왕을 찬양했다. 그동안 백제의 침입으로 당한 고통을 두 번 다시 겪지 않도록 뿌리까지 시원하게 해결했으니 그 기쁨은 이루 말할 수 없었다.

담덕이 지나가자 백성들은 '천손의 아들, 대왕 폐하 만세'를 외치며 환호했다.

담덕은 백성들을 감회 어린 눈으로 바라보았다. 고구려대제국을 진심으로 바라는 이들의 모습을 보니 다시금 마음이 새로워졌다.

백성의 행복과 나라의 번영을 위해서는 단군족을 하나로 모으는 꿈을 실현해야 했다. 단군조선의 정통 계승자가 누구인가는 백제와의 싸움으로 일단락되었으나 그것으로 끝이 아니었다. 진정한 승부는 그 이상에 맞게 나라를 어떻게 다스리는가에 달려 있었다.

담덕의 눈은 활활 타오르며 빛났다. 그것은 이 승리에 안주하지 않고 기필코 천손의 나라를 건설하기 위해 더욱 박차를 가하겠다는 다짐이었다. 담덕은 백성들의 환호 소리에 손을 힘차게 흔들었다. 그런 다음 두 주먹을 불끈 쥐어 보였다. 이미 담덕의 생각을 알고나 있는 듯 백성들은 함성으로 화답하였다.

6장
흥익인간의 이상 실현을 위해

41

영락 8년(398년) 8월, 백제의 항복을 받은 지 2년여의 세월이 흘렀다.

평양성내로 들어가는 들판에는 오곡이 풍성하게 무르익었다. 살랑살랑 불어대는 바람에 들판은 황금색 물결로 출렁거렸다. 벼 모가지는 굵은 이삭의 무게를 이기지 못하고 길게 늘어져 고개를 숙였다. 살찐 알곡의 냄새를 맡은 참새들이 우르르 벼 이삭에 몰려들었다. 이를 본 애들이 워-어 소리치며 참새를 쫓아내고 있었다.

그 고함에 깜짝 놀란 참새 무리가 하늘로 날아갔고, 천을 매단 허수아비는 자기와는 상관없다는 듯 웃음을 머금으며 나풀댔다.

땀 흘려 일한 대가가 결실을 맺어가는 한가로운 들녘 풍경이었다.

풍요로움에 넋이 나간 듯, 세 사람이 들녘 풍경을 만끽하며 말을 타고 지나가고 있었다. 평복 차림이나 풍기는 분위기는 범상치 않은 인물들인 듯했다. 이들은 다름 아닌 담덕과 부살바, 오골승이었다.

담덕이 암행에 나선 것이었다. 특히 평양성과 남평양성을 비롯한 남쪽 지역이 얼마나 잘 다스려지고 있는가를 직접 파악해 볼 심산이었다. 이곳이야말로 지금 상황에서 그의 꿈이 실현되느냐, 마느냐와 직결되어 있었다.

그가 대왕에 즉위한 지 8년이 지나면서 내정도 일원적인 체계로 개혁되었고, 큰 골칫거리라 할 수 있는 거란과 백제도 제압되었다. 대내외적 상황 모두에서 기본적인 골격이 세워진 형편이었다. 이제 뼈대에 살을 붙여야 했다. 그래야 용광검을 쥐고 맹세했던 천손의 나라를 건설하는 단계로 전진할 수 있었다.

천손의 나라는 다른 나라를 침략하고 지배하는 그런 나라가 아니었다. 하늘의 자손으로서의 자부심을 옹그니 세워내고, 천손의 백성 모두가 복된 삶을 누리고 사는 나라를 뜻했다. 그러자면 단군족의 단합이 우선 실현되어야 했다. 그 때문에 지금까지 단군족을 하나로 모아갈 여건을 조성하기 위해 심혈을 기울여 왔다. 보위에 오른 이래, 거의 쉼 없이 전장을 전전한 것도 그 때문이었다. 그 결과 당장의 우환거리는 해결한 셈이었다.

물론 모든 단군족을 단합시킨다고 하여, 그저 지역적 영토와 백성을 하나로 합치는 것만을 목표로 삼지 않았다. 그리했다면 백제를 아예 멸망시켜 없애 버렸을 것이고, 신라도 고구려의 발 아래 굽실거리도록 만들었을 것이다. 그러나 그렇게 하지 않은 것은 단군족을 단합시키려는 목적 자체가 모든 백성이 영화를 누리고 사는 천손의 나라와 맥락이 닿아있기 때문이었다.

이제 새로운 단계로 나아가려면 고구려 백성만이 아니라 모든 단군족이 서로 어울려 행복하게 살 수 있다는 가능성을 먼저 보여주어야 했다. 그런데 이것은 결코 전쟁에서 이기는 것만으로 해결될 수 없었다. 그래서 담덕은 내치에 전력을 기울이도록 지시하면서 단군조선의 통치 철학인 홍익인간弘益人間의 이념에 따라 백성을 다스려 나갈 것을 독려했다.

홍익인간의 이념은 널리 인간 세계를 이롭게 한다는 것으로서, 하늘의 자손 즉 백성이 복되게 삶을 살게 하는 것이었다. 이리하자면 나라 살림과 풍요로운 생활 문화를 다방면으로 진흥시키면서, 또한 이 모든 것이 백성들에게 두루 혜택이 미치도록 해야 했다. 이것은 몇몇 사람의 힘으로 되는 것이 아니라 온 백성이 나섰을 때 가능한 일이었다. 이를 알았기에 담덕은 백성들의 삶이 어떠한지 파악하고자 했고, 그들의 목소리를 직접 들으려고 한 것이다.

"대왕 폐하! 올해도 풍년이 들 모양이옵니다."

담덕의 마음을 알아본 부살바가 오곡이 풍성하게 익어가는 들녘을 바라보며 흡족한 듯 말했다.

담덕도 뿌듯한 마음이었다. 벼 이삭이 바람에 흔들거리며 스-
썩 스-썩 내는 소리는 벼가 단단하게 여물며 익어가는 소리로 들
렸다. 백성들의 쌀독에 알곡이 가득 채워지게 된다는 생각에 저
절로 흥겨워졌다.

"그런가 봅니다. 그러나 무엇보다 백성들의 얼굴이 환한 것을
보니 참으로 좋습니다."

"이 모두가 대왕 폐하의 은덕이옵니다."

"그러하옵니다. 대왕 폐하께서 그토록 바라신 태평성대가 펼쳐
지고 있음이옵니다."

오골승도 부살바의 말에 공감을 표시했다.

"이 모두가 백성들이 피땀 흘려 노력한 결과가 아니겠소? 또 장
군들께서 든든한 버팀목이 되어서 더욱 수월하게 된 것이고요."

"그리 말씀하시니 소신들은 부끄럽기만 하옵니다."

어느덧 세 사람의 그림자가 길게 늘어졌고, 멀찌감치 주막집이
눈에 들어왔다. 사람들이 떠들썩하게 술을 마시고 있는지 그 소
리가 멀리까지 들려왔다.

"오늘은 저곳에서 탁주 한 사발 걸치며 하루 유하고 가는 것이
어떻습니까?"

담덕이 부살바와 오골승을 향해 의견을 물었고, 이에 두 사람
이 기분 좋게 대답했다.

"그리하시옵소서."

세 사람이 주막에 도착하여 들어서자 주모가 반갑게 맞아들

였다.

"어여 오세요. 차림을 보아하니 이곳 분들은 아닌 듯싶으신데……. 어떻게 탁배기 한 사발 올릴까요?"

"그리하게나. 그런데 여기서 하룻밤 유할 수 있겠는가?"

"물론입죠. 되다마다요. 이리로 오십쇼. 깔끔한 방으로 안내해 드리지요."

주모는 꽤나 친절했다. 오랫동안 이런 장사를 해 온 사람에게서 나오는 자연스러운 행동이었다.

"말은 저쪽 마구간에 매시고, 자─아 방은 이쪽입니다."

"고맙네. 상이나 한 상 봐오구려."

"네─네. 쫌만 기다리셔요. 휑하니 갖다 드릴 테니……."

주모가 간 사이 오골승은 말을 매두기 위해 마구간으로 갔고, 담덕과 부살바는 주모가 안내한 방의 토마루에 걸터앉았다. 술을 마시며 얘기하는 사람들의 목소리가 자연스럽게 들려왔다.

"이놈의 새 떼가 극성이네그려. 쫓아도 쫓아도, 도망가지를 않는단 말일세."

"그러게 말이여. 나락이 여물었으니 그럴 만도 하지."

"올해 농사도 잘될 것 같네그려. 이리만 되면 대풍이 아닌가 말이여."

"요즘만 같으면 정말이지 세상 살맛이 난다니까. 풍년도 풍년이지만 나라에 내는 세가 줄었으니까 그런 게지."

"맞는 말일세. 풍년이면 뭘 하겠는가? 옛날 같으면 죽어라 고생해 일해 봤자, 내라는 것이 왜 그리 많은지, 남는 것이 뭐 있었어야 말이지."

"그리 보면 이곳 성주가 인물은 인물인 모양일세. 성주가 새로 부임한 이후부터 세상이 변했으니 말이네. 성주가 대왕 폐하의 처남이고 사형이라던데, 정말 다르기는 다른 모양일세."

"성주도 성주지만 대왕 폐하가 계시기 때문에 그런 것 아닌가. 난 솔직히 싸움만 잘하시는 줄 알았더니, 아! 그게 아니잖아. 전쟁 나면 우리야 죽기밖에 더하겠나. 근데 전쟁 걱정도 안 하고, 노역이다 세금이다 고생고생 할 일도 없고…… 이렇게 넉넉한 생활까지 할 수 있게 되었으니, 일찍이 우리 같은 무지렁이를 이리도 생각해 주시는 대왕이 있었던가? 절대로 없었지."

"당연한 말씀……. 이게 다 우리가 대왕 폐하를 잘 만난 홍복이 아니고 그 뭐겠는가?"

"그야 두말하면 잔소리지. 자! 한잔하세그려."

이들의 얘기에 담덕과 부살바는 서로 행복한 미소를 보냈다. 평양 성주인 다기가 백성들을 위한 정책을 잘 펴고 있어서 좋았고, 백성들이 저리도 즐거워하니 그냥 그저 기쁘기 한량이 없었다.

"제가 없는 사이에 무슨 좋은 일이라도 있었사옵니까?"

만면에 웃음을 짓고 있는 두 사람의 표정을 보고 오골승이 궁금한 듯 물었다. 언제나 대왕의 신변을 염려하며 한시도 경계의 눈을 게을리하지 않는 그였으나, 대왕의 흐뭇한 표정에 덩달아 기뻐했다.

"저곳을 보시구려."

부살바가 저편에서 술을 마시고 있는 농군들을 가리켰으나 오골승은 얼른 이해하지 못했다. 농군의 일상적인 모습이 뭐 특별하게 즐거워할 일인가 하는 생각이었다.

"백성들이 저리 행복해하니 이게 다 대왕 폐하의 은덕이 아닌가?"

"아—예!"

오골승은 그제야 알아차렸다. 그러고 보니 농군들의 노는 모양이 참으로 한가하고 편안해 보였다. 아마 폐하께서는 저런 백성의 모습을 보고 흐뭇해하신 모양이라고 생각했다.

"다기 장군께서 평양성을 참으로 잘 다스리는 모양이옵니다. 역시 단군조선의 정신을 따르려는 사람은 무언가 다르기는 다른 모양이옵니다."

부살바의 말에 담덕이 미소를 지으며 말했다.

"그런 것 같습니다. 백성들이 저리도 입에 침이 마르도록 칭찬하는 것을 보니 말이오. 평양성이 이리 잘 꾸려졌다니 온 단군족의 단합이 그리 멀지만은 않은 모양이오."

이렇게 대화를 주고받는 동안 주모가 술상을 차려왔다.

"맛있게들 드셔요. 부족한 게 있으면 언제든지 얘기하시고요."

탁배기에는 술이 철철 넘쳐흘렀고 안주는 푸짐한 야채에다 고기도 곁들여 있었다. 쌀독 속에서 인심 난다고, 이것만 봐도 이곳 백성들의 생활을 짐작할 수 있었다.

"주모! 저쪽에도 탁배기 한 사발 갖다주구려."

"그리하겠습니다만 혹시 저분들을 아십니까?"

담덕의 주문에 주모가 고개를 갸우뚱거렸다. 전혀 모르는 사람 같은데 호의를 베푸는 것이 이상하게 보인 모양이었다.

"아는 것은 아니네만, 하도 말씀들을 재미있게 나누는 것 같아 기분 좋아 그러네."

"아—예. 그리하겠습니다."

주모가 간 후에 세 사람은 넘치게 술을 채워 기꺼운 마음으로 잔을 들었다. 쭉 들이켠 술이 목구멍을 타고 시원스럽게 넘어갔다. 무더위 속을 헤치고 온 노독이 한잔 술에 가뿐히 녹아내리는 것 같았다.

담덕이 다시 술잔을 들어 건배를 청했다. 행복해하는 농군들의 얘기 소리에 술맛이 달게 느껴진 것이다. 이때 아까 그 무리 중 하나가 다가왔다. 햇볕에 그을린 얼굴이지만 표정은 밝았다.

"전혀 모르시는 분 같은데……. 혹시 우리를 잘못 보신 것이 아닌지요?"

"오해 마시기 바랍니다. 하도 흥겹게 드시는 게 보기 좋아 한잔 하시라고 대접한 것뿐입니다."

"아—예! 우리는 잘못 아시고 그러는 줄 알고…… 이곳 분들은 아닌 것 같고……."

"평양성으로 가다가 날이 저물어 이곳에서 하루 유하고 가려고 합니다."

"그래요? 우리야 이곳에서 한평생 땅이나 부쳐 먹고 사는 사람들입니다만, 이렇게 넙죽 받아도 되는지…… 어쨌든 주시는 것이니 잘 먹겠습니다."

"오신 김에 한잔 받으시지요?"

담덕이 가식 없이 잔을 건네자 농군이 황송해하며 잔을 받았다. 그리고는 단숨에 마시며 한마디 꺼냈다.

"참 세상인심 많이 달라졌습니다. 이렇게 술도 얻어먹고…… 내 한잔 따라 드리겠습니다."

"좋지요. 그런데 지금 하신 말씀을 듣자 보니, 예전에는 인심이 안 그랬다는 것 같으신데……."

담덕이 흔쾌히 잔을 받으며 되물었다.

"아— 술은 웬 술이겠습니까? 당장 먹고 살기도 힘든 판국에…… 내가 생각할 적에 아마 태평성대가 있다면 지금이 딱 아닌가 싶네요."

"술 한잔 대접받았다 하여 너무 과하게 말씀하신 것 아닙니까? 진정 태평성대라고 한다면 임금도 필요 없다는 말이 있듯이, 아예 그런 말이 나오지 않아야 하지 않겠습니까?"

담덕이 농군을 슬쩍 떠보았다. 그러자 농군이 제법 불쾌한 목소리로 반문했다.

"거 말씀 한번 이상하게 하시네. 아니 내가 술 좀 얻어 마시고 태평성대라 떠벌린다 해서, 더 얻을 게 무어 있겠소?"

"아—, 내 말을 그렇게 나쁘게 받아들이지 마시고…… 나는 다만 태평성대를 구가한다는 것은 성현들이나 할 수 있지…… 지금 세상을 그렇게까지 말할 수 있을는지…….”

담덕의 반문에 농군이 다짜고짜 기분 나쁘다는 듯, 반말 투에 가까운 말이 거칠게 튀어나왔다.

“참나, 뭐? 성현들이나 한다고…… 그면 우리 대왕 폐하는 성현이 아니란 말인가 본데……. 하기사 그깟 성현이라는 것들이 우리 같은 놈한테 해준 게 뭐가 있는데…… 성현 좋아하고 자빠졌네.”

“무엄하도다. 감히 어느 안전이라고?”

오골승이 일어서며 호통을 치자 담덕이 손을 들어 제지했다. 그러자 오골승이 얼굴을 찌푸리며 마지못해 앉았다. 이를 본 농군은 담덕이 대단한 권세가라고 파악한 듯 순간적으로 몸을 움츠렸다. 그리고는 경계의 눈빛으로 바라보기 시작했다.

“인심 한번 써주어 고맙다고 인사하러 왔더니……. 말 한번 참 고약하기 짝이 없구만.”

“기분 나쁘셨다면 사과드리겠습니다. 노여움을 푸시지요.”

“풀고 말 것도 없소. 우리 백성들을 위해 이만큼 잘살게 해주신 대왕 폐하도 몰라보고, 성현이니 뭐니 하며 말만 번지르르한 사람하고는 더 이상 말도 하고 싶지 않소이다.”

농군이 딱 잘라 말하며 그 자리를 피하려 하자, 담덕이 애써 붙잡고자 술을 권했다.

“한잔 더하고 가시지요.”

"아, 글쎄 일 없다고 그러지 않소. 시켜주신 술은 다시 돌려주 겠으니 댁들께서나 많이 잡수시오. 내 거지도 아닌데, 대왕 폐하 를 욕하며 주는 술을 받아먹을 수야 없지요."

농군은 담덕의 호의를 거부하며 가 버렸다. 이에 부살바가 농 군을 부르며 달려가려고 했으나 담덕이 제지했다.

"아닙니다. 내버려 두세요."

"송구하옵니다. 소신이 그만, 괜히 나서는 바람에……."

오골승이 죄진 것마냥 안절부절못했다.

"욕은 먹었습니다만 그리 기분이 나쁘지는 않습니다. 우리 한 잔 걸쭉하게 마셔 봅시다."

세 사람은 다시 술을 마셨다. 부살바가 조심스럽게 입을 열었다.

"대왕 폐하! 이게 다 대왕 폐하를 칭송하는 백성들의 마음이 아 니고 무엇이겠사옵니까?"

"맞사옵니다. 비록 소신이 분위기도 몰라보고 잘못을 저지르기 는 했사오나……. 소신 또한 가슴 뿌듯하옵니다."

"이게 다 백성들의 진심이 아니겠습니까? 백성들이 편안해지 면 믿음을 받지만, 그렇지 못하면 외면과 멸시를 받게 되지요. 그 렇지 않습니까?"

"맞사옵니다. 지금 백성들은 대왕 폐하를 하늘처럼 믿고 있음 이옵니다."

"아닙니다. 이제 시작에 불과합니다. 진정으로 백성들이 잘살 게 된다면 태평성대라는 말조차 나오지 않을 것입니다. 아직은 거기까지 한참 멀었습니다. 그 정도가 되어야지 우리가 뭘 했다고 할 수 있지 않겠습니까? 아니 그렇습니까?"

"대왕 폐하! 꼭 그리될 것이옵니다."

부살바와 오골승은 담덕이 백성들로부터 칭송을 받고자 함이 아니라, 진정으로 그들의 삶이 행복해지기를 바라는 마음이라는 것을 다시금 확인하고서 숙연해질 수밖에 없었다.

그들은 몇 잔 더 술을 마시며, 백성들의 삶을 행복하게 한다는 것이 도대체 어디까지인지를 서로 가늠해 보았다. 그런 다음 내일을 위해 잠자리에 들었다.

오골승과 부살바는 담덕의 안위를 위해 두 눈 부릅뜨고 경계에 만전을 기했다. 만에 하나라도 담덕의 안위에 이상이 생기면 큰일이었다. 그들은 밤새도록 경계의 촉각을 세웠다.

다음 날 아침, 그들은 가볍게 식사한 다음 평양성으로 길을 재촉했다. 다기 장군이 훌륭하게 평양성을 다스리고 있는 것에 만족스럽고 홀가분한 표정이었다.

어느덧 오솔길로 접어들었다. 그늘진 시원한 숲에 풀벌레들이 귀가 따가울 정도로 울어댔다. 자연 풍광을 둘러보기에 안성맞춤이었다. 이에 부살바가 담덕에게 여쭈었다.

"여기서 조금 쉬었다 가시는 것이 어떠신지요?"

"그리하도록 합시다."

이들은 풀숲에 자리를 깔고 앉았다. 그리고 오골승이 내민 물병을 시원스럽게 돌아가며 들이켰다.

"풀벌레들이 요란스럽게 내는 소리가 꼭 서로 잘났다고 외치는 소리 같사옵니다."

부살바가 목줄기의 땀을 닦아내며 말했다. 이에 담덕도 자연 풍광에 취한 듯 화답했다.

"그래요? 서로 잘났다고 자랑은 하면서도 다투지 않고, 서로가 어울려 멋진 소리를 내는 것 같은데…… 우리 인간사도 저리만 되면 참으로 좋으련만……."

"참 멋진 말씀이십니다."

언제 나타났는지 모르게 낯선 사람이 이들의 대화에 불쑥 끼어 들었다.

"누구시온지……."

부살바가 족히 오십이 넘어 보이는 사람을 보며 정중하게 물었다. 승복을 걸친 차림새로 보아 불자인 것이 분명했다. 수도 생활을 오랫동안 해왔음인지 얼굴은 맑고 이채를 발하고 있었다.

"소승이 지나가는 길에 염치 불고하고, 물 한 모금 마실 수 있을까 해서……. 대화를 방해했다면 정중하게 사과드리겠습니다."

"아닙니다. 물이라면 여기 있습니다."

오골승이 물병을 건네주자, 노승은 꽤 목이 탔는지 단숨에 들이킨 후 다시 돌려주었다.

"잘 마셨습니다. 이제 살겠습니다그려."

"어디 가는 길이신지요?"

부살바의 물음에 그것이 뭐 중요하냐는 투로 노승이 화답했다.

"불자가 어디 정해진 길을 가겠습니까? 그저 발길 닿는 데로 가는 게지요."

마치도 오랜 수양을 과시하며 담덕 일행에게 수작을 걸어보기 위한 말투였다. 이에 담덕이 노승을 떠보려는 투로 하문했다.

"그렇습니까? 그러시면 노승께서는 발길이 어디로 닿을 것인지, 그것은 한번 생각해 보셨는지요?"

노승은 담덕의 얼굴을 유심히 바라보았다. 발길 닿는 데라고 말하는 것이야 어디 목적이 없다는 뜻인데, 그것을 생각해 보지 않았느냐고 물으니 참으로 그 질문이 엉뚱한 것이다. 떠보려다가 도리어 깨친 수양의 정도가 그것밖에 안 되느냐고 실토 당하는 꼴이 될 수 있었다.

조금 전에 그들의 대화를 들으면서 범상한 인물이 아니라는 것을 알았지만, 직접 살펴보니 한 시대를 풍미할 만한 영웅이 되고도 남을 상이었다. 하지만 한번 뽑은 칼은 호박이라도 찌르고 집어넣어야 했기에, 그 또한 그냥 물러서지 않았다.

"발길이 향하는 대로 몸을 맡기면 될 것을 신경 쓸 일이 뭐 있겠습니까? 다 부질없는 짓이지요."

"발길이야 사람의 마음 따라 움직이는 것뿐인데…… 그러니 발길이 어찌 도착지를 알 수 있겠습니까?"

"마음도 없고 몸도 없는데 어찌 허상에 집착하리오."

담덕의 대꾸에 고승이 재차 화답했다. 결코 밀리지 않겠다는 의지가 은근히 엿보였다. 부살바와 오골승은 재미있다는 듯 둘의 대화를 옆에서 조용히 지켜보았다.

"마음도 있고 몸도 있는데, 억지로 그것이 없다고 애써 주장하는 게 허상이 아닐까요? 만약 몸과 마음이 없다면 뭐 하러 그것을 닦고 수양하려 하겠습니까?"

다시 담덕이 고승에게 반문했다. 그러자 고승도 지지 않겠다는 듯 대답했다.

"있는 것은 없는 것이고, 없는 것은 있는 것이라. 이것이 다 마음에 달려 있거늘 어찌 허상에 집착할 필요가 있으리오."

"있는 것은 있는 것이고, 없는 것은 없는 것이로다. 그러기에 있다가도 없고, 없다가도 있는 그 원리를 알아서 도를 깨우치고자 하는 것인데, 이를 어찌 허상에 집착한다고 할 수 있으리오."

"소승의 무례를 용서해 주시지요."

갑자기 고승이 자세를 바로 하며 사죄를 청했다. 이들이 예사 인물이 아님을 알고 떠보려다가 담덕의 반문을 받고서 그런 장난칠 사람이 아니라는 것을 깨달은 것이다.

"아니 별말씀을 다 하십니다. 무례라니요, 나 또한 많은 것을 배웠는데요."

"소승은 차타부라고 합니다. 그런데 존함이 어떻게 되시는지……."

"존함이라니요. 그게 뭐 중요하겠습니까? 우리는 단지 평양성에 벗을 만나러 가는 중입니다."

"소승도 평양성으로 가는 중인데 잘 되었습니다."

차타부라는 고승은 담덕을 정중하게 대했다. 담덕이 화려한 수사어구로 사람을 현혹시키는 것이 아니라, 진리를 단순 명쾌하게 표현하는 데서 오는 존경심이었다. 그런 말들은 자기 삶의 분야에서 상당한 경지에 이르지 않고서는 결코 나올 수 없음을 잘 알고 있었다.

담덕 일행은 차타부와 함께 동행하며 다시 평양성을 향했다. 담덕이 차타부에게 다시 말을 걸었다.

"평양성에 아홉 개 큰 절이 있는데 혹시 보셨습니까?"

"아직 보지 못했습니다."

"그래요. 그렇다면 내가 아는 사람이 있는데, 그 사람을 통해 구경시켜 드리도록 하겠습니다."

"한번 보고 싶었는데 고맙습니다. 그런데 절이 크다 하여 불심도 깊은 곳이라 할 수는 없을 듯합니다."

"맞는 말씀입니다만, 불심이 있는 곳에 절 또한 세워지는 것이 아니겠습니까?"

"하긴 그렇지요."

"그런데 스님께서는 언제 불가에 입문하셨습니까?"

담덕의 질문에 그는 멀리 하늘을 바라보았다. 새삼 자신이 어떻게 살아왔는가를 회고하자 만감이 교차하는 표정이었다.

"글쎄요. 다 지난 일이지만 세상 한번 기구하게 살아왔지요. 혈육 한 점 없이 고아로 살아왔으니까요. 그런데 어떤 기인을 만난 게 인연이 되어 불자의 길을 걷게 되었지요. 그때 나이가 스무 살

정도 되었었지요."

노승의 나이가 대략 쉰이 넘어 보였으니, 그가 불자가 될 무렵
엔 아직 고구려는 불교를 받아들이지 않을 때였다.

고구려는 소수림왕 372년에 전진으로부터 불교를 받아들였다.
소수림왕은 국제정세를 정확히 읽고 능동적으로 대처하기 위해
불교를 수용하였다. 물론 대외관계 때문만은 아니었다. 소수림왕
자신이 새로운 학문과 사상을 익히며 수용하기를 주저하지 않았
다. 그래서 전진의 불자 순도와 아도를 통하여 불교를 진흥시키
기 위해 힘썼다.

"죄송합니다. 괜한 질문을 드려……."

"아닙니다. 도를 깨치려 수양하고 있지만, 아직도 부족한 게지요."

"스님께서 불자가 되실 때는 불교를 받아들이지 않았을 때이니
참으로 고생이 많으셨겠습니다."

"도를 터득하려고 한 것인데, 그것을 고생이라고 할 수 있겠습니
까? 하긴 지금은 불교를 공인하고 있으니 그때보다야 낫겠지요."

"아니, 그럼 지금도 무슨 장애가 있다는 말씀이십니까? 나
라에서 불교를 널리 받아들이기 위해 평양성에 절까지 세웠는
데……."

담덕이 진중하게 물었고, 이에 차타부가 조심스럽게 입을 열었다.

"장애라고 할 수는 없지만, 요즘 회자되고 있는 단군조선을 계
승한 대제국을 건설하자는 기치가, 과연 불교를 진정으로 수용하
겠다는 것인지 의심스럽습니다."

"왜 그렇습니까? 불교의 진흥과 우리의 뿌리인 단군조선을 계
승하는 것이 서로 대립되는 것인가요? 그렇지 않다면 서로 추구
하는 방향을 합치시켜 가면 되는 것 아닐까요?"

"불교는 사람을 구속하는 온갖 고통의 쇠사슬을 끊고 해탈의
경지에 이르고자 하는 것인데, 단군조선을 이어받자는 대제국
의 기치는 사람을 단군족이라는 사슬로 더욱 얽어매는 것이 아
닙니까?"

"글쎄요. 꼭 그리만 생각할 게 아닌 듯싶습니다. 사람이 가치 있
는 삶을 살자면 스님처럼 수행하는 길도 있겠지요. 하지만……."

담덕이 말을 하려다 말고 차타부를 바라보았다.

고구려는 소수림왕 시기에 불교가 국가적으로 전파되면서 많
은 사람이 그것을 받아들이게 되었다. 고국양왕 또한 독실한 불
교 신자였다. 담덕은 평양성을 새롭게 꾸리게 하면서 단군사당
을 정비하는 것과 함께 절 또한 세우도록 하였다. 단군의 기치를
분명히 하면서도 문화적 수준을 더욱 높이기 위한 노력의 일환
이었다.

단군족이 서로 어울려 복되게 살아간다는 것이 선진 문물의 수
용을 방해하는 것은 아니었다. 도리어 백성이 복되게 살아가자면
단군조선의 기치인 홍익인간의 이상을 실현해야 했다. 그런데 불
자들이 단군조선의 계승 기치를 불교의 교리에 어긋나는 것으로
생각하다니 심각한 문제가 아닐 수 없었다. 담덕이 다시 말을 이
었다.

"그 도의 깨달음이 무엇이든 간에, 그것 또한 사람이 처한 삶의 조건과 환경 속에서 헤쳐가야 하는 것이 아닐까요? 사람과 백성을 떠난 깨달음이 무슨 쓸모가 있는지 나는 잘 모르겠습니다."

"그 점은 일리가 있다고 생각합니다. 소승이 아직도 깨달음이 부족해서 그런가 봅니다. 하지만 소승의 견해로는, 단군조선을 이으려고 하는 것이 과연 인간사의 모든 고뇌에서 벗어나려는 해탈의 추구를 가로막지 않는다고 어떻게 단언할 수 있는지 의문입니다. 단군족이라는 것 자체가 구속이 되고 굴레가 되지 않을까 해서요."

"원래 서로가 구속하는 관계가 아닌데, 왜 그리 말씀하는지 모르겠습니다. 지금 이 나라에는 불자이면서도 단군족의 기치를 들고 나가는 사람이 많습니다. 이것이 서로 가로막는 관계가 아님을 증명하는 것이 아니고 뭐겠습니까?"

"그런 사람이 많다는 것을 인정합니다. 하지만 과연 그것이 참다운 깨달음을 추구하는 것과 모순되지 않는다고 어찌 확언할 수 있는지, 그 점에 확신이 들지 않습니다."

차타부는 여전히 불교의 교리와 단군족의 기치를 내건 것이 서로 모순되는 관계라고 바라보는 듯했다. 이에 담덕이 분명한 어조로 대답했다.

"정녕 그리 의문이 드신다면 내가 절대 그런 일이 일어나지 않을 것이라고 확답해 드리겠습니다."

"아니 지금 무슨 말씀을 하시는지, 내가 지금 잘못 들은 것이 아닌지······ 그렇다면 혹시······."

자기 귀를 의심한 차타부의 눈동자가 놀라움으로 휘둥그레졌다. 비록 지금까지의 대화를 통해 범상한 인물이 아니라고 판단했지만, 바로 자기 앞에 있는 사람이 대왕이라는 암시를 하자 믿을 수가 없었다. 아무리 대단한 영걸이라고 하지만, 이런 평복 차림으로 길을 나선다는 것은 있을 수 없는 일이었다.

"그렇소. 바로 이분이 대왕 폐하이시요. 그 약속을 믿어도 될 것입니다."

지금까지 이들의 대화를 계속 듣고 있던 부살바가 끼어들어 담덕의 신분을 밝혔다. 그러자 차타부가 대왕에 대한 예를 갖추었다.

"대왕 폐하! 소승의 무례를 하해와 같은 아량으로 용서하시옵소서."

"내가 이렇게 대화해 보길 바랐거늘 무슨 용서이고 말고 하겠습니까?"

"황은이 망극하옵니다."

"대사! 대사께서도 평양 성주 다기에 대한 소문을 들어보셨을 것입니다. 백성의 칭송을 받는 성주이니 함께 협력하여 불교의 진흥을 위해 힘써 주시구려."

담덕의 말에 차타부가 황송해하면서도 사양했다.

"황공하옵니다만 불초한 소승이 대왕 폐하의 뜻을 받들기에는 너무 미력한 것 같사옵니다. 불초한 이 몸으로는 감히 받들기 어렵사오니, 하해와 같은 아량으로 굽어살펴 주시옵소서."

"대사! 내 약속하지 않았습니까? 평양성에 절을 짓고 하는 것은 불교를 널리 진흥시키고자 하는 것입니다. 다기 성주를 도와주십시오. 내 보기에 단군조선의 정신을 이어받으려고 하신 분과 불교의 참뜻을 수용하시려는 두 분이 서로 협력한다면 뭔가 큰 것을 이룰 것 같아 그럽니다. 부디 내 뜻을 받아주시구려."

"그리 말씀하시니 더는 사양치 않겠사옵니다. 대왕 폐하의 성은을 입었으니 미력하나마 신명을 다 바치겠사옵니다."

"고맙소이다. 내 이리 귀인을 얻게 되었으니 정말 기쁘기 짝이 없습니다. 이것이야말로 이 나라의 복이 아니고 무엇이겠습니까?"

그들 일행은 평양성을 향해 걸음을 재촉했다. 다그치는 발걸음에는 힘이 넘쳤다. 백성들이 풍요로운 삶을 누리게 하자면 되도록 사회의 바탕을 이루는 문화가 다방면으로 발전하면서도, 그 가치가 상호 존중하는 방향으로 나아가야 한다는 것을 담덕은 잘 알고 있었다.

42

가부는 들녘을 넘어 산속으로 숨을 헐떡거리며 뛰었다. 그 뒤로는 무장한 군사들이 뒤쫓았다. 알록달록 물들어가는 잎사귀들은 9월 무렵의 절묘한 광경을 자아냈지만, 가부에게는 아무런 의미가 없었다.

그의 뇌리에는 잡히지 않아야 한다는 생각만으로 가득했다. 왜 도망쳐야 하는지, 무엇을 잘못했는지 생각할 겨를도 없었다. 방향이 어디인지도 몰랐다. 방향을 가늠했다면 그는 분명 백제 땅을 향해 뛰었을 것이다.

가부는 백제의 유민이었다. 백제의 아신왕이 고구려의 태왕 담덕에게 항복하고 58성 700촌을 넘겨주게 되면서 고구려의 통치를 받게 된 백성이었다.

"게 섯거라!"

"저자를 잡아라!"

거리가 더욱 좁혀지면서 군사들의 외침 소리가 가까이 들려왔다. 그렇지만 다리 힘은 점점 빠져 더 뛰기가 힘들었다. 그렇다고 주저앉을 수도 없었다. 필사적으로 뛰기 위해 몸부림쳤으나, 다급한 마음에 넘어지면서 엉금엉금 기었다.

"무슨 일이기에 이리 쫓기십니까?"

어느새 나타났는지 거구의 사내가 그 앞에 떡 버티며 물었다.

"살려주십시오."

막다른 골목에 몰린 쥐 모양 가부는 무조건 살려 달라고 애원했다.

"내 상관할 바는 아니겠지만 도대체 무슨 일이기에 그렇습니까?"

거구의 사내가 다시 물었다. 그러나 가부는 대꾸하지도 않고 계속 앞으로 가려고만 했다. 군사들로부터 멀리 달아나야 한다는 생각만이 뇌리에 맴돌고 있었다.

가부가 계속 나아가자 그가 뒤따라왔고, 그 앞에는 말을 탄 두 사람이 물끄러미 지켜보고 있었다. 이들은 바로 담덕과 부살바였다.

담덕 일행은 평양성에 들러 다기를 만나고 난 다음, 계속해서 남평양성의 수라바 장군을 찾았다. 수라바 장군 또한 청년장군다운 기개로 청렴결백하게 남평양성을 이끌고 있었다. 수라바 장군은 담덕 일행이 떠나려 하자 자기도 같이 가겠다고 주청했다. 그러나 담덕은 완곡하게 만류했다.

담덕 일행은 다시 백제에게 넘겨받은 땅이 얼마나 잘 다스려지고 있는가를 알아보기 위해 계속 일정을 재촉했다. 그러다가 소란스러운 소리가 들려 그곳의 상황을 멀리서 지켜보게 되었고, 오골승이 무슨 일인가를 알아보기 위해 가부에게 다가간 것이다.

가부는 두 사람을 보고 같은 일행이라는 것을 알아차렸다. 하지만 이런 사람들에게 부탁해 봐야 소용없는 일이었다. 포기하는 마음에 그냥 지나치려 하자, 부살바가 말에서 내려와 부축하였다.

"무슨 죄를 지었기에 이리 쫓기고 있는 게요?"

"죄라고요? 나라 잃은 게 죄라면 죄겠지요."

가부가 더 이상 도망갈 기력을 잃은 듯 그 자리에 털썩 주저앉았다.

"아니 그게 무슨 말이오? 나라를 잃다니요?"

"그럼 백제 백성이 고구려의 통치를 받는데 나라를 잃은 것이 아니고 무엇이겠습니까?"

죽을 바에야 할 말이라도 하고 죽겠다는 듯 가부가 거침없이 말을 쏟아냈다.

"아니 이 무슨……."

부살바는 순간적으로 감정이 불끈했다. 대왕 폐하를 면전에 두고 이런 불경스러운 말을 듣게 되자 분노가 치밀었다. 그러나 애초에 대왕을 모시고 국성을 떠나온 암행의 목적이, 바로 이런 백성의 소리를 직접 듣고자 한 것이므로 이내 감정을 억제했다.

"고구려 백성이든 백제 백성이든 다 같은 단군족의 백성으로, 서로 단합하여 살아가자고 하는 마당에, 무엇이 나라를 잃고 말 것이 있겠소?"

"단군족이라……. 그런 허울 좋은 소리는 하지도 마시오."

가부가 비웃음을 흘렸다. 이에 옆에 있던 오골승이 화를 참지 못하고 버럭 소리를 질렀다.

"아니, 보자 보자 하니까 이놈이……."

"어-어, 그래! 초록은 동색이라고, 보아하니 댁네도 고구려 백성인 모양인데…… 내 이제 뭘 바라겠소. 더 도망갈 기력도 없고……. 하기사 죽기밖에 더하겠소?"

급기야 가부는 모든 것을 체념하는 듯했다. 그때 말 위에서 조용히 지켜보던 담덕이 말했다.

"보아하니 억울한 일을 당하신 것 같은데, 그 얘기를 들을 수 있겠습니까? 혹시 누가 압니까? 억울함을 풀어줄 수도 있을

지…….”

이러는 사이 벌써 군사들이 뒤쫓아 왔고, 그들 중의 우두머리인 듯한 자가 큰 소리로 외쳤다.

“여봐라, 저놈을 당장 포박하라.”

“여 보오, 군사 나리. 이 사람이 무슨 큰 죄를 저질렀는지 모르겠으나, 억울한 사연이 있는 것 같아 내 들어보고자 하니, 그리 알고 내게 맡기시구려.”

가부를 체포하려는 군사들을 향해 담덕이 말했다. 작고 낮은 목소리였지만 위엄이 서려 있었기에 군사들이 주춤하였다.

“그리 말하는 댁네가 누구인지는 모르겠으나 이건 만고 성주의 명이오. 그러니 그 죄인을 두둔할 생각 말고 빨리 내놓으시오.”

“그래요. 참으로 수고가 많소이다. 그러나 이 사람은 잠시 내가 데리고 가겠으니 그리 알도록 하시오.”

이 말에 우두머리인 듯한 사람이 코웃음을 치며 소리쳤다.

“네놈이 어떤 놈이길래 감히 대고구려 군사에 대적하겠다는 것이냐? 썩 내놓지 못할까? 그렇지 않으면 네놈의 목숨 또한 안전치 못할 것이다.”

“긴말이 필요 없느니라. 이분께서 잠시 데려간다고 일렀으니 그리 알도록 하라.”

부살바가 나서며 하는 말이었다.

“너희들이 진정 칼맛을 보고 싶다는 것이냐? 어리석은 놈들!”

“군사들에게 칼을 쓰고 싶지 않으니 그냥 물러가도록 하라.”

"뭐라고? 이자들이 진정 혼이 나야 정신을 차릴 모양이군."

군사들이 부살바에게 덤벼들려고 대형을 갖추었다. 그런데도 부살바는 태연자약했다.

"자! 공격하라!"

우두머리의 명령에 군사들이 일제히 달려들었다. 그와 동시에 부살바의 몸이 비호처럼 움직였다.

칼과 칼이 부딪치는가 싶더니 순식간에 공격에 나선 군사들이 땅에 널브러졌다. 그러나 몸에 상처를 입은 군사들은 하나도 없었다. 칼집 채로 상대한 것이었다. 넘어진 군사들은 슬금슬금 눈치를 보며 뒤로 물러났다.

앞 대오가 눈 깜짝할 순간에 쓰러지는 것을 본 나머지 군사들은 감히 공격할 엄두를 내지 못했다. 부살바가 칼을 휘두르며 위협하자 모두 꽁무니를 빼며 줄행랑을 놓았다.

가부는 넋이 나간 표정으로 이를 지켜보았다. 고구려에 장수들이 많다는 것은 익히 들었지만, 이 정도일 줄은 생각지 못했다.

가부는 이들이 매우 출중한 인재들이라는 생각에 안타까운 마음이 들었다.

'이제 큰일 났구만. 괜시리 나 때문에 이들마저 쫓기게 되었으니. 만고 성주가 누구인가? 대왕의 신임을 받고 있는 자가 아니던가? 게다가 황족 출신이니, 이들을 가만 놔둘 리 없을 거야.'

가부는 미안하기도 했지만, 또 한편으로 왜 이들이 자기를 구하기 위해 싸움까지 불사했는지 궁금하기도 했다. 이들이 사용하는 어투를 보면 대단한 권력가임이 분명했다. 조금 전에 자기가 하는 말에 무척 화가 난 것도 같았다. 그런데도 도와주는 것을 보니 어리둥절하기만 했다.

"이리 구해주시니 고맙습니다. 허나 군사들에 대적하는 것은 나라에 큰 죄를 짓는 것인데, 그것까지 불사하면서…… 왜 저를 구해주신 것인지 궁금합니다."

가부의 태도는 조금 전과 달리 공손했다. 구해준 은공에 대한 감사의 표시였다.

"무슨 원통한 사연이 있는지 들어보고 싶어서지요. 도움이 된다면 정말 도와주고 싶습니다."

"말씀만으로도 감사합니다. 허나 이 일은 인력으로 풀어질 문제가 아닙니다. 혹시 대왕 폐하나 되신다면 몰라도 그건 불가능한 일입니다."

"그래요. 그러니 더 들어보고 싶어집니다그려. 허-허!"

가부의 말에 담덕 일행이 소리 내어 웃었다.

"아니 왜 웃으십니까?"

"지성이면 감천이라고, 정성이 지극하면 하늘도 울린다고 하지 않습니까?"

담덕의 허심한 얘기에도 가부가 단호하게 거부했다.

"이것은 사람의 힘으로 해결될 문제가 아니라니까요. 가능하지가 않습니다. 그러니 가시던 길이나 가시지요. 오늘의 은공은 잊지 않겠습니다."

"보아하니 쫓기는 몸으로 어디 가시는 것도 마땅치 않을 것 같은데, 차라리 시원한 탁주나 한잔하면서 얘기나 들려주는 것이 어떻습니까?"

"참으로 배포도 좋으십니다. 군사들이 대거 몰려올 텐데. 어서 피하시는 게 좋을 겁니다. 저 또한 빨리 이 자리를 피해야 하고, 그리 한가하지도 못합니다."

"그건 걱정하지 않으셔도 될 겁니다. 설마하니 우리가 그때 가서 모른 척이야 하겠습니까? 그럴 바에야 진작 그렇게 했겠지요."

"그렇더라도 쫓기는 몸인데 한가롭게 술이나 마시다니요?"

"그러니까 더욱 그러자는 것이지요. 설마 쫓기는 몸으로 그리 느긋하게 탁주나 마시고 있을 거라고 누군들 생각이나 하겠습니까? 그게 더 안전한 게지요."

가부는 망설였다. 당장 백제 땅으로 도주하는 것도 마땅치 않았지만, 군사들에게 발각되는 날에는 이들 또한 안전할 수 없었다. 그러나 막연하게나마 이들을 한번 믿고 싶은 마음이 생겼다.

"걱정 마시고 갑시다. 우리가 다 알아서 처리할 것이니 말입니다."

담덕 일행의 재촉에 가부는 이들과 함께 산을 내려와 주막으로 들어갔다. 대낮이어서 그런지 주막집은 한산했다.

그들은 곧장 술과 안주를 주문하고 방으로 들어갔다. 이내 술상이 나왔는데, 거기엔 평양성과 남평양성과 달리 푸성귀 한 접시만 달랑 놓여 있었다. 이곳 백성들의 처지를 내리 짐작게 했다.

"우선 목부터 축이십시다."

담덕의 제안에 모두 술잔을 들었고, 다시 그가 말을 이었다.

"보아하니 백제의 유민인 듯한데……."

가부가 대답 대신에 긴 한숨부터 쉬었다. 얼마 살지도 않은 삼십 대 중반의 인생 역정인데도 나오는 것이 한숨이고 눈물이었다. 그런 가부에게 부살바가 술 한 잔을 더 따라 주었다. 그 한 잔을 더 마시고 나서 그가 입을 열었다.

"저는 가부라고 합니다. 원래 백제 백성인데 고구려에 항복한 이후 고구려 백성으로 살게 되었지요."

"백제 신민에서 고구려 신민으로 살아가자니 고초가 많았겠습니다."

"말도 마십시오. 내 살면서 이렇게 기가 막히고 원통하게 살게 될 것이라고는 꿈에도 생각지 못했으니까요."

"고구려 신민으로 사는 것이 그토록 고통스러웠다는 말씀입니까?"

"고구려 신민이라고요? 아닙니다. 고구려에 끌려온 노예일 뿐이죠."

"고구려의 노예라……."

담덕이 가부의 말을 따라 하며 되뇌었다. 뭔가 일이 잘못돼 가고 있음을 직감적으로 느끼고 있었다.

"나리들께서는 이 나라에 대한 애착이 크신 것 같으니, 제 얘기를 듣고 싶지 않으시면 그만두겠습니다."

"아닙니다. 계속해 보시지요."

"그럼 솔직하게 얘기하겠습니다. 혹시 마음에 내키지 않는 말이 나오더라도 기분 나쁘게 받아들이지는 마십시오."

담덕 일행이 고개를 끄덕였고, 이를 확인한 가부가 차분하게 입을 열었다.

"사실 저는 우리 같은 평민들이야 백제든 고구려든 누구의 통치를 받든지 간에 그게 그거지 무슨 차이가 있겠냐고 생각했습니다. 원래 관이라는 것이 백성들을 못살게 구는 곳이 아닙니까? 그러니 다르면 얼마나 다르겠냐고 그저 단순히 생각한 거지요. 그런데 그건 큰 오산이었습니다."

"그럴 리가요? 대왕 폐하께서 백제의 유민들에게 그 전보다 더 잘살게 해주겠다고 약속했는데……."

대왕 폐하를 민망하게 하는 말이 튀어나오자 부살바가 가부의 말을 돌리려 했다. 그러나 그는 그것을 부정했다.

"나라의 관리들이야 으레 그렇게 말하는 것 아닙니까? 그것을 곧이곧대로 믿은 내가 바보인 거죠."

가부가 목이 탄다는 듯 다시 술잔을 들더니 단숨에 마셨다.

"그것은 잘못 안 것입니다. 우리 대왕 폐하께서는 단군족의 단합을 도모하며 모든 백성이 복되고 편안한 삶을 살게 하려고 노력하시는 분입니다."

오골승이 더는 못 봐주겠다는 식으로 잘라 말했다. 그런데도 가부는 물러나지 않았다.

"단군족의 단합이요? 그것은 빛 좋은 개살구에 지나지 않습니다. 이곳 백제 유민들의 실상을 아신다면 그리 말씀하시지는 못할 겁니다. 백제 유민들이 오죽하면 나라 잃은 설움이 이런 것이구나 하고, 원통스러워하며 서글퍼하겠습니까?"

"백제 유민들의 실상이라니 그 처지가 어째서 그런 겁니까?"

담덕이 조용하게 되물었다. 듣기 싫어도 들어야 했다. 백제 유민들의 반응이 이런 정도라면 모든 단군족의 단합은 이미 물 건너간 것이나 다름없었다.

"한마디로 노예입니다. 일 년 내내 뼈 빠지게 고생해서 농사지어 고스란히 다 바치고 나니 무엇으로 먹고살겠습니까?"

"아니 그게 무슨 소리요? 조세는 물론이고 지대 또한 낮추라고 엄명한 지가 언제인데……."

부살바가 믿기지 않는다는 표정으로 반문했다.

"그거야 고구려 백성들한테나 통하는 얘기지요. 백제의 유민들에게는 그림의 떡에 지나지 않습니다. 백제 유민들은 고구려 백성이 아니라 노예라니까요."

"그럼 그것을 만고 성주에게 청원하지 않았단 말입니까?"

"만고 성주요? 그 사람에게 얘기해요? 허허! 말도 하지 마십시오. 아까 보지 않았습니까? 절 잡으려고 한 군사들이, 바로 그 사람이 보낸 거라고요. 그 사람은 하소연하러 온 백제 유민들보고, 포로들이 무슨 불만이 그리 많냐고, 매타작해 돌려보낸 사람이올시다. 어디 그뿐인 줄 아십니까?"

그동안 당했던 설움이 복받친 듯 가부가 눈물까지 글썽거렸다.

"무슨 다른 일도 있었다는 말입니까?"

"그가 얼마나 지독하냐면, 세금을 못 내면 그 대신에 자식들을 관노로 데려오라고 군사들에게 지시한 자입니다."

"그럴 리가요?"

부살바와 오골승이 동시에 반문했다. 대왕 폐하께서 신임하는 신하가 그 같은 일을 저질렀다는 것이 믿어지지 않았다.

"그러시겠지요. 그런데 내 친한 친구 말도의 딸 참녀는 관노로 끌려갔는데, 만고 성주의 첩이 되라는 성화에 못 이겨 끝내 뻣뻣한 시체가 되어 돌아왔습니다. 그래서 백제 유민들이 분을 참지 못하고 사람 살려내라고 몰려갔습니다. 나도 벗들과 함께 나섰습니다만, 만고 성주는 백제 유민들보고 고구려에 대한 반역 행위를 저지른 것이라며 무참하게 짓밟았습니다. 나와 함께한 벗들은 벌써 잡혀 들어갔지요. 나는 용케 빠져나왔지만 이렇게 쫓기는 신세가 된 겁니다."

"지금까지 한 말이 모두 사실이요? 한 치의 거짓도 없다고 약속할 수 있소이까?"

조용히 듣고 있던 담덕이 무겁게 입을 열었다.

"내 무엇 때문에 거짓을 말하겠습니까? 내 목숨을 걸고 약속할 수 있지요."

"좋소. 진상을 파악한 연후에 그대의 원한을 풀어주도록 하겠소. 내 기꺼이 약속하겠소."

추상같은 담덕의 말에 가부는 얼떨떨했다. 이 사람은 대왕의 신임을 받는 만고보다 더 권세가 세다는 것을 은연중에 암시했기 때문이다.

"아니 만고 성주는 대왕 폐하의 신임을 받고 있는데, 어떻게 하실 수가 있다는 것인……."

가부는 말을 하려다 그만두었다. 두 눈을 부릅뜬 담덕을 보고 그만 기가 질렸다. 그 분노는 꼭 하늘에서 벼락을 치기 바로 직전의 모습 같았다.

잠시 무거운 침묵이 흐른 뒤 담덕이 다시 입을 열었다.

"내 모든 것을 책임질 것이니 나하고 만고 성주에게로 함께 가보는 것이 어떻겠소?"

"네-에? 만고 성주에게로 가자고요?"

가부가 깜짝 놀라 되물었다.

"그렇소. 백제 유민들의 원통함이 하늘까지 닿았으니 그것을 풀어야 하지 않겠소. 풀려면 직접 부딪쳐야지요. 아니 그렇습니까? 내 뒤탈이 없게 하겠다고 약속할 터이니 백제 유민과 단군족의 단합을 위해 용기를 내 주시구려."

가부는 담덕을 도대체 알다가도 모를 사람으로 느꼈다. 이렇게 호언장담할 사람이라면 이 세상에 오직 단 한 사람 대왕밖에 없었다. 그러나 대왕일 리는 만무했다. 그런 사람이 이런 행색을 하고 있다는 것은 있을 수 없는 일이었다. 하지만 말하는 기품으로 보아 허풍을 칠 사람은 아닌 것 같고, 배짱도 두둑한 대단한 권세가인 것은 분명했다. 더욱이 단호하게 얘기하는 태도에는 거절할 수 없는 그 어떤 위엄이 느껴졌다.

"뭘 믿고 그리 장담하시는지 모르겠으나, 내 은혜도 입은 바가 있고, 또 백제 유민의 원통함을 풀어주겠다고 약속하시니 믿어 보겠습니다. 이래 죽으나 저래 죽으나 어차피 한번 죽을 목숨, 그리만 된다면 기꺼이 한번 부딪쳐 보겠습니다."

"그리 용기를 내주시니 고맙소이다. 그러면 천천히 일어서 볼까요?"

담덕이 얘기하면서 일어나자 모두들 무겁게 몸을 일으켰다.

주막집을 나서면서 담덕이 부살바와 오골승에게 귀엣말로 지시했다.

"부살바 장군은 오늘 들은 바를 직접 확인한 다음 만고 성주가 있는 곳으로 와 주기 바라오. 그리고 오골승 장군은 이 길로 만고 성주에게 내가 왔음을 전해 주시구려. 나는 뒤따라가겠소."

"알겠사옵니다. 그럼 저희들은 이만……."

부살바와 오골승이 떠나겠다는 태도를 보였다. 이에 담덕이 고개를 끄덕이자, 그들은 서둘러 곧장 말을 타고 그 자리를 떴다.

"그럼 우리도 출발합시다."

"예―에! 말에 오르십시오. 제가 끌고 가겠습니다."

처음과 달리 보통 신분이 아니라는 것을 짐작한 가부가 담덕을 모신다는 심정으로 말의 고삐를 쥐었다.

"아닙니다. 그냥 같이 걸어가지요."

두 사람은 자연스럽게 말을 끌고 성을 향해 걸었다. 성안으로 들어가는 길목에는 군사들이 쫙 깔려 삼엄하게 경계하고 있었다.

이들이 성 입구에 들어설 무렵, 갑자기 성안에서 만고 성주의 깃발을 앞세운 군사들이 한 무더기로 쏟아져 나왔다. 이를 본 가부가 움찔하며 걸음을 멈칫했다.

"걱정 마시구려."

말을 탄 병사들은 이내 두 사람 앞에 멈추어 섰다. 거기에는 조금 전까지 함께 있던 오골승도 있었다.

만고 성주가 말에서 내리자 나머지 병사들도 말에서 내려 무릎을 꿇었다.

"대왕 폐하! 소장 만고이옵니다. 원로에 얼마나 고생이 많으셨사옵니까?"

"모두들 일어나시오."

가부는 어리둥절했다. 눈으로 보고서도 이분이 대왕이라는 사실이 믿기지 않았다. 대단한 세력가일 것으로는 짐작했지만, 대왕 자신이 직접 이런 차림으로 암행하며, 백성의 실상을 파악할 줄이라고는 상상하지 못한 것이다. 가부는 그냥 멍하니 서 있다가 그제야 정신을 차린 듯 부복했다.

"대왕 폐하를 몰라뵙고 무례를 범한 소인의 죄 죽어 마땅하옵니다. 모르고 한 것이오니 제발 용서해 주시옵소서."

"용서는 무슨 용서? 그리하지 않아도 되니 어서 일어나시구려."

"황은이 망극하옵니다. 대왕 폐하!"

"가시옵소서."

만고 성주가 대왕에 대한 예를 갖추며 성안으로 가기를 청했다. 이에 담덕이 앞에 섰고, 만고 성주를 비롯한 군사들과 가부가 그 뒤를 따랐다. 담덕 일행은 만고 성주가 업무를 보는 관청으로 곧바로 달렸다.

관청은 벌써 대왕이 도착했다는 소식에 영접하기 위한 준비로 한창 분주했다. 담덕은 곧장 관청 안으로 들어가며 만고에게 물었다.

"만고 장군! 혹시 가부라는 백제 유민을 아시오?"

"잘 모르겠사옵니다."

"그래요? 그 사람을 편히 쉬도록 해 주시오."

명을 받은 만고가 부하들에게 지시하고 나서 다시 담덕에게 다가왔다.

"안으로 드시옵소서."

담덕은 안으로 들어갔고, 그 뒤를 만고가 뒤따랐다. 오골승은 집무실 앞에 대기하며 주변을 경계토록 지시하였다.

"장군! 백제 유민들이 이곳 관청으로 몰려왔다지요?"

"대왕 폐하! 그건……."

"장군, 이곳을 장군에게 맡긴 내 뜻을 모르셨습니까? 내 그리 당부했건만……."

"네-에?"

"내 그 부분을 직접 하문할 것입니다. 그만 물러가도록 하시오."

만고는 이렇게 단단히 화가 난 대왕의 모습을 한 번도 본 적이 없었다. 그는 안절부절못하면서 그 자리를 물러 나왔다.

담덕은 이미 가부가 말한 것이 대부분 사실일 것이라고 사태를 가늠하고 있었다. 그러나 마음 한편으로 제발 아니기를 바랐다.

담덕은 눈을 감고 부살바를 기다렸다. 시간이 꽤 흘러 부살바의 목소리가 들려왔다.

"대왕 폐하! 부살바이옵니다."

"안으로 드시오."

부살바가 안으로 들어오자 담덕이 다짜고짜 물었다.

"알아본 일은 어찌 되었습니까?"

"모두 다 사실로 확인……. 하오나 만고 성주의 진심은 아닐 것이옵니다."

"그 말씀은 그만두시구려. 장군도 가서 쉬도록 하시오."

담덕의 마음은 무거웠다. 단군족의 단합을 위한 가장 중요한 고리 하나가 허물어지고 있음이었다. 이를 막기 위해서는 어떻게든 처리해야 했다. 어물쩍 넘어간다면 백제 유민들은 결코 마음을 돌리지 않을 것이었다. 혈족이든 그 누구든 내쳐야만 했다.

어둠이 대지에 소리 없이 내리는 동안 담덕은 생각에 잠겨 미동도 없었다. 이윽고 결심한 듯 자리에서 일어나 술상을 들여보내고 만고를 불러오라는 지시를 내렸다.

여인들이 바삐 움직였고, 이내 술상이 들어왔다. 만고 성주도 곧장 안으로 들어섰다.

"한잔 받으시오."

"황공하옵니다."

만고가 잔을 받아 마셨다.

"장군!"

담덕이 불러 놓고도 다음 말을 잇지 못했다.

"하명하시옵소서."

만고는 대왕이 큰 결단을 내렸다는 것을 직감하고 사뭇 긴장하였다.

"장군! 참녀라는 여자가 죽고, 백제의 유민들이 도저히 못 살겠다고 아우성을 치고, 급기야 소요까지 일으켰다는 게 사실입니까?"

"그런 일은 있었사오나 큰일은 아니었사옵니다. 크게 신경 쓰거나 진노하실 일은 아니라 사료되옵니다."

"뭐요? 큰일이 아니라고요? 황족 출신으로 다른 사람들로부터 신임도 받고 있는 장군이 그리 생각하시다니 내 억장이 무너질 것 같소이다."

만고는 담덕이 백제 유민을 잘 다스리지 못한 일로 화가 났다는 것을 알았지만, 큰 벌을 내릴 것이라고는 생각하지 않았다. 그런데 말하는 어투를 보니 다분히 그것을 암시하고 있었다.

"대왕 폐하께 심려를 끼쳐 죄송하옵니다. 하지만 관용을 베풀어 한 번만 용서해 주시옵소서!"

사죄를 청하는 만고를 외면할 수밖에 없는 담덕의 가슴은 아팠다. 그러나 이것은 한 개인의 인간적 정리로 바라볼 문제가 아니었다.

"장군! 그대가 저지른 죄악을 생각하면 목숨을 내놓아도 부족할 것이오. 그러나 차마 내 손으로 그리할 수 없어…… 조용히 초야에 묻히도록 하시오."

만고는 관직 박탈을 넘어 죽음에 해당하는 죄라는 담덕의 말이 청천벽력 같은 소리로 들렸다. 성주로서 백제 유민들이 소요를 일으키게 만들었으니 죄를 지은 것이야 사실이지만, 그것이 그토록 엄중한 죄라는 것에는 납득되지 않았다.

"대왕 폐하의 뜻을 잘 받들지 못한 점에 대해서는 솔직히 죄를 시인하온데, 그에 대해 죽음까지라도 벌을 내리신다면 달게 받겠사옵니다. 하오나 소장이 지은 죄가 왜 그토록 중한 죄인지 도무지 모르겠사옵니다. 초야에 묻히라는 명은 너무 가혹하십니다."

만고는 아직도 자기가 지은 죄가 얼마나 큰지를 모르고 있었다. 이런 그를 보니 담덕은 불쌍하기도 하고 답답하기도 했다. 먼저 확실하게 주지시켰더라면 이런 불상사가 벌어지지 않았을 것이라는 생각에, 가슴이 더 아프게 쓰려왔다. 만고는 본디 악한 사람이 아니었다. 황족 출신으로 별 어려움 없이 지금까지 살아왔고, 또 특권층이라면 누구나 누리는 특권적 삶을 살아온 것뿐이었다. 그런데 지금 그것이 죄가 된 것이었다. 홍익인간의 이념에 따라 백제 유민들을 차별하지 않고 다스리는 것이 현시대의 요구이고, 그것을 거스른다면 죄가 된다는 것을 만고는 아직 깨닫지 못하고 있었다.

"장군! 예전에는 우리 고구려가 백제를 적으로 여기고 싸웠습니다. 하지만 지금은 아닙니다. 이미 백제국을 거수국으로 받아들였고, 모든 단군족이 협력해 나가자고 주장하고 있습니다."

만고는 담덕의 얘기에 조용히 귀 기울였다. 죽고 사는 것이야 하늘에 달려 있으니 어쩔 수 없다지만, 벌을 받는 이유만큼은 분명히 알아야 했다. 담덕의 말이 계속 이어졌다.

"물론 백제는 아직도 고구려에 진실로 승복하지 않고 있습니다. 항복하고서도 작년에는 한강 이남에서 대규모의 열병식과 군사훈련을 감행하였소이다. 올 초에는 한강 북쪽에 성을 쌓고 한산 북쪽으로 진격해 왔고요. …… 이런 상황에서 고구려 백성과 백제 유민들을 어떻게 다스리는가 하는 것은 모든 단군족을 하나로 모아 천손의 나라를 세우는 문제와 직결되는 것이지요. 그런데 장군은 백제의 유민을 차별하여 대했소이다. 그러면 어찌 되겠습니까?"

"하오나 대왕 폐하! 이 나라는 대왕 폐하의 나라이시옵고, 고구려가 아니옵니까? 그런데 어찌 고구려 백성도 아니고, 한낱 백제 유민들을 차별했다 하여 그렇게까지 여기시온지……."

"장군! 우리 고구려는 천손의 나라로 우뚝 서야 합니다. 그러자면 모든 단군족을 하나로 모아야 하고, 또 하나로 모으자면 모든 사람을 이롭게 하는 홍익인간의 이념으로 백성들을 다스려야지요. 모든 사람이 복을 누리고 살지 못하는데 누가 단합하려고 하겠으며, 천손의 나라 백성이라고 어느 누가 자부심을 가지겠습니까? …… 내 그래서 장군께 이곳을 맡길 때 첫째도 둘째도 홍익인간의 이념으로 백성들을 잘 다스려 달라고 요청했던 것 아닙니까? 여기에 바로 천손의 나라를 세우는 그 근본 밑바탕이 있기 때문이었습니다. 그런데 이를 어긴 데다 백제 유민들을 차별까지 했으니…… 이것을 다른 모든 형제 나라 백성들은 어찌 보겠소이까? 모두들 우리가 외친 기치가 다 허울뿐이라고 여기지 않겠습니까? 이를 가장 앞장서서 수행해야 할 분이 도리어 어지럽게 하고 있으니, 이 얼마나 통탄할 일입니까?"

"폐하!"

"내 분명하게 말하리다. 만일 그대가 황족 출신이라 하여 엄중하게 죄를 묻지 않는다면, 백제 유민들을 비롯한 다른 모든 형제국의 백성들은, 앞으로 절대 우리의 말을 믿지 않을 것입니다. 그리고 다른 형제 유민들을 차별하는 현상이 당연하게 벌어지게 될 것은 자명합니다. 그러면 우리가 그토록 꿈꾸었던 천손의 나라 건설은 허망하게 끝나고 말겠지요. 내 이를 묵과할 수 없음입니다. 장군이 미워서가 아니라, 그 죄를 용서할 수 없는 이유가 바로 거기에 있는 것입니다. 내 뜻을 진정 알겠소이까?"

만고는 그제야 대왕께서 왜 그런 결단을 내릴 수밖에 없는가를 이해할 수 있었다. 천손의 나라 건설의 밑바탕을 마련해가는 차원으로 고구려는 발전해 나가고 있는데, 이런 시대의 전진을 몰라보고 예전의 눈으로 바라보고 있는 것이 그가 죄를 짓게 된 원인이라고 담덕은 말하고 있었다.

전진을 가로막는 죄는 일벌백계로 살려주지 못할 중죄인데도, 그렇지 않은 것은 그를 아끼는 대왕의 마음 씀씀이었다. 이것은 참회하여 다시 재생의 길을 걸으라는 요구였다. 왜 그런 이치를 이제껏 몰랐는지 그것이 한스러웠다.

"대왕 폐하의 참뜻을 받들지 못한 소신의 우둔함을 벌하여 주시옵소서."

"아닙니다. 장군을 잘못 이끈 나를 원망하시구려."

담덕이 만고의 손을 꽉 잡았다.

"아니옵니다. 대왕 폐하! 소신 폐하의 가르침을 받고, 이제 무엇을 해야 할지 알게 되어, 도리어 마음이 홀가분하옵니다. 심려 놓으시옵소서."

진심으로 죄를 뉘우치며 회한의 눈물을 흘리는 만고를 보니, 담덕의 눈에도 눈물이 조용히 흘렀다. 자신의 죄를 알았지만 너무도 늦어버린 상황이었다. 믿고 따르던 관계였지만, 어쩔 수 없이 그 책임을 물어야 하는 술자리는 그렇게 눈물로 시작되었다.

43

장협은 담덕이 암행을 떠났다가 국성에 다시 올라왔을 때, 그가 암행 길에서 무엇을 행했는지 전해 들었다.

만고 성주가 스스로 물러나겠다고 자청했다고 하지만 그건 겉으로 그런 것이지, 실상은 백제 유민을 차별하여 다스린 죄목으로 관직을 박탈한 것이나 다름없었다.

만고는 황족 출신으로 대인들과 귀족층으로부터 신임을 받고 있는 자였다. 그만큼 무던하고 원만한 사람이기도 했다. 그런 사람을 고작 백제 유민들을 차별했다고 해서 삭탈관직까지 한 것은 너무 과한 형벌이었다.

하지만 담덕은 그 정도 선에서 멈추지 않았다. 고구려 군사에 대항한 가부란 자를 백제 유민의 대표로 앉혀 그들 스스로 다스려 갈 수 있게 자치제도라는 것까지 도입했다. 도대체 이 나라가 한낱 백제 무지렁이 출신의 나라인지, 고구려 귀족의 나라인지를 의심케 하는 대목이었다. 홍익인간이라는 말이 겉으로는 그럴싸하게 들릴지 몰라도, 귀족층에는 전혀 탐탁지 않을 수밖에 없었다.

장협은 이런 사정을 듣고 속으로 쾌재를 불렀다. 담덕이 드디어 악수를 던졌다고 생각했다.

장협은 담덕이 각 부의 사병을 관병에 편입하고 행정과 군사 체계를 일원화할 때, 그의 건강 상태를 고려하며 조금만 버티면 된다고 판단했다. 그러나 간절한 소망과는 달리 담덕은 말끔히 건강을 회복했고, 한낱 저잣거리의 무지렁이들까지 목소리를 드높이는 국성 분위기에, 어쩔 수 없이 사병을 내놓고 그의 뜻에 따를 수밖에 없었다.

그때의 심경은 비통하기 짝이 없었다. 앞으로는 기회가 없으리라 생각하니 눈앞이 깜깜했다. 그 이후 담덕은 백제의 항복까지 받아내 감히 그의 권위에 도전할 수 없게 되었다.

그는 마지못해 국상직을 이행했다. 원래 담덕이 말한 그 지휘 계통으로 보면 국상이 행정과 군사를 거머쥐어야 했다. 그러나 권력이 청년장군들에 장악된 상태에서 그는 단지 허수아비에 불과했다. 도리어 온 힘을 기울여 강화해 온 사병과 가신들까지 다 내놓아야 했다.

장협은 만고 성주의 문책을 계기로 담덕에게 마지막 승부수를 던져야 할 때가 도래했음을 단번에 알아차렸다. 이런 기회는 앞으로 다시 오지 않을 것이었다.

그는 고민 끝에 10월 초순, 마침내 국상직을 그만두겠다고 사직을 청했다.

담덕은 장협을 물끄러미 내려다보며 아무 말도 하지 않았다. 담덕의 눈을 바라본 그는 속마음을 들킨 것 같아 사뭇 몸이 떨려 왔다. 그러나 승부수를 던지는 시점에서 우물쭈물할 수는 없었다.

귀족들의 반발이 형성되는 시점에서 국상직을 내놓는 것은 지금까지 겨뤄왔던 승부의 결말을 짓자는 최후의 통첩이었다. 만약 담덕이 귀족층의 반발을 무마하지 못하면 다시 불러들일 것이고, 그러면 그때는 허수아비 같은 국상이 아닌 권력을 손아귀에 장악한 국상이 될 것이었다.

장협은 황궐에서 물러 나온 후 집에서 칩거하며 보냈다. 물론

정세의 추이에 촉각을 곤두세웠다. 차츰 귀족들 사이에 이 나라가 도대체 어디로 흘러가는지 개탄하는 소리가 조금씩 퍼지고 있었다. 그러나 결코 안심할 수 없었다.

고구려 귀족층을 다 적대해 놓고 나라를 운영할 수는 없을 테지만, 담덕이란 위인은 그렇게 호락호락하지 않았다. 능히 헤쳐 갈 수도 있는 인물이었다. 그래서 귀족층의 불만이 더욱 거세지기를 간절히 기대했다. 그럴수록 초조했다.

그는 애타는 심정을 달래기 위해 야밤에 뜰을 거닐곤 했다. 이때 복면을 한 검은 그림자가 비호처럼 그 앞에 달려들었다.

"웬 놈이냐?"

장협이 놀라 소리쳤다.

복면의 그림자는 그에게 다가오더니 무릎을 꿇었다.

"국상 어른!"

"국상이라니? 국상직에서 물러난 지 오래되었는데……. 그러는 너는 도대체 누구냐?"

"뇌도라고 하옵니다."

검은 물체의 사나이가 복면을 벗자, 어둠 속에서나마 뇌도의 모습이 희미하게 묻어 나왔다.

"두우의 호위대장 뇌도……."

이자는 그에게 원한을 가지고 있을 터였다. 아직 꿈도 실현하지 못했는데, 허무하게 죽을 수 있다는 생각이 한순간 뇌리를 스치고 지나갔다.

그러나 그의 판단과는 다르게 뇌도는 살기를 보이기는커녕 공손하기까지 했다. 하지만 경계심을 늦출 수는 없었다.

"그런데 네가 여길 어떻게……."

"해할 생각은 없으니 걱정하지 마시지요. 그럴 작정이었으면 진작 그리했을 것입니다."

"그럼 무슨 일로 나를 찾아왔느냐?"

"대인! 소인은 쫓기는 몸이옵니다. 그래서 대인을 뵙기 위해 이리 무례를 범하게 되었사오니 용서해 주십시오."

뇌도의 모습은 원수를 대하는 태도가 아니었다. 그는 뇌도의 행동을 눈여겨보면서도 대화할 가치가 없다고 판단했다. 만에 하나 다른 사람의 눈에 띄기라도 한다면 승부수를 띄워 보기도 전에 거꾸러질 수 있었다.

"네놈을 볼 이유가 없다. 어서 물러가라!"

"대인! 소인을 외면하지 마시옵소서."

"물러가라는 데도……. 그렇지 않으면 사람을 부를 것이다."

"대인! 대왕을 암살하고자 합니다. 천추의 한을 갚도록 소인을 도와주십시오."

"이런 대역무도한 놈 같으니라고……. 썩 물러가지 못할까!"

"그럼 오늘은 이만 물러가겠습니다. 하지만 잘 생각해 보십시오. 조만간 다시 뵙겠습니다."

뇌도는 그 말을 남긴 후 다시 비호처럼 사라졌다.

이 일을 겪고 난 이후 장협은 안절부절못했다. 하필 승부수를 던진 이 시점에서 그자가 나타났는지 불안한 심정이었다. 자칫 잘못하면 계획을 실행하기도 전에 파탄 그 자체가 될 판이었다.

뇌도는 만고의 역적이었다. 그를 만났다는 사실 자체가 대역죄인을 두둔하는 꼴이니 빠져나갈 길이 없었다. 그렇다고 이실직고할 수도 없으니 그야말로 진퇴양난이었다.

그자가 찾아온 이유를 생각해 봐도 이해할 수 없는 일이었다. 청년장군들의 사주를 받고 찾아왔을 가능성은 거의 없었다. 그들은 고지식해서 뇌도를 잡으면 그 죄를 따져 물을 것이었다. 그렇다고 담덕을 암살하고 싶다는 그자의 말을 액면 그대로 믿을 수도 없는 노릇이었다.

그런데 문득 암살이라는 생각이 머리에 스치자, 장협은 왜 지금까지 그자의 말처럼 그 방법을 염두에 두지 못했는가에 이르렀다. 그리 맘만 먹었더라면 얼마든지 기회를 만들 수 있었다.

모 아니면 도의 승부수라면 암살이 최고의 방법일 터였다. 담덕을 해하려면 최소한 뇌도 정도의 무술은 필요했다. 그자가 그리만 해준다면 손 안 대고 코 푸는 격이었다.

장협은 문득 이런 생각을 품고 있는 자기 자신을 발견하고는 소스라치게 놀랐다.

'지난날 두우 그자도 이러했을 것인가?'

두우의 말로를 생각하자 가슴이 두근두근 뛰기까지 했다. 이 경우 실패는 곧 죽음이었다. 그러나 한번 떠오른 생각은 더 이상 성역이 되지 못했다. 벌써 그의 머리는 상황을 정리해 들어가기 시작했다.

어차피 권력의 향배를 쥐고자 하는 싸움은 이기느냐, 지느냐 두 가지 길밖에 없었다. 뇌도와 만난 이상 필연적으로 다칠 수밖에 없었다. 미적거리다가 뇌도라는 복병으로 당할 바에는, 아예 적극적으로 활용하는 것이 승리할 수 있는 열쇠였다. 성공하기만 하면 모든 것이 손아귀에 쥐어질 터였다.

'마지막 한판 승부! 이것이 운명이라면?'

장협은 수렁에 빠지는 길이라는 것을 알면서도 권력의 단맛을 떠올리자 계속 그쪽으로 마음이 기울어졌다. 우선 뇌도의 의도를 파악하는 것이 중요했다. 그런 연후에 활용할 수 있는 방법이 있는지 판단을 내릴 참이었다.

장협은 뇌도를 의심하면서도 밤이 깊어지자 뜰로 나와 그가 다시 나타나기를 기다렸다. 그것도 벌써 며칠째였다. 그는 한가롭게 뜰을 거닐고 있는 척했으나 초조했다. 금방 찾을 것처럼 사라지고선 여태 모습을 드러내지 않고 있었다.

뇌도가 나타나지 않자 더욱 기다려졌다. 복병이라고 멀리하려 했는데 한판 승부를 결정지을 좋은 계책이 될 것 같은 느낌이었다. 담덕만 죽여준다면 권력은 자기 손에 있게 될 터였다. 정확한 정보를 흘려주고, 그가 실패할 경우까지 대비한다면 문제 될 것도 없어 보였다.

불끈 쥐어진 그의 손에는 땀이 배어들었다. 야심이 꿈틀거리며 마음은 점차 암살을 단행하겠다는 쪽으로 기울어지고 있었다.

어둠 속에서 장협의 눈동자가 재빠르게 움직였다. 뭔가 움직이는 물체를 발견한 것이다. 그 검은 물체는 지체하지 않고 곧바로 그에게 다가왔다. 기다려 온 뇌도임이 분명했다.

"게 누구냐?"

"뇌도이옵니다."

"왜 또 찾아왔느냐?"

뇌도는 장협의 질문에는 대답하지 않고 다른 말로 대꾸했다.

"생각해 보셨는지요?"

"그런 말을 하려고 왔다면 사람을 잘못 보았다. 그만 썩 돌아가라. 내 이 앞전의 일은 네 처지를 고려해 눈감아 주었으나, 이제는 사정을 봐주지 않을 것이다."

장협이 야멸치게 얘기해도 뇌도는 원통한 듯한 목소리로 하소연을 늘어놓았다.

"담덕 일당은 소인의 철천지원수입니다. 부디 치욕을 씻고 원수를 갚도록 도와주십시오. 이렇게 부탁드립니다."

"원수라고……. 그럼 나는 너의 원수가 아니란 말이냐? 그런데 왜 나한테 와서 이러는 것이냐?"

뇌도는 속으로 뜨끔하였다. 그가 모신 두우 국상은 장협과 담덕 일당에 의해서 처형되었다. 그중에서도 장협은 두우의 움직임을 가장 먼저 청년장군들에게 알려 가로막고 나선 자였다. 그에 대한 감정이 좋을 리 없었다. 물론 그것은 의리 때문이 아니었다. 수년 동안 도망자 신세로 전락하다 보니, 삶 자체가 핍박해진 데서 오는 응어리와 복수심이었다.

뇌도는 지금만 잘 넘기면 장협을 움직이게 할 수 있다는 것을 직감하고 전혀 그렇지 않은 척 대답했다.

"대인을 원수로 여기다니요. 지난날의 일은 이미 다 잊어버렸습니다."

"지난 일을 다 잊었다면 뭐 때문에 나를 찾아와 원수를 갚겠다고 그리 말하는 것이냐? 조용히 살면 될 것이지."

"그놈들을 원수로 삼는 이유는 지난 일 때문이 아닙니다. 지금도 마음 편히 살지 못하기 때문입니다. 쫓기다 보니 이 몸 하나건사하기 힘들었고…… 이제는 도망 다니기에도 지쳤습니다. 이렇게 비참하게 살 바에는 원수를 죽이고, 소인도 죽고 싶은 심정입니다."

장협은 대꾸하지 않았다. 그의 말을 곧이들어서가 아니었다. 그가 찾아온 이유를 진정으로 파악해보기 위해 가만히 듣고 있었다. 아무런 반응이 없자 뇌도가 다시 말을 이었다.

"대인께서도 그들에게 배척당하고 있다는 것을 잘 알고 있사옵니다."

"배척이라니?"

"대인! 소인을 믿으십시오. 설사 믿지 않으시더라도 대인께는 이익이 될 것 아닙니까? 그놈들은 우리 공동의 적이니까요."

"뭐? 공동의 적이라고……."

장협이 헛웃음을 흘렸다. 그러나 뇌도는 그의 말을 일축했다.

"공동의 적이라는 것이야 삼척동자도 다 아는 일인데 왜 그러십니까?"

"한심한 놈, 대왕 주위에는 무예가 출중한 고수들이 많다는 것을 몰랐단 말이냐? 그런데 네가 뭘 어찌해 보겠다고 그리 나대는 것이냐?"

"그래서 대인의 도움을 받고자 하는 것이 아닙니까? 소인은 쫓기는 몸인지라……. 담덕의 은밀한 행차나 거동만 알려 주신다면 자신 있습니다. 염려하지 않으셔도 됩니다. 제 칼로 그자의 목숨 줄을 끊어놓고야 말 것이니까요."

장협의 뇌리는 재빨리 돌아가고 있었다. 동향만 은밀하게 가르쳐주는 것은 결코 밑지는 것이 아니었다. 좋은 기회를 포착하여 계획을 실행한다면 승산은 있었다. 단지 그때까지는 만일의 경우를 대비하여 전혀 응하지 않는 척하는 것이 필요했다. 단지 자기 입으로 증거가 될 만한 말을 하지 않으면 될 것이었다.

"불가능한 일이다. 괜한 목숨 버리고 싶지 않거든 그런 일을 하려고 마음도 먹지 마라."

뇌도는 속으로 비웃었다. 만약 그가 정말 마음이 없다면 이런 얘기 자체를 꺼내지도 않았을 것이다. 서로 대화하는 것 자체가 바로 의도가 있다는 것을 단적으로 암시해 주었다.

'늙은 여우 같으니라고. 내가 움직여 주기를 내심 바라면서 돌다리도 두드려보고 간다 이거지. 마음속으로는 야심을 꿈꾸면서도 그렇지 않은 척해? 내 어찌 되는지 두고 보자. 만약 잘못되는

날에는 어떡하든 너도 암살의 공범으로 몰아넣어 너 또한 죽이고
말 것이니까.'

뇌도는 이리 생각하면서도 거듭 간청했다.

"대인 어른! 소인을 믿고 맡겨주시면 결코 손해는 보지 않을 것
입니다."

"오늘 얘기는 못 들은 것으로 하겠다."

장협이 결론적인 말을 내뱉었다. 겉으로만 보면 두 사람의 얘
기는 다 끝난 것 같았다. 그러나 장협은 뇌도가 다시 찾아올 것을
알고 있었고, 뇌도도 장협의 속내를 헤아리고 있었다.

"만약 성공하면…… 소인에게 은혜를 베풀어 다시 기용해 주신
다는 약조만 하신다면……."

뇌도의 요구 사항이었다. 장협이 들어줄 것으로 여기지는 않았
지만, 속내를 밝혀야 믿을 것이라고 생각한 것이다.

뇌도의 말을 들은 장협의 얼굴에는 순간적으로 비웃음이 일었
다. 그까짓 어리숙한 술수로 자기를 요리해보려는 뇌도의 행동이
가소로웠다.

"어서 물러가거라!"

"그럼 다음에 다시 들르겠습니다."

둘의 이야기는 서로 달랐으나 대화는 이뤄졌다. 형식적으로는
차이가 있는 것처럼 보였으나 내심이 통했다. 서로를 이용해 자
기의 속내를 달성시키려 한 것이다.

뇌도가 자리를 뜨기 위해 몸을 움직였고, 장협은 소리 없이 그

것을 지켜보았다. 서로 헤어지고 있지만 내심으론 교감이 이뤄졌
다. 그들은 조만간 다시 보게 될 것을 잘 알고 있었다. 야심을 꿈
꾸는 자와 복수를 행하려는 자가 서로 미묘하게 맺어졌다. 장협
의 뜰에는 음모의 연기가 모락모락 피어오르기 시작했다.

− 계속 −